死人に
口あり

죽은 자에게 입이 있다

다카노 가즈아키
단편소설집

박춘상 옮김

황금가지

FUTATSU NO JUKO / ZERO /
SHININ NI KUCHI ARI /
SANNINME NO OTOKO / ASHIOTO /
AMAGI NO SANSO
by TAKANO Kazuaki

Copyright © 2004/2007/2012/2013/2015/2017 TAKANO Kazuaki
All rights reserved.

Originally published in Japan.
Korean translation rights in Korea arranged with
TAKANO Kazuaki, Japan through THE SAKAI AGENCY.

Korean Translation Copyright ⓒ Minumin 2025

이 책의 한국어 판 저작권은 THE SAKAI AGENCY를 통해
TAKANO Kazuaki와 독점 계약한 ㈜민음인에 있습니다.
저작권법에 의해 한국 내에서 보호를 받는 저작물이므로 무단 전재와 무단 복제를 금합니다.

차례

한국의 독자 여러분께 7

발소리 9

죽은 자에게 입이 있다 55

세 번째 남자 113

아마기 산장 175

두 개의 총구 237

제로 287

**한국의
독자 여러분께**

이번에 대단히 영광스럽게도 첫 단편집을 일본보다
먼저 한국에서 출판하게 되었습니다.
『13계단』 이후로 줄곧 따뜻하게 성원해 주셨던 여러분께
가장 먼저 선보일 수 있어서 무척이나 기쁘고
명예롭게 생각합니다.
이 책을 펼쳐 주신 독자 한 분 한 분께서 조금이라도
즐거운 시간을 보내시길 진심으로 바랍니다.
또한 출간에 힘써 주신 황금가지 직원분들께도
깊이 감사드립니다.
부디 여러분에게도 지금의 저처럼
좋은 일이 있기를 바랍니다!
감사합니다!

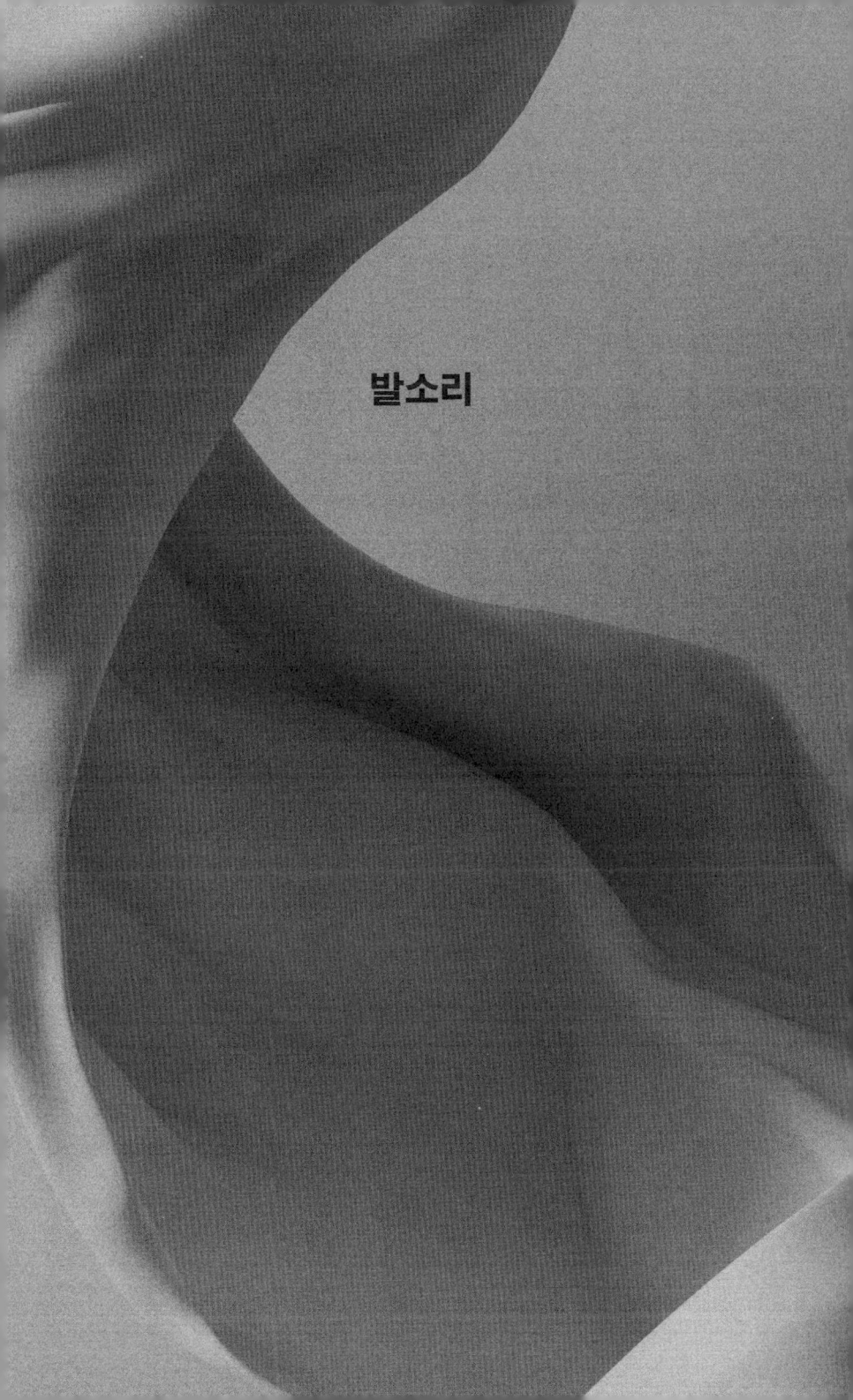
발소리

13년 동안이나 다녔던 회사에서 정리 해고를 당하니 여러 감정이 북받쳤다. 쫓겨났다는 분노와 굴욕감도 당연히 느꼈고, 직업을 빼앗기고 나서야 내가 사회인으로서 순진했음을 깨닫기도 했다. 그전까지는 정치나 사회, 인간관계 등, 아무튼 무언가가 나를 지켜 주고 있다는 근거 없는 안도감을 품고 있었다. 최소한의 신뢰조차 성립하지 않는 살벌한 세상에서 살고 있었는데도.

그나마 가정을 갖고 있지 않다는 게 유일한 위안이었다. 30대 중반 독신 남성이라면 아직은 다시 시작할 수 있는 기회는 있겠지. 그렇게 스스로를 위로했지만 지르퉁해진 마음만은 어쩔 도리가 없었다. 한동안은 실업 수당에 의지하여 빈둥빈둥 시간을 보냈다.

그러나 그런 무위도식하는 나날은 한 달이 한계였다. 예금 잔고가 눈에 띄게 줄어들었다. 이대로 계속 나태하게 살다가는 언젠가 길바닥 신세로 전락하는 날이 닥쳐오겠지. 나는 초조해져서 슬슬 구직 활동에 전념해야겠다고 생각했다.

직업 소개소에 가기도 했고, 인터넷에서 구인 정보를 검색해 보기도 했다. 그리고 옛 친구들에게 연락을 쫙 돌려 나갔다. 옛 우정을 되새기면서 재취직할 만한 곳이 없는지 물어볼 심산이었다.

대학 시절 친구인 다니무라가 바로 그때 전화를 걸었다. 옛날과 변함없이 약간 느물느물한 말투로 녀석이 말했다.

"사와키? 오랜만. 정리 해고를 당했다면서?"

"소문 한번 빠르네. 누구한테서 들었어?"

다니무라가 공통된 친구의 이름을 들먹였다. 그 친구에게 요전에 막 이메일을 보낸 참이었다. 다니무라와 통화를 하니 대학생 시절이 새록새록 되살아났다. 이제 와 돌이켜보니 매일을 홀가분하게 보낼 수 있던 마지막 시절이었다. 일곱 명쯤 되는 그룹이 학생 휴게실에 죽치고서 두서없이 수다를 떨었다. 영화나 음악, 친구들 사이에 퍼지는 소문이나 여자 이야기 등등. 다니무라는 늦된 편이라서 다른 멤버들이 여자와 겪었던 일화를 허세를 섞어 말할 때마다 눈을 동그랗게 뜨고서 듣곤 했다.

"어때, 저녁이나 같이 먹을래?"

다니무라가 먼저 권유했다.
"싸고 좋은 가게를 알거든."
"그래, 좋지."
그래서 모레에 재회하기로 금방 정했다.

간다 빌딩가에 2월의 차가운 밤바람이 소리를 내며 불어 댔다. 다니무라가 택한 중화요리점은 왁자지껄한 역 앞에서 벗어난 구역에 있었다. 노년에 접어든 중국인 부부가 운영하는 아담한 가게로, 1층에는 카운터석이 있고 좁은 계단을 올라가면 탁자석이 마련되어 있었다. 2층에 손님이 아무도 없어서인지 실제 실내 온도보다 더 썰렁하게 느껴졌다.
 안쪽 자리에 앉아 두 번째 차를 주문하려던 즈음에 드디어 다니무라가 도착했다.
"늦어서 미안. 거래처에서 갑자기 전화를 걸어서."
 정장 차림으로 나타난 옛 친구는 옛날에 비해 살집이 두둑해졌다. 두 뺨이 지방으로 부풀어서인지 입을 오므리고 있는 듯했다. 이대로 중년 비만이 되느냐 마느냐 갈림길에 서 있었다. 통통한 겉모습에서 묘한 애교가 풍기는지라 미안한 줄 알면서도 그만 웃고 말았다.
 맥주 두 잔과 일품요리 몇 가지를 주문하고서 다시금 서로를 물끄러미 쳐다봤다.
"사와키는 여전하네."

다니무라가 말했다.
"넌 조금, 쪘나?"

내가 조심스럽게 말하자 다니무라가 "먹는 게 유일한 낙이라서." 하고 웃었다. 눈꼬리가 처져서 싹싹하게 느껴지는 웃음은 학생 시절 그대로였다. 적을 만들지 않는 온건한 태도도 여전했다. 그런데 왠지 어두운 분위기가 풍기는 듯도 했다. 눈 밑에 음울한 그늘이 드리워져 있는 것은 가게 조명이 충분히 환하지 않기 때문만은 아니겠지. 저 녀석도 직장 생활을 하면서 피폐해졌나?

"일요일 같은 휴일에는 시간을 내서 손수 음식을 만들어 먹어. 오늘은 맛을 어떻게 내는지 공부할 겸 이 가게를 택했지."

"그런 거 할 시간에 얼른 결혼이나 해라."

나는 내 처지는 애써 무시하고서 말을 이었다.

"회사에 좋은 여자가 없나?"

"좋은 여자들은 누가 먼저 찜해 두더라."

다니무라는 사원이 300명쯤 되는 중견 상사에서 근무했다. 그곳에서 어패럴 부문 과장이라는 직책을 맡고 있었다. 평소에는 출장이 잦아서 간토 지역을 이리저리 돌아다닌다고 했다.

우리는 한동안 중화요리를 안주 삼아 맥주나 사오싱주를 마시면서 업무와 관련한 잡다한 대화를 나눴다. 그러다가 내가 때를 보아 "재취직할 만한 괜찮은 데가 없을까?" 하고 말을 꺼내자 다니무라가 고개를 한 번 끄덕이고서 대답했다.

"우리 회사는 중간에 경력직을 채용할 계획이 없어. 하지만 관계사나 거래처도 있으니 그쪽에도 물어볼게."
"미안, 고마워."
"아냐, 괜찮아."
그 후에는 다른 친구들의 근황 이야기 등을 나눴는데, 왠지 다니무라의 어두운 표정이 마음에 걸렸다. 배도 거의 차서 마지막으로 볶음밥을 주문하려던 차에 나는 물어봤다.
"일이 잘 안 풀려? 너, 안색이 왠지 어둡다."
이어 다니무라가 진지한 표정을 짓더니 조금 주저하다가 말했다.
"취직할 자리를 알아봐 주는 대가는 아닌데, 실은 나도 부탁할 게 있어."
"뭔데?"
"조금 이상한 일을 겪었어."
설마 돈을 꿔 달라는 부탁인가 싶어서 나는 경계했다.
"내 능력껏 도와줄 테지만, 사정이 썩 좋지는 않아서."
"그게 말이야."
다니무라가 우물쭈물하다가 겨우 말을 이었다.
"발소리 말인데."
"발소리?"
나는 되물었다. 무슨 뜻인지 모르겠다.
"발소리가 뭐 어쨌다고?"

다니무라가 맞은편에서 이쪽으로 얼굴을 가까이 대고는 소곤거렸다.

"밤에 귀가하다 보면 조금 한적한 곳이 나오거든. 근데 거길 걷고 있으면 발소리가 날 쫓아와."

"무슨 발소리야?"

"부츠가 아닐까 싶어. 에나멜 부츠."

어패럴 업계에서 일하는 다니무라가 말했다.

"그럼 여자인가?"

다니무라가 고개를 끄덕였다.

나는 웃었다.

"널 따라다니는 여자가 있다는 거야?"

"아냐. 그런 얘기가 아냐. 더 으스스한 얘기라고."

친구의 절박한 말투에 나는 웃음을 쑥 집어넣었다.

"혹시, 스토킹이야?"

그러나 다니무라는 그 말에도 고개를 가로저었다.

"매일 밤 똑같은 발소리가 쫓아와. 그래서 무섭더라고. 누가 쫓아오는 건지 확인하려고 뒤를 돌아봤어. 그랬더니……."

다니무라가 말을 잇지 못하고 얼굴이 핼쑥해졌다.

"그랬더니?"

나는 재촉했다.

"밤길에, 아무도 없었어."

다니무라가 말했다.

나는 어떻게 반응해야 할지 알 수 없었다. 괴이한 이야기를 들려준 친구에게 말장구를 쳐 주며 함께 두려워해야 할지, 피식 웃어넘겨야 할지, 아니면 현실임을 인정해 주고서 뒷이야기에 귀를 기울여야 할지.
"알아. 난데없이 이런 얘기를 들으면 누구나 당혹스럽겠지."
다니무라가 눈을 치뜬 채 내 안색을 살피면서 말했다.
"그래도 마지막까지 내 얘기를 들어 주지 않겠어?"
"그래."
나는 사오싱주를 컵에 따르고서 한 모금 마신 뒤 말했다.
"계속 말해 봐."
다니무라도 술로 입술을 축인 뒤 더듬더듬 말하기 시작했다. 녀석이 들려준 이야기를 정리하자면 이렇다.
언제부터 그 발소리가 쫓아왔는지는 정확히 짚을 수 없다. 그런데 2주쯤 전부터 배후를 따라다니는 그 소리에서 음침한 분위기가 감돌기 시작했다고 한다.
녀석이 사는 맨션은 역에서 도보로 15분쯤 떨어져 있다. 역을 나오면 한동안은 통행량이 많은 상점가가 이어진다. 이윽고 점포가 끊어지고 주택가에 들어서는데, 10분쯤 걸으면 갑자기 주변이 고요해진다. 거기에 깔려 있는 직선로에 들어서면 발소리가 들려온다고 한다. 에나멜 부츠로 추정되는 발소리는 가까워지거나 멀어지지도 않고 일정한 간격을 유지한 채 계속 쫓아온다. 그리고 녀석이 처음에 말했던 대로 뒤를 돌아보더라도 아무도 없다.

다니무라는 그 발소리가 당사자에게만 들리는지, 아니면 제삼자에게도 들리는지 확인해 달라고 부탁했다. 녀석이 초췌해진 이유는 자신의 정신이 이상해진 게 아닌지 요즘에 의심하고 있어서였다.

"이런 얘기는 친한 사람이 아니면 꺼낼 수가 없어."

다니무라가 가냘픈 목소리로 말했다.

"내 머리가 이상해진 게 아닌가 싶어서 말이야."

"내가 너네 집 근처로 가서 그 발소리가 진짜 들리는지 확인해 보면 되는 거지?"

"맞아. 괜찮지? 요즘에 시간이 남아도니까."

어째서 녀석이 직장을 잃은 나에게 먼저 연락을 해 왔는지 비로소 알겠다. 한가한 사람이라고 여겼겠지. 어처구니가 없다는 생각도 들었지만, 취직할 만한 곳을 알아봐 달라는 부탁도 흔쾌히 수락해 줬기에 딱 잘라 거절할 수는 없었다.

"알겠어. 좋아."

이미 둘 다 취기가 돌았기에 이튿날 밤에 문제의 발소리를 검증하기로 했다. 세부 사항을 간단히 의논하고서 중화요리점에서 나와 헤어질 즈음에 다니무라는 "오늘도 쫓아오겠지." 하고 말하고는 음울한 얼굴로 혼자 사는 맨션으로 돌아갔다.

더욱 쌀쌀해진 이튿날 밤, 나는 지금 사는 공동주택을 나와 전철을 타고서 50분쯤 걸려 도쿄 서쪽에 있는 어느 민영 전철 역에 도착했다. 이곳은 도쿄도 내 어디에나 있는, 옛 정취가 느껴지는 서민 동네였다. 역 양옆에는 채소 가게나 생선 가게 등이 연달아 처마를 맞대고 있었다. 시간을 보내기 위해 들어갔던 찻집은 내부가 케케묵어서 어렸을 적인 쇼와 시대*가 떠올랐다. 가게 안에서 바깥을 바라보니 장을 보려는 손님의 발길은 뚝 끊겼다. 퇴근하는 사람들의 모습만이 눈에 띄었다.

8시 30분이 지났을 즈음에 다니무라가 휴대전화로 연락을 해 왔다.

"지금 전철을 갈아탔으니 10분쯤 뒤에는 그쪽 역에 도착할 거야."

"알겠어."

나는 대답하고서 커피 값을 지불한 뒤 찻집을 나왔다. 어젯밤에 중화요리점에서 다니무라가 적어 줬던 지도를 보면서 녀석의 자택 쪽으로 걷기 시작했다.

주변을 살펴보니 사전에 들은 대로였다. 상점가를 나와 주택가에 접어든 뒤 가로등이 비추는 밤길을 묵묵히 걷고 있으니 역 앞에서 들려오던 소음이 뒤로 멀어졌다. 대신에 정적이 은밀히 다가왔다. 집집마다 창문에 불이 켜져 있지만 내부 소리는 새어 나오지 않았다. 인적도 없었다. 고도로 집중된 대도

---

* 1926년부터 1989년을 가리킨다.

시인데도 밤이 깔린 주택가는 이리도 조용한가? 새삼스레 그 사실을 깨달았다.

발소리가 쫓아온다는 문제의 직선로에 들어서니 확실히 무언가 이상한 공기를 느꼈다. 그저 느낌일지도 모르겠지만 발을 내딛기가 주저되는, 멀리 밀어내려는 희미한 압력이 피부를 짓누르는 듯했다. 실제로 T자로를 꺾으면 포장로가 양옆으로 뻗어 나가는데, 한쪽에만 주택들이 늘어서 있고 다른 한쪽은 콘크리트로 다져진 비탈길이었다. 그쪽은 가로등 개수가 현저히 적었다. 길 입구에서 둘러보니 완만한 내리막길이라서 그런지 어두운 땅속으로 이끌릴 것 같은 착각에 휩싸였다.

무슨 담력 시험이냐? 나는 속으로 중얼거렸다. 나이깨나 먹은 성인이 이런 일로 두려워해서 쓰겠나.

나는 발을 내딛고서 길이가 100미터쯤 되는 긴 경사로를 내려갔다. 딱 절반쯤 되는 지점에 접어들자 다니무라가 알려 준 어린이 공원이 나왔다. 넓이는 주택 두 채를 합쳐 놓은 정도였다. 처치 곤란한 공유지에 어쩔 수 없이 조성한 것 같은 좁은 공원이었다. 놀이기구는 미끄럼틀과 모래밭뿐, 그 밖에는 벤치 하나만이 덩그러니 놓여 있었다.

어젯밤에 의논했던 대로 나는 어둠 속에 있는 그 벤치에 앉았다. 고개를 오른쪽에서 왼쪽으로 돌리며 직선로를 둘러봤다. 앉은 자리에서 느껴지는 냉기가 척추를 타고서 뒤통수에까지 치밀었다. 얄궂은 일에 휘말렸구나, 하고 기막혀하고 있자니 다니무라가 휴대전화로 두 번째 연락을 해 왔다.

"지금 역을 나왔어. 10분쯤 뒤에 거길 지나갈 거야."

"알겠어."

나는 손목시계의 분침 위치를 확인했다.

"발소리가 들리면 왼쪽 귀를 만질 테니 놓치지 말고 봐 줘."

"그래."

나는 전화를 끊고서 담배에 불을 붙인 뒤 녀석이 오기를 기다렸다.

5분이 지나고 10분이 지났다. 이윽고 역 쪽에서 발소리가 들려왔다.

나는 귀를 기울였다. 무거운 발소리가 서서히 다가왔다. 구두가 일정하게 내는 소리가 점점 커지더니 다니무라의 모습이 시야에 들어왔다. 공원 앞을 지나면서 공포에 일그러진 얼굴로 왼손에 귀를 대고 있었다. '그 발소리가 들린다.'라는 신호였다.

나는 몸을 내밀어 온 신경을 앞쪽에 깔려 있는 직선로에 집중했다. 무서워도 보고 싶어 하는 구경꾼 근성으로 어떤 작은 소리도 흘리지 않겠다며 진지하게 귀를 기울였다. 그러나 길을 걷고 있는 사람은 다니무라뿐이었다. 녀석이 내는 발소리 말고는 아무것도 들리지 않았다. 배후에서 쫓아온다는 그 발소리는 역시나 환청이었다.

다니무라가 공원 앞을 지나더니 그 뒷모습이 내 시야에서 사라졌다. 녀석이 공포를 견딜 수 없었는지 달음박질하는 소리가 났고, 이윽고 그조차도 들리지 않게 됐다.

나는 벤치에서 일어나 담배꽁초를 휴대용 재떨이에 눌러 비비면서 어떻게 말해 줘야 하나 고민했다. 병원에 가서 검사를 받아 보라는 말이 가장 타당하면서도 모나지 않은 표현이리라 생각했다. 그런데 바로 그때 내 귀에도 희미한 발소리가 들리기 시작했다.

나는 공원을 나가려다가 화들짝 놀라 발을 멈췄다. 그리고 내 오른편, 경사로 위쪽을 쳐다봤다. 야음이 깔린 저 너머에서 무언가가 규칙적으로 아스팔트 노면을 때리며 이쪽으로 이동하고 있었다. 소리만 들려올 뿐 사람의 실루엣은 보이지 않았다. 믿기지 않는 현상에 당황한 나는 눈알을 빠르게 굴려 소리의 근원을 찾아내려고 했다. 그러나 밤이 드리워진 길 위에는 아무도 없었다. 그저 어둑한 공간만이 이어져 있을 뿐이었다. 흐릿한 발소리만이 일정한 간격으로 한 걸음, 또 한 걸음, 다가오더니 내 눈앞을 지나고서 이윽고 멀어져 갔다.

모습은 보이지 않았지만, 허무와도 같은 인기척이 느껴졌다. 실체를 잃어버린 눈으로 정처 없이 계속 걷고 있는 사람의 인기척을 확실히 느꼈다. 그것이 지나가자마자 냉기가 두 뺨을 스치고서 빠져나갔다. 그 순간에 나는 심골이 얼어붙는 것 같은 공포에 휩싸여 도망쳐야 할지, 제자리에 가만히 서 있어야 할지 갈피를 잡지 못했다.

그때 공포를 더욱 부채질하는 기괴한 현상이 벌어졌다. 내 앞을 지나갔던 발소리가 다시 들려왔다. T자로 분기점에서 다가온 발소리가 똑같은 박자로 경사로를 내려갔다. 모든 것이 아까와 똑같았다. 더욱이 그 현상은 세 번 되풀이됐다. 마치 망가진 기계가 똑같은 동작을 반복하고 있는 것 같은, 의지가 느껴지지 않는 망아(忘我)의 행진이었다.

또 다가오나 싶어서 나는 비탈 위를 살폈다. 그러나 이제는 아무것도 들려오지 않았다. 나는 코트 주머니에서 메모지를 꺼낸 뒤 지도에 적혀 있는 다니무라의 맨션 위치를 확인했다. 이제야 얼어붙었던 두 다리를 땅바닥에서 뗄 수 있었다. 그리고 마음속 한편으로는 어른스럽지 못하다고 생각하면서도 헐레벌떡 뛰기 시작했다.

몇 분 뒤에 다니무라의 맨션에 도착했는데도 무언가가 쫓아오는 것 같은 으스스한 느낌이 여전히 등골에 달라붙어 있었다. 매일 밤 이런 꼴을 당했다면 다니무라도 버텨 낼 재간이 없었겠다고 납득할 수밖에 없었다.

비좁은 엘리베이터 내부도 으스스하긴 했지만, 아무튼 나는 4층으로 올라가 다니무라네 인터폰을 눌렀다. 바로 옆에 비상계단으로 이어지는 출구가 있었는데, 저 아래에서 그 발소리가 올라오지 않을까 싶어서 가슴이 조마조마했다.

문을 연 다니무라는 내 얼굴을 살피더니 무슨 일이 벌어졌음을 알아챈 듯했다. 그늘이 진 눈가에 공포가 더 가미됐다.

나는 마음을 진정시키고자 노력하면서 실내에 들어가 방금 겪은 체험을 이야기했다.

다니무라가 전율한 얼굴로 말했다.

"같은 발소리가, 세 번이나 지나갔다고?"

"그래, 똑똑히 들었어. 네 뒤를 쫓았던 것까지 합하면 횟수가 더 많았을지도 모르겠어."

옛 친구가 기겁한 표정을 짓고서 할 말을 잃었다.

어떻게든 마음을 북돋아 줘야겠다 싶어서 나는 말했다.

"그래도 조금이나마 기뻐해. 내 귀에도 들렸어. 네 머리는 정상이었어."

"응. 하지만 어느 쪽이든 난감하기는 매한가지인 것 같은데."

다니무라는 모호하게 말하고서 애써 웃음을 지었다. 저 녀석은 어떤 상황에서나 뜨뜻미지근한 태도를 취하는 게 특징이다.

"배 안 고파? 답례로 뭐라도 만들어 줄게. 저기 앉아 있어."

흥분했기 때문인지 집 안으로 뛰어든 뒤로 줄곧 서서 대화를 나눴다. 나는 거실 탁자 앞에 앉아 방 하나와 거실, 부엌으로 구성된 내부를 둘러봤다. 내가 사는 공동주택과 거의 비슷한 넓이였다. 요리가 취미라던 말이 사실인지 부엌에는 조리 도구가 갖춰져 있었다. 부엌칼과 요리용 젓가락을 비롯하여 저렴한 용품이 하나도 없는 듯 보였다. 다니무라는 고기와 채소를 잘게 썬 뒤 익숙한 손놀림으로 웍을 흔들어 둘이 먹을 볶음밥을 만들었다.

"어제 그 가게에서 먹었던 맛을 흉내내 봤어."

한입 먹어 보니 확실히 요리에 정통한 사람이 낸 맛이었다.

"대단한데?"

내가 칭찬하자 다니무라가 살며시 웃더니 캔맥주 두 개를 내려 두고서 자리에 앉았다. 그러고는 볶음밥을 먹으면서 말했다.

"아까 그 얘기로 돌아갈게. 그 발소리에 관해 아직 말하지 않은 게 있어."

내 귓속에서 그 발소리가 되살아나더니 등골이 오싹해졌다.

"뭔데?"

"매일 밤, 그 소리를 들을 때마다 무서워서 줄행랑을 쳐. 그러면 발소리가 더는 안 쫓아와."

나는 고개를 끄덕였다. 분명 발소리는 일정한 박자를 유지했다. 즉 그것은 걷고 있는 것이지 뛰는 것은 아니다.

"근데."

다니무라가 밥을 먹던 손을 멈추고서 말을 이었다.

"날이 갈수록 다가오고 있어."

"다가온다고?"

"처음에는 그 공원을 지나가면 발소리가 들리지 않았어. 근데 날마다 거리가 늘어나더니 요즘에는 맨션 바로 근처까지 쫓아와. 마치 내 거주지를 알아내려는 것처럼."

거기까지 듣고서야 나는 자그마한 착각을 깨달았다. 목적이 없는 것처럼 기계적으로 되풀이됐던 발소리. 다니무라뿐만 아니라 내 귀에도 들렸기에 그 일대에서만 벌어지는 기괴한 현상이 아닐까 하고 생각했다. 즉 밤사이에 그 길을 지나가는 모든 사람이 겪는 기괴한 현상일 거라고. 그런데 그게 아닌 듯했다.

"그 발소리가 너만 쫓고 있다는 뜻이야?"

"그런 느낌이 들어."

암담해하는 다니무라의 얼굴을 살펴봤다. 저 녀석에게서 어두운 기색이 풍기는 이유는 어떤 흉한 게 들러붙었기 때문인가 싶어서 묘하게 납득이 됐다. 그런데 어째서 발소리는 다니무라만을 쫓는 것일까?

"최근에 무슨 유별난 일을 겪기라도 했어? 교통사고와 맞닥뜨렸다든지, 혹은 자살을 목격했다든지."

"짐작 가는 데가 전혀 없어."

다니무라가 고개를 가로저었다.

"이 건은 이제 끝내는 편이 좋을 것 같아."

"끝내다니?"

"사와키는 잘해 줬어. 이게 환청이 아님을 안 것만으로 충분해. 더는 관여하지 말아 줘."

"왜? 널 생각해서 얘기하고 있잖아."
"왜냐면."
다니무라가 주저하면서 말했다.
"그게 너한테도 들러붙으면 어쩌려고?"
나는 대답할 말을 찾지 못하고 친구의 얼굴을 쳐다봤다. 그건 기우일 뿐이라고 웃어넘길 수가 없었다. 나도 아무도 없는 밤길에 울리는 발소리를 듣고 말았으니까.

이튿날 해가 아직 높이 떠 있을 때 나는 거주하는 공동주택을 나섰다. 어제와 마찬가지로 전철을 타고서 도쿄 서쪽으로 향했다.
어젯밤에 다니무라의 맨션을 떠난 뒤에는 그 직선로를 다시 지나갈 마음이 차마 들지 않아서 택시를 타고 역으로 갔다. 나는 한낮에 그 사위스러운 길로 되돌아가는 중이었다. 다니무라가 우려했던 대로 깊이 연루되기 전에 손을 떼어야만 하는지도 모르겠다. 그러나 이미 그 발소리가 들러붙지 않았을까 싶은 불안감이 머릿속에서 떠나지 않아서 마음에 걸렸던 것을 딱 하나만 확인해 둘 작정이었다.
민영 전철역을 나와 상점가를 지난 뒤 주택가로 향했다. 한동안 걸어가니 문제의 직선로가 가까워졌다. 나는 그 입구, T자로 분기점에서 멈춰 섰다. 이곳을 직진하지 않고 오른쪽으로 꺾으면 다니무라의 맨션이 나온다.

역에서 여기로 오는 동안에는 발소리를 감지하지 못했다고 다니무라는 말했다. 즉 그 발소리는 이 분기점에서 시작됐다는 뜻이다. 그래서 나는 한 가지 생각을 떠올렸다. 그 발소리는 역 쪽에서 쫓아왔던 게 아니라 T자로 반대편에서 이쪽으로 다가왔던 게 아닐까? 다시 말해 발소리는 T자로 너머에서 이 분기점까지 와서, 역에서 걸어왔던 다니무라와 합류하는 형태로 쫓았던 게 아닐까?

그렇다면 T자로를 곧장 나아가면 무언가가 있겠지. 사전에 검색한 인터넷 지도에 따르면 200미터쯤 앞에 만(卍)자가 기재되어 있었으니 절과 묘지가 있다는 건 틀림없었다. 이 세상의 것이 아닌 존재가 걸어왔다면 그 묘지가 출발점이 아닐까. 나는 그렇게 짐작했다.

절로 향하면서 나는 길 양쪽에도 시선을 던져서 도로에 꽃다발이 놓여 있지 않은지도 확인했다. 교통사고를 당하여 사망했던 사람이 있을지도 모른다는 가능성도 헤아렸다.

그러나 이 조사는 허탕으로 끝났다. 이 부근에서 사망 사고가 발생했던 흔적은 없었고, 목적지인 작은 절에는 어느 시대에 세워졌는지 모를 이끼 낀 비석만이 늘어서 있었다. 최근에 사망한 사람을 안치한 적은 없는 듯 보였다.

이곳에 온 목적을 일찍 잃어버린 나는 하는 수 없이 절을 나와 다른 단서를 찾고자 걷기 시작했다. 한동안 나아가니 좁은 유료 주차장이 나왔다. 요금 지불기와 캔음료 자판기가 나란히 서 있었다. 나는 따뜻한 캔커피를 구입하여 싸늘해진 두 손을 온기로 녹이면서 앞으로 어떻게 할지 생각했다. 신문기자도 아니니 집집마다 문을 노크하고서 '최근에 이 부근에서 사람이 죽지 않았습니까?' 하고 물어보며 돌아다닐 수도 없는 노릇이었다. 어차피 일반인이 조사할 수 있는 범위는 뻔한가.

바로 그때 누군가가 "잠시 실례하겠습니다." 하고 말을 걸었다. 시선을 들어 올리니 수수한 옷차림을 한 중년 남녀가 나란히 서 있었다.

"무슨 일입니까?"

"이 부근에 사십니까?"

여자가 물었다.

"아뇨, 친구 집이 근처에 있어서요."

"그렇습니까? 저흰 경시청에서 나왔는데요."

두 사람이 경찰수첩을 내보였다.

허를 찔린 나는 혼란스러워하다가 별안간 기대를 품었다.

남자 형사가 "다케우치입니다." 하고 이름을 밝히고서 말을 이었다.

"재작년 12월에 여기에서 살인 사건이 벌어졌다는 걸 아십니까?"

"아뇨. 무슨 사건이죠?"

"젊은 여성이 폭행을 당한 끝에 흉기에 베여 시신으로 발견됐습니다. 단서가 적어서 지금도 이렇게 인근을 돌아다니며 주민분한테 탐문 조사를 벌이는 중입니다."

"그렇군요."

나는 대꾸하면서 속으로는 흥분했다. 발소리의 주인은 이곳에서 살해된 여성이 아닐까? 이 추측을 뒷받침할 만한 단서가 더 나온다면 결정적일 텐데.

"하지만 이 동네에는 어제 처음 왔거든요. 도움을 드리지 못해 죄송합니다."

"괜찮습니다."

다케우치 형사가 옆구리에 끼고 있던 세컨드백을 열어 정보 제공을 호소하는 전단지를 뽑았다.

"뭔가 떠오르는 게 있다면 이리로 연락을 주십시오."

나는 전단지를 내려다봤다. 거기에는 사건이 발생했던 날짜 외에도 피해자 여성의 성명과 얼굴 사진, 그리고 사건 당시의 옷차림 등이 적혀 있었다. 끝에는 특별수사본부의 전화번호가 첨부되어 있었다. 그러나 내가 가장 알고 싶어 하는 정보는 그 종이에는 없었다.

"질문 좀 해도 될까요?"

"뭐죠?"

"이 여성분은 에나멜 부츠를 신지 않았던가요?"

"에나멜 부츠? 글쎄요, 어땠더라?"

다케우치가 그렇게 말하고서 파트너 형사에게 물었다.

"사토 씨, 기억나?"

사토라는 여성 형사도 고개를 갸웃거렸다.

"부츠는 아니었던 것 같은데요."

가장 중요한 정보를 얻지 못해서 나는 속이 탔다.

"그게 왜요?"

다케우치가 물었다.

발소리 괴담을 들려줘 봤자 진담으로 받아들이지 않을 것 같아서 나는 말을 흐렸다.

"아뇨, 됐습니다. 그리고 또 하나. 시신은 어느 부근에서 발견됐죠?"

"거기요."

다케우치가 내 발치를 가리켰다.

"지금 서 계신 부근입니다."

나는 놀라서 한 걸음 물러섰다. 그야말로 시신이 버려졌던 곳을 두 발로 밟고 있었다.

"사건 당시에 이 부근 일대는 한창 분양 주택을 짓던 중이라서 야간에는 길이 한적했습니다. 그래서 귀가하던 여성이 여기서 표적이 됐던 거지요. 이 주차장은 범행 당시에는 잡초가 무성한 공터였습니다."

기분 때문인지 발치에서 검은 요기(妖氣)가 피어오르고 있는 듯했다.

"그럼 뭔가 떠오르거든 연락 주십시오."

두 형사가 그렇게 말하고서 떠났다.

나는 한동안 그곳에 서서 아스팔트로 포장된 땅을 내려다봤다. 귓속에서 겁을 먹은 듯한 오랜 친구의 목소리가 반복되어 울렸다.

'너한테도 들러붙으면 어쩌려고?'

일반인인 내가 탐정처럼 조사를 벌이다가 돌이킬 수 없는 일을 저지른 게 아닌가 싶은 불안이 고개를 쳐들었다. 마음만 먹었다면 피할 수 있던, 저주받은 영역에 스스로 발을 들인 게 아닐까?

그리고 그날 밤부터 내 등 뒤에서도 발소리가 쫓아오게 되었다.

처음에는 몰랐다.

형사들과 헤어지고서 나는 가장 먼저 피시방을 찾아 들어가 컴퓨터로 젊은 여성 회사원이 살해된 사건을 검색했다.

현장 부근의 지명과 함께 '살인'이라는 단어로 검색을 해 봤더니 신문기사 두 건이 나왔다. 두 기사 모두 피해자가 신었던 신발에 관해서는 다루지 않았다. 그 후에 검색어를 이리저리 바꿔 봤지만 아무것도 발견하지 못했다. 속보나 다른 신문사의 기사는 다른 기사로 갱신되어 인터넷에서 지워졌겠지.

이렇게 된 이상 도서관에 가서 신문 축쇄판*을 살펴보거나,

---
* 신문기사를 월 단위로 축소해 펴낸 책.

그래도 안 된다면 고서점가에서 옛 주간지를 뒤져 보는 수밖에 없을 듯했다. 그런 방침을 세우면서 나는 환승역에 있는 입식 소바 식당에서 저녁을 때우고서 귀가했다.

집에서 가까운 역에 내리니 이미 해가 저물었다. 개찰구를 나와서 철교 아래에 늘어선 음식점 구역을 빠져나와 파친코와 노래방 앞을 지나 공동주택으로 향하던 도중에 그 소리가 조금씩 내 의식에서 불거졌다. 다니무라가 겪었던 일을 몰랐다면 알아차리지 못했을지도 모르겠다. 평소에는 등 뒤에서 나는 소리에 관심을 기울이지 않았으니까.

큰길에서 멀어져 차들이 오가는 소리가 사라지자 고요한 이 일대에서 발소리가 은근히 두드러졌다. 처음에는 착각한 줄 알았다. 그래도 혹시 몰라서 평소에는 이용하지 않는 좁은 골목에 들어섰더니 그 발소리도 쫓아왔다. 오른쪽으로 꺾으면 오른쪽으로, 왼쪽으로 꺾으면 왼쪽으로, 들릴까 말까 하는 희미한 발소리가 나만을 노리고서 확실히 쫓아왔다.

나는 걸음을 재촉하다가 어느새 달리고 있었다. 내 신발 소리와 옷 스치는 소리, 숨소리에 묻혀서 등 뒤에서 발소리가 쫓아오는지 알 수 없었다. 공동주택 입구에 뛰어들자마자 뒤를 돌아봤지만 밤이 깔린 길 위에 사람의 모습은 없었다.

3층에 있는 집으로 뛰어들었을 때는 숨을 헐떡이고 있었다. 현관문을 잠근 뒤에도 한동안 문에 달라붙어 바깥 동태를 살폈다. 발소리는 더 이상 들리지 않았다.

다니무라는 발소리가 서서히 다가온다고 말했다. 내 등 뒤에서 들렸던 발소리도 내일은 공동주택에서 더 가까운 지점까지 쫓아올까?

그때 느닷없이 집 전화가 울리기 시작했다. 펄쩍 뛸 만큼 놀란 나는 실내 조명을 켠 뒤 벽에 달린 전화기로 달려갔다.

수화기 너머에서 다니무라가 다 기어 들어가는 목소리로 말했다.

"여보세요?"

"다니무라? 마침 잘됐어. 나도 전화하려던 참이었어."

방금 막 들었던 발소리에 관해 말해 주려고 했다가 다니무라에게 공연히 겁을 줘서는 안 되겠다는 생각이 들었다. 그래서 젊은 여성이 살해된 사건만을 전했다. 그랬더니 녀석도 짐작 가는 바가 있었나 보다.

"재작년 사건이라고? 그러고 보니 그랬던 것 같기도 하네."

"너, 사건이 발생한 뒤에 현장에 접근한 적 없어?"

"그 길은 산책할 때 여러 번 지났어. 하지만 그 근처를 지났던 사람은 나 말고도 많을 거 아냐?"

그 말이 맞는다고 나도 인정할 수밖에 없었다. 그렇다면 어째서 나와 다니무라만 기이한 현상을 겪었을까? 의아하긴 했지만 납득이 갈 만한 설명은 떠오르지 않았다.

"그나저나 무슨 일로 전화했어?"

"실은 부탁이 있어."

다니무라가 겁에 질린 목소리로 말했다.
"오늘 밤에 우리 집에서 자고 가면 안 될까?"
"왜?"
"그게, 맨션 앞까지 왔어."
나는 싸늘한 손이 등을 쓸어내린 것 같은 감각에 휩싸였다.
"오늘 밤에는 아예 건물 앞까지 쫓아왔어. 언젠가 4층까지 올라오지 않을까 생각하니 무서워서 미치겠다."
그러나 나도 이제는 밤길로 나설 마음이 들지 않았다. 겁을 먹었음을 들키고 싶지 않았기에 이유를 대충 둘러댔다.
"거긴 못 가. 오늘 밤에 도저히 미룰 수 없는 용무가 있거든."
다니무라가 "이럴 수가." 하고 울먹일 듯한 목소리로 반응했지만, 아랑곳하지 않고 전화를 끊었다.
한시라도 빨리 그게 들러붙은 이유를 찾아내야만 한다고 나는 생각했다. 그러지 않으면 언젠가 그 발소리가 이 안까지 쫓아오지 않을까?

그날 밤에는 술의 힘을 빌려 하룻밤의 잠을 확보하고서 이튿날에도 오전에 외출했다.
우선은 도립 도서관으로 발걸음하여 그곳에서 소장 중인 전국 발행 신문의 축쇄판을 차례대로 살폈다. 재작년 12월에 벌어진 여성 회사원 살인 사건. 기사를 꽤 많이 발견했다. 그 기사들을 일일이 훑어봤으나 피해자가 무슨 신발을 신었는지는 나오지 않았다. 간단히 매듭을 지을 수 있을 줄 알았는데, 발소리의 주인이 살해된 그 여성이었다는 증거를 좀처럼 얻을 수가 없었다. 정보가 많아서 모든 기사를 다 읽을 수 없었기에 나머지는 복사하여 집으로 갖고 가기로 했다.

그다음에는 고서점가로 가서 옛 주간지를 취급하는 서점을 몇 군데 둘러봤다. 책장에 꽂혀 있는 옛날 잡지들은 하나같이 비닐로 포장되어 있어서 내용을 읽을 수가 없었다. 하는 수 없이 해당하는 달에 발행됐던 잡지를 전부 구입했다.

부푼 가방을 들고서 고서점을 나섰을 즈음에는 해가 저물고 있었다.

날이 어두워지기 전에 귀가해야겠다는 생각에 마음이 조급해졌다. 그 발소리에 쫓기는 것은 이제 질색이었다. 역으로 이어지는 길을 종종걸음으로 걸어가 무거운 가방을 안고 막 발차하려는 전철에 뛰어들었을 때는 이마에 땀이 맺혀 있었다.

그런데 전철 안에서 손잡이를 잡고서 한겨울의 차가운 하늘을 바라보고 있으니 불현듯 생각이 떠올랐다. 다니무라와 똑같은 짓을 해 봤자 소용없지 않을까? 그 녀석처럼 도망치기만 하다가는 언젠가 따라잡히지 않을까 싶었다. 그러지 말고 밤이 깔린 길 위에 멈춰 서서 그 발소리 앞을 가로막으면 어떻게 될까? 정체불명의 기괴한 현상을 막을 수 있지 않을까?

시도해 볼 가치는 있을 듯했다. 어떻게든 현 상황을 바꾸지 않는다면 어젯밤에 다니무라가 겪었듯 공동주택 앞까지 따라

오겠지. 그러나 막상 행동으로 옮기려고 했더니 공포심이 문제였다. 배후에서 그 발소리가 들려왔을 때 나에게 발걸음을 멈출 만한 배짱이 있을까?

전철에서 내려 플랫폼에서 동네를 둘러보니 이 부근에 드리워진 땅거미가 빛을 잃어 가고 있었다. 어둔 밤이 곧 다가온다. 나는 각오를 굳히고서 역 앞 커피숍에 들어가 시간이 지나가기를 기다렸다. 이윽고 창에 비친 저녁 하늘이 완전히 캄캄해지자 가게를 나와 공동주택으로 향했다.

걷기 시작한 지 불과 몇 분 만에 나를 에워쌌던 역 주변 소음이 사라졌다. 내 몸을 지켜 줬던 방벽이 벗겨진 것처럼 마음이 불안해졌다.

큰길을 지나 인적이 드문 길에 들어섰다. 그리고 불빛이 꺼진 오래된 복합빌딩들이 늘어서 있는 구역에 접어들었다. 슬슬 때가 됐다고 생각하던 차에 그것이 나타났다. 정적이 깔린 밤에만 들을 수 있는 희미한 발소리가.

심장 고동이 빨라졌다. 청각뿐만 아니라 촉각까지 모든 신경이 배후에 집중됐다. 틀림없이 어젯밤과 마찬가지로 발소리가 일정한 간격을 두고서 따라오리라.

다시 앞을 주시하니 가로등과 가로등 사이에 깔린 어둠 속에 좁은 골목으로 꺾이는 모퉁이가 보였다. 저 길이야, 하고 나는 결심했다. 모퉁이를 돌고서 멈춘 뒤 발소리를 기다린다. 그런데 그 후에는 어떻게 될까? 발소리도 멈춰 설까? 아니면 내 몸을 통과하여 지나갈까? 혹은 살해된 여자가 눈앞에 모습을 드러낼까?

모퉁이가 바로 코앞이었다. 발소리를 죽이며 걷던 나는 좁은 골목에 들어가자마자 곧바로 멈춰 섰다. 콘크리트 담장에 등을 붙인 채 가만히 기다렸다.

귀를 기울이니 그 발소리가 한 걸음 한 걸음 다가왔다. 이제 몇 미터만 지나면 이 골목에 들어온다. 나는 하늘을 올려다보며 입을 크게 벌리고는 헐떡이듯 숨을 들이마셨다. 발소리가 이미 모퉁이 직전까지 왔다. 나는 나타날 존재를 확인하고자 눈을 부릅떴다. 그때 누군가의 기척이 홀연히 전해지더니 드디어 모습을 드러냈다.

젊은 여자였다.

나는 소리를 지를 뻔했다. 그러나 온몸이 얼어붙어서 성대가 움직이지 않았다.

여자는 완전히 무표정했다. 밤길에 우뚝 서 있는 나에게 눈길조차 주지 않은 채 초점이 없는 눈빛으로 허공을 이리저리 두리번거리며 바로 앞을 지나갔다.

나는 여자의 발에 시선을 돌렸다. 에나멜 부츠가 아니라 평평한 신발을 신고 있었다. 그제야 나는 무언가가 이상하다는 사실을 깨닫기 시작했다. 그곳에 가만히 서 있으니 모퉁이 너머에서 두 번째 발소리가 들렸다.

아마도 의식의 밑바닥에서는 알고 있었으리라. 이 너머에는 예상치 못한 별개의 공포가 기다리고 있을 거라고. 그러나 진실을 확인하고 싶다는 강한 욕구가 행동을 부추겼다. 나는 좁은 골목에서 아까 걸어왔던 길로 뛰쳐나갔다.

이쪽으로 다가온 사람은 낯선 젊은 남자였다. 세컨드백을 옆구리에 끼고 있었다. 그 남자도 아까 봤던 여자와 마찬가지로 내 모습 따윈 전혀 안중에도 없다는 듯 그대로 직진하여 떠났다.

떠나가는 남자를 지켜보다가 나는 역 쪽으로 시선을 돌렸다. 세 번째 사람이 다가왔다. 내가 아는 얼굴이었다. 상대는 금세 샛길로 들어가더니 시야에서 사라졌다.

모두가 사라진 밤길에 가만히 서 있자니, 새로운 전율이 구역질을 부추기면서 내 몸속에 괴어 나갔다.

전화가 울렸다.

나는 위스키를 홀짝이고 있었지만, 취하지 않도록 주의는 했다. 글라스를 내려 두고서 수화기를 들었더니 다니무라의 상기된 목소리가 들려왔다.

"여보세요? 사와키?"

"그래. 어쩐 일이야?"

"그 발소리 말이야. 오늘 밤에도 맨션 앞까지 쫓아왔어."

다니무라는 그 말만 하고서 한동안 말을 잇지 못했다.

"그래서?"

내가 재촉하자 오랜 친구가 떨리는 목소리로 말을 이었다.

"그래서 엘리베이터에 뛰어들어 4층으로 올라갔어. 어제까지만 해도 그 후에는 괜찮아졌는데 오늘 밤에 발소리가 또 들렸어."

"4층에 잠복하고 있었어?"

"아냐, 계단이야. 그 발소리가 비상계단 아래에서 올라왔어. 4층까지 오더니 우리 집 앞에서 멈췄어. 어쩌면 지금도 문밖에 있을지 몰라."

"문구멍으로 살펴보는 게 어때?"

"그럴 용기는 없어."

"이봐, 다니무라."

나는 위스키를 입으로 옮기고서 말했다.

"나도 어제부터, 발소리에 쫓기고 있어."

"어, 사와키도?"

"근데 나, 상대의 정체를 알아냈어."

"진짜? 정체가 뭐였는데?"

"경찰이야. 형사들이 날 미행하고 있더라."

다니무라는 말뜻을 이해하지 못한 듯했다.

"왜 형사가, 사와키를 미행한 건데?"

"넌 모르겠어?"

"몰라."

"그럼 알려 줄게. 날 살인 사건의 범인으로 의심하는 거야.

범인밖에 모르는 사실을 내뱉었거든."

"범인밖에 모르는 사실이라니?"

"에나멜 부츠 말이야. 경찰이 준 전단지에도, 매스컴에 보도된 정보에도 피해자가 신었던 신발에 관한 정보는 숨겨져 있었어. 살해됐던 여자가 에나멜 부츠를 신고 있었다는 건 범인밖에 모르는 사실이었어."

수화기 너머에서 아무 소리도 들리지 않았다.

나는 말했다.

"너, 여자를 죽였지?"

"내가 저질렀다는 말이야?"

"그래. 아무리 어패럴 업계 종사자라 해도 소리만 듣고 구두 재질까지 알아낼 수는 없어."

"트집 잡지 마."

"트집이 아냐. 그 여성 회사원을 죽인 범인은, 바로 너야."

그러자 다니무라가 분노를 억누르는 것 같은 평탄한 목소리로 말했다.

"증거는 없어."

"갑자기 정색하네? 그럼 내가 발소리 얘기를 경찰한테 털어놓으면 어떻게 될까? '에나멜 부츠 이야기는 친구인 다니무라한테서 들었습니다.' 하고 말이야."

"난 밤길에 발소리를 들었다는 얘기만 했어. 살해된 여자와 에나멜 부츠를 결부시켰던 게 아냐."

다니무라는 시치미를 뗐다.

"경찰은 그런 괴담만 듣고서 움직이지 않아. 아무도 날 잡지 못해."

"완전범죄라고 생각해?"

다니무라는 입을 다물었다. 이 대화가 녹음되고 있지 않은지 경계했는지도 모르겠다. 그리고 나는 녹음해 둘 걸 그랬다고 후회했다.

"자수해."

"안 해."

"어째서? 한 사람을 죽인 걸로 사형까지 내려지지는 않아. 아니면 이대로 평생 발소리에 쫓기며 공포에 시달릴 셈이야? 그 발소리는 끝내 네 거처까지 알아냈다고."

내 말에 겁을 먹은 것 같은 숨소리가 잠깐 들렸다. 다니무라의 공포가 되살아났나 보다. 한동안 소리 없는 상태가 이어지다가 전화가 갑자기 뚝 끊어졌다. 그 극단적인 반응은 녀석의 정신이 얼마나 내몰렸는지를 말해 줬다.

나는 수화기를 되돌린 뒤 생각했다. 실제로 증거가 부족한 살인 사건이니 완전범죄로 굳어지고 있는지도 모르겠다. 그렇다면 다니무라를 단죄할 자는 형사들이 아니다. 그 발소리다. 그리고 그것은 이미 녀석의 집 앞까지 와 있다.

이튿날, 무슨 일이 벌어질 것 같다는 암울한 기대를 품으면서 나는 위스키를 비웠다.

도서관과 고서점에서 수집해 온 자료에는 다니무라가 저지른 악독한 소행이 낱낱이 적혀 있었다.

살해된 스물세 살 여성은 부모 슬하를 떠나 도쿄에 소재한 단기 대학을 졸업한 뒤 작은 문구 회사에 취직했다. 주간지 기사에는 그녀가 품행이 방정한 성실한 회사원이었다는 사실과 사건 당시에 막 교제하기 시작한 연인이 있었다는 사실까지 적혀 있었다. 연인과 부모님이 얼마나 비통했을지 상상만 해도 가슴이 아플 지경이었다.

사건이 벌어졌던 밤에는 회사 동료들과 송년회를 보내느라 평소보다 귀가 시간이 늦어졌다. 사망 추정 시각은 심야 0시 전후. 범행 현장인 공터는 자택 아파트에서 불과 200미터 거리였다. 안전한 거주지에 도착하기 직전에 목숨이 끊어졌다.

아마도 범인은 역과 범행 현장 사이 어느 지점에서 그녀를 표적으로 점찍은 뒤 기척을 죽인 채 미행하다가 인적이 없는 장소를 택하여 뒤에서 덮쳤을 터였다. 그 직전에 피해자의 귀에도 살인귀의 발소리가 들렸을지도 모르겠다. 그녀는 나이프로 목이 그어져 살해됐다. 범행 현장인 풀밭에는 피가 흥건하게 흩뿌려져 있었다고 한다. 그리고 일부 주간지에서 내놓은 선정적인 기사에서는 그녀가 사후에 범인에게 유린당했을 가능성까지 언급했다.

나는 부엌 탁자에 펼쳐 놓은 기사에서 눈길을 거두고 천장에 담배 연기를 뱉었다. 악마라는 존재는 정말로 있었다. 그것도 의외로 가까이에.

학생 휴게실에서 친구들이 들려주는 난잡한 이야기에 눈을 동그랗게 떴던 다니무라. 붙임성이 좋아서 결코 적을 만들지 않는 평범한 회사원. 여자를 죽이고서 시체를 농락하는 동안에 나의 옛 친구는 어떤 표정을 지었을까. 광기에 일그러져 있었을까? 아니면 평상시 얼굴이었을까?

불과 얼마 전에 녀석과 얼굴을 마주하고서 중화요리를 먹었던 과거가 지금은 꺼림칙하고 더럽고 통탄스러운 사건으로 전락했다. 자료를 다 읽은 뒤에는 저녁을 먹을 마음도 없고, 술병에도 손이 가질 않아서 담배만 계속 피우며 밤이 깊어지기를 기다렸다.

심야가 되고 오전 0시가 가까워졌다. 범행이 벌어졌던 것으로 추정되는 시간이었다. 오늘 밤에 결판이 날 것 같은 예감이 들었다. 전화기 앞으로 가서 동태를 살펴볼까 하고 생각하던 차에 다니무라가 먼저 연락을 해 왔다.

"여보세요, 사와키?"

다니무라가 이유는 모르겠지만 화급한 말투로 말했다.

나는 일부러 매몰차게 대했다.

"이런 시간에 전화 걸지 마. 이제 와 무슨 용건이야?"

"어제는 미안했어. 오늘은 회사를 쉬고 줄곧 집에 있었어."

아마도 녀석은 집 밖에서 무언가가 기다리고 있지 않을까 싶은 공포에 홀려 밖으로 나갈 수 없었겠지.

"그래서 여러모로 생각하다가 내 나름대로 결론을 내렸지."
 그 말을 듣고서 나는 기대했다. 궁지에 몰린 끝에 드디어 이 녀석도 자수할 마음을 먹었나 보다.
"그래서?"
"그래서 말이야. 실은 부탁이 있어. 그 발소리, 내 환청이었다고 해 주지 않을래?"
"무슨 뜻이야?"
"밤길에 발소리가 들리지 않았는지 확인해 달라고 부탁했지만, 사와키의 귀에는 들리지 않았어. 그건 내 귀에만 들리는 환청이었던 거지."
 이제야 다니무라의 속셈을 짐작하고서 나는 분노했다. 추잡한 놈의 생각은 일반인의 상상을 초월하는 법이다.
"정신이상자인 척 굴어서 무죄로 빠져나갈 작정이냐?"
"부탁해. 그러겠다고 해 줘."
 나는 재빨리 머리를 굴렸다. 지금은 일단 승낙하고서 녀석을 자수시킨 뒤 경찰이 취조하기 시작하면 진실을 말할까? 그 발소리는 녀석의 환청이 아니라 내 귀에도 들렸다고. 그러나……. 나는 생각을 고쳤다. 밤길에서 들렸던 정체불명의 발소리는 설명할 수 없는 기괴한 현상이다. 형사들이 내 증언을 진지하게 받아들일 리가 없다. 결국에는 다니무라가 노린 대로 나까지 포함하여 정신이상자라는 한 단어로 사건이 처리되지 않을까?

"어서 대답해 줘."
다니무라가 비통한 목소리로 말했다.
"발소리가 들려온다고."
"뭐? 지금 들려?"
"그래."
"집 안에 있는데도 들린다고?"
"그래. 소리가 엄청나. 맨션 계단을 올라오고 있어."
드디어 복수의 시간이 왔구나.
"사와키? 여보세요? 저 발소리가 들리지?"
다니무라가 수화기를 귀에서 떼더니 어딘가로 돌리는 기척이 전해졌다. 그리고 곧바로 나는 모골이 송연해졌다. 듣는 이의 신경에 콱 박히는 듯한 간헐적인 소리가 희미하게 들렸다. 밤길에 들었던 그 발소리임을 금세 알아챘다. 더욱이 그 소리가 서서히 커졌다.
다니무라는 수화기를 되돌린 뒤 애원하는 투로 말했다.
"사와키, 네가 그러겠다고 해 주면 자수할게. 당장 경찰에 전화할게. 알아들었지? 괜찮겠지? 어서 대답해 줘. 부탁이야!"
그 목소리의 배후에서 발소리가 쉴 새 없이 다가오고 있었다. 나는 차갑게 쏘아붙였다.
"누가 그렇게 해 주겠냐?"
"사와키! 친구잖아?"
"너 같은 쓰레기랑 알고 지냈던 건, 내 인생 최대의 오점이야. 네가 얼마나 지독한 죄를 저질렀는지 깊이 깨달아라."

"그러지 말고 제발……."

애원하던 다니무라의 목소리가 도중에 기겁하는 비명으로 바뀌었다.

수화기를 통해 내 귀에도 부츠 뒤꿈치가 바닥을 때리는 강한 발소리가 울렸다.

"아, 집 안으로 들어왔어!"

마치 문을 그대로 통과한 것처럼 발소리는 멈추지 않고 단숨에 음량을 높여 내 귀까지 닥쳐왔다. 지금이야말로 나에게도 공포의 절정이라고 할 수 있는 순간이었다. 나는 아직 악마의 본성을 꿰뚫어 보지 못했다. 녀석의 집 안에서 울리는 발소리는 한 사람의 것이 아니었다. 여러 발소리가 이리저리 뒤섞인 채 울리다가 다니무라의 비명을 지워 버리며 덮치려고 했다. 내가 밤길에 들은 것은 한 사람이 반복하여 지나갔던 발소리가 아니었다. 부츠를 신은 여러 사람이 잇달아 통과하는 소리였다.

나는 갈라진 목소리로 물었다.

"너, 여태껏 여자를 몇 명이나 죽인 거야?"

그러나 다니무라의 입에서 나오는 목소리는 이미 노성인지 읍소인지 알 수 없는, 착란 상태에 빠진 포효로 바뀌었다. 그래도 아직은 인간의 목소리다운 울림이 남아 있었지만, 이윽고 최소한의 이성마저 잃고서 웃음이 뒤섞인 광란의 울부짖

음으로 바뀌었다. 이미 다니무라의 정신은 인간이 결코 발을 들여서는 안 되는 광기의 영역으로 질질 끌려갔다.

다니무라가 내던진 수화기가 어딘가에 떨어졌다. 혼비백산하여 달아나는 소리와 쫓아다니는 소리가 가까워졌다가 멀어졌다. 이윽고 다니무라가 부엌에 내몰렸는지 냄비를 뒤집어엎은 것 같은 금속음이 울렸다. 그때 무리를 지은 여러 발소리가 귀를 먹먹하게 할 만큼 매우 커졌다.

마지막으로 다니무라가 흐리멍덩한 신음을 흘린 것 같은데, 무슨 일이 벌어졌는지 모르겠다. 수화기 너머가 갑자기 고요해졌다.

나는 대답이 돌아오지 않을 걸 알면서도 수화기에 대고 물었다.

"여보세요, 다니무라?"

한동안 기다렸지만 이제 아무 소리도 들리지 않았다. 그 정적 속에서 산 자의 기척은 전혀 느껴지지 않았다. 나는 통화를 끊었다. 의자에 앉아 있는 줄 알았는데, 어느새 부엌 구석으로 이동하여 등을 벽에 대고 있었다.

탁자 앞으로 돌아가고서 한 시간이 지났을 즈음에 다시 전화가 울렸다. 경찰관이 건 전화였다.

그날 밤에 낯이 익은 두 형사가 내 집을 방문했다. 살인 사건 현장에서 정보를 제공해 달라고 부탁했던 다케우치와 사토였다.
 나는 두 사람을 안으로 들인 뒤 부엌 탁자에 마주 보고 앉았다. 천장 형광등이 발하는 조명이 음울하게 느껴졌다.
 "비명을 듣고서 이웃이 경찰에 신고를 했지요."
 다케우치가 말했다. 피곤한지 말투가 묘하게 무거웠다.
 "순찰 중이던 경찰관이 달려갔지만, 다니무라 씨가 사망한 뒤였습니다."
 "사인은 뭡니까? 설마, 누군가한테 살해된 겁니까?"
 "아뇨, 문은 잠겨 있었습니다. 사건성은 없습니다."
 "그럼 병사한 겁니까? 심장발작?"
 다케우치가 고개를 가로저었다.
 "현장 상황을 보니 자살한 것 같습니다."
 "자살."
 그 단어를 되풀이한 나는 녀석이 발소리에서 도망칠 수 있는 길은 그뿐이었나, 하고 생각했다.
 "현장에 있던 전화기를 조사해 봤더니, 사망 직전에 다니무라 씨가 이쪽으로 전화를 건 것 같아서 말씀을 여쭈러 왔습니다. 무슨 용건이었을까요?"
 나는 들려줄 내용을 신중히 고르고서 말했다.
 "최근에 묘한 사건에 시달리며 겁을 먹었더군요. 밤길을 걷고 있으면 발소리가 쫓아온다고."
 "발소리가?"

"그렇습니다. 에나멜 부츠가 쫓아온다고. 오늘 밤에도 그 소리가 들려서 겁에 질린 듯했습니다."

"심하게 두려워하던가요? 다시 말해 뭐라고 해야 할까요, 상식을 초월한 느낌으로?"

"예."

나는 적절한 표현을 떠올렸다.

"그야말로 광기라 해도 좋을 만큼요."

그 말을 듣고서 다케우치뿐만 아니라 옆에 있던 사토도 납득했는지 고개를 크게 끄덕였다.

"에나멜 부츠 말인데, 무슨 중요한 단서입니까?"

내가 물어봤지만 형사들은 대답을 주저하는 눈치였다. 그래서 나는 우회하기로 했다.

"그나저나 형사님들. 지난번에 살인 사건 현장에서 뵀었죠?"

"예."

"그때 제가 부츠를 언급했던 것도 다니무라한테서 얘기를 들었기 때문입니다. 혹시 형사님들은 절 의심하지 않으셨습니까?"

"알아채셨군요."

다케우치가 겸연쩍어하며 대답했다.

"이것 참, 실례했습니다. 실은……."

드디어 다케우치가 들려준 이야기는 내 예상과 일치했다. 간토 지방 일대에서 재작년부터 젊은 여성이 살해되는 사건이 잇달았다. 당초에는 연관성이 없는 사건으로 치부했지만, 이윽고 범인이 피해자의 신발을 범행 현장에서 갖고 갔다는 사실, 그리고 피해 여성들이 하나같이 에나멜 부츠를 신고 있었다는 사실이 밝혀졌다. 이 정보를 토대로 일련의 사건을 동일범이 저지른 연쇄 살인 사건이라고 판단한 경찰은 부츠에 관한 내용은 숨기고서 발표했다. 만약에 피의자의 입에서 그 단어가 나온다면 범인밖에 모르는 사실이므로 결정적인 증거가 되기 때문이었다.

"의심을 해서 송구스럽습니다만······."

사토 형사가 말을 이어받았다.

"저희는 피의자가 부각되면 무죄 증거도 함께 찾습니다. 그래서 사와키 씨가 다니셨던 회사에 가서 과거 근무 기록을 조사해 봤습니다. 그리고 알리바이가 증명됐어요. 부디 안심하세요."

나는 언짢아하는 것도 잊고 경찰의 신속한 수사에 감탄했다.

"그래서 부츠는 발견됐습니까? 다니무라의 집에서?"

다케우치가 고개를 끄덕였다.

"다섯 켤레가 있었습니다."

녀석에게는 이미 도망칠 데가 없었구나. 자수를 해 봤자 사형에 처해졌겠지.

"딱 하나만 더 물어봐도 될까요?"

"그러시죠."

"다니무라는, 어떻게 자살했습니까? 손목을 그었다든가?"
두 형사가 서로 마주 봤다. 명백히 대답하기를 망설이는 눈치였다. 그런 것까지 수사 기밀인가 싶어서 나는 의아해했다.
"듣지 않으시는 편이 좋을 것 같습니다만."
다케우치가 말했다.
"이유가 뭡니까?"
"역겨워하실 것 같아요. 저희도 현장을 보고 왔습니다만, 그런 광경은 처음이었습니다."
"상관없습니다. 알려 주십시오."
다케우치는 내 안색을 살핀 뒤 "뭐, 좋습니다." 하고 말했다.
"아까 다니무라 씨가 발소리에 겁을 집어먹었다고 말씀하셨죠?"
"그렇습니다."
"아마도 그 발소리를 더는 견디지 못했나 봅니다. 발견된 시체는 부엌에 있던 기다란 금속제 요리용 젓가락을 두 손에 각각 쥐고 있었습니다."
"요리용 젓가락을?"
"예."
다케우치는 요리용 젓가락을 거꾸로 쥐고서 머리 양옆으로 가져가는 시늉을 했다.
"그걸로 두 귀를 틀어막으려고 했는지……."
"알겠습니다."

나는 말을 끊었다. 두 형사의 낯빛이 왜 핼쑥했는지 짐작이 됐다. 자살임에도 엽기적인 시체를 두 눈으로 목도했기 때문이겠지.
"오늘 밤은 이만 돌아가도록 하지요. 훗날 또 여쭤보러 올지도 모르겠습니다만, 잘 부탁드리겠습니다."
두 형사가 그렇게 말하고서 일어섰다. 시각은 이미 오전 3시를 넘겼다.
그들을 현관까지 배웅하면서 나는 말했다.
"녀석은, 스스로 벌을 받은 거겠죠."
"그런 셈이군요. 이렇게 말씀드리면 어떻게 들으실지 모르겠습니다만, 범죄자로서는 선량한 부류입니다."
"선량?"
나는 놀라워하며 되물었다.
"살인범들은 대부분 양심의 가책 따위 느끼지 않아요. 마지막까지 철저히 발뺌만 합니다. 피해자의 발소리에 겁을 먹었다면 그것만으로도 사와키 씨의 친구는 그나마 나은 편이 아니었나 싶습니다."
나는 뭐라 대답해야 할지 몰라서 입을 다물었다.
두 사람이 현관에서 신발을 신은 뒤 고개를 숙이고서 나가려던 참에 나는 겨우 말을 꺼냈다.
"하지만 녀석은 사람을 여럿이나 죽였으면서도 태연한 얼굴로 샐러리맨 생활을 보냈는걸요."

"그것도 사건으로서는 평범한 일이에요. 가까운 사람이 남몰래 뒤에서 뭘 하는지는 모릅니다. 가족을 끔찍이 여기는 아버지가 어느 날 갑자기 살인자로 변모했다거나 하는 사례를, 저는 숱하게 봐 왔습니다. 그게 인간 세상이에요. 아마도 저세상보다도 더 무서운 곳이겠지요."

두 형사가 내 반응을 살피려는 듯 물끄러미 쳐다본 뒤에 "이만 실례." 하고 발걸음을 돌리고서 떠났다.

내 발치에는 사늘한 무언가가 엉겨 붙어 있었다.

두 형사의 발소리는 아직 동이 트지 않은 공동주택 통로에 우울하게 울려 퍼지다가 이윽고 사라졌다.

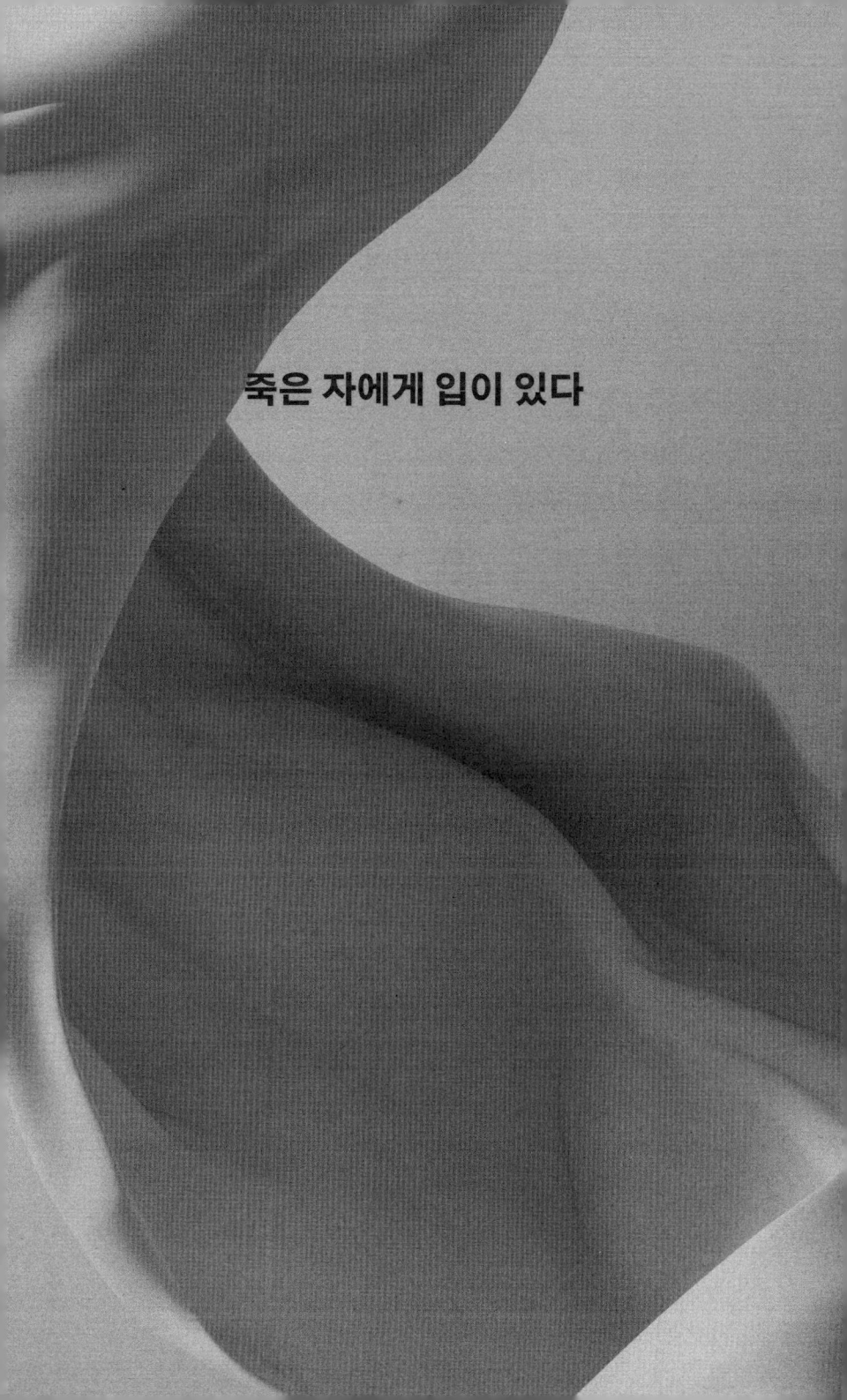

왼손으로 감싼 파이프 연소통에서 연기 한 줄기가 희미하게 피어올랐다. 끈적거리는 듯한 그 하얀 기체는 완만한 곡선을 그리며 허공으로 사라졌다. 마치 죽은 자의 영혼 같다고 요네무라 구니히코는 생각했다.

미야코의 시신이 발견된 지 어언 2주가 지났다. 경찰은 아직도 사건을 해결할 실마리를 찾아내지 못했다. 오늘 자 신문 기사에는 유력한 물증이 없어서 수사가 장기화될 수도 있다는 관측이 적혀 있었다.

요네무라는 북유럽산 소파에 몸을 묻은 채 직접 블렌딩한 버지니아 파이프 연초의 그윽한 향을 즐기면서 미야코와의 추억이 서린 집 안을 둘러봤다.

삶의 냄새가 배제된 도시적인 공간. 중후한 다이닝 테이블

부터 침실에 놓인 더블베드까지 하나같이 큰돈을 들여서 구입한 가구뿐이었다. 사치를 부린 집기뿐만 아니라 지상 23층에서 내려다보는 조망을 미야코는 유난히 좋아했다. 만안지대(灣岸地帶)의 야경이야말로 미약이나 다름없었다. 그녀가 창가에 서 있으면 그건 언제든지 잠자리를 권해도 좋다는 무언의 신호였다.

미야코가 썼던 샴푸 향이 코끝에서 되살아났다. 손가락에는 하얀 살결의 탄력이, 그리고 귓가에는 가냘픈 신음이 울렸다. 그러나 그 감미로운 기억들은 지금 요네무라에게는 거추장스러웠다. 미야코가 사망했는데도 요네무라는 집 안에서 죽은 자의 기운 같은 것을 느꼈다.

퇴근하고 귀가하면 부엌 안쪽에, 욕실에 들어가면 얇은 문을 사이에 둔 탈의장에, 텔레비전을 보고 있으면 소파 뒤쪽에, 그리고 침대에 누워 있으면 구석 천장에 무언가가 있었다. 그것은 숨을 가만히 죽인 채 요네무라를 쳐다보았는데, 그가 존재를 눈치채고서 그쪽을 주시하면 쓰윽 사라져 버렸다. 만약에 그게 미야코의 영혼이라면 어서 저세상으로 가 주길 요네무라는 바랐다.

지금도 복도에 누군가의 기운이 감돌고 있었지만, 요네무라는 무시하고 일어섰다. 불씨가 남아 있는 파이프를 파이프 거치대에 내려 두고서 외출할 준비를 했다.

이 집을 처분할 준비는 이미 끝났다. 한 달 전에 매매 계약을 마쳤고, 다음 주에는 다른 사람에게 넘어갈 예정이었다. 지금도 미야코의 영혼이 기거하는 이 집은 매각되자마자 자신의 손을 떠날 터였다.

오늘은 형사와 드라이브를 하기로 했다. 이 일정이야말로 과거와 결별하기 위한 마지막 이벤트가 되리라.

군마현경 수사1과 후루키 경위는 마에바시 시내에 있는 자택에서 끌고 나온 자가용을 길가에 세우고서 내린 뒤 허리에 맺힌 울혈이 가시길 기다렸다. 오십 줄에 접어드니 몸이 장시간 운전을 배겨 내지 못했다. 후루키는 기지개를 켜는 김에 눈앞에 우뚝 솟아 있는 초고층 맨션을 올려다봤다.

검은 외벽이 두드러지는 모던한 건축물. 벽면 한가운데가 흐린 하늘을 반사하여 허옇게 빛나고 있었다. 이곳은 도쿄도의 만안지대, 스미다가와강 하구를 매립하여 조성한 개발 지역이었다. 주변을 흘겨보듯 고립된 맨션은 지역 발전을 다짐하는 기념비처럼도 보였다.

근대적인 광경과는 딴판으로 후루키는 토속적이라고도 할 수 있는 기묘한 충동에 휩싸였다. 죽은 자의 영혼이 자신을 이리로 인도한 것 같았다. 평소에 후루키는 미신 같은 이야기를 흘려 넘겼지만 이번만은 달랐다. 만약에 영혼이 존재한다면, 오늘 벌어질 일이 요절한 여성을 진혼하는 단초가 되기를 바랐다. 이제 곧 후루키는 살해당한 여성의 약혼자를 사건 현장으로 데리고 갈 예정이었다.

약속 시각까지 15분이 남았는데도 후루키는 자동문 옆에 있는 인터폰으로 다가가 호수를 눌렀다.

잠시 뒤에 요네무라 구니히코의 목소리가 들렸다.

"예."

"군마현경의 후루키입니다. 길이 막히지 않아서 일찍 도착했습니다."

"들어오시죠."

남자가 짧게 대답하더니 자동 잠금장치가 열렸다.

후루키는 널찍한 현관홀을 지나 엘리베이터로 향했다. 천장에 설치된 무수한 방범 카메라들이 소리 없이 방문자를 쳐다보고 있었다. 가죽구두 밑창에서 대리석의 서늘한 감촉이 전해졌다. 동거나 내연 관계 같은 속된 단어가 어울리지 않는 주거지였다. 그러나 요네무라 구니히코는 이곳에서 피해자와 함께 살았기에 법률적으로는 사실혼 관계의 남편이다.

사건 자체는 얼핏 단순하게 보이지만, 불가해한 요소가 담겨 있었다. 군마현 다카사키시 교외에 소재한 어느 절 묘지에서 칼에 찔려 사망한 여성의 시신이 발견됐다. 예리한 흉기가 왼쪽 가슴을 찌른 것이 치명상이었다. 그 밖에도 양팔에 여러 방어흔이 남아 있었다. 현장 감식과 부검, 그 후에 벌인 수사 결과를 종합하자면 사건의 개요는 다음과 같다.

광고 전문 디자인 회사에서 근무했던 스물아홉 살 회사원,

쓰키시마 미야코는 10월 말 금요일에 휴가를 얻어 자신이 소유한 경차를 타고서 다카사키시 교외에 있는 다이산지(提三寺)라는 절로 갔다. 그곳은 작은 산을 배후에 두고서 주택가 변두리에 건립된 오래된 절이었다. 지역 주민들이 가족의 위패를 모시는 절이긴 하지만, 평일에는 방문객이 없어서 호젓했다. 경내 안쪽에는 묘지가 펼쳐져 있는데, 본당과 잡목림이 둘러싸고 있어서 눈에 잘 띄지 않았다. 쓰키시마 미야코는 그곳에서 누군가에게 습격당했다.

 사망 추정 시각은 일몰 전후인 오후 4시부터 6시 사이로, 이튿날 오전 7시에 주지승이 시신을 발견했다. 피해자의 핸드백에 지갑이 남아 있지 않아서 강도범의 소행으로 추정했으나, 다른 한편으로는 강간을 시도하려고 했던 범인이 격렬한 저항에 목적을 이루지 못하자 금품만 빼앗고서 도주했을 가능성도 배제할 수 없었다.

 참배객용 주차장에 차량이 남아 있었기에 미야코의 신원은 금세 밝혀졌다. 도쿄도 스미다구에 있는 임대 맨션에 거주하는 독신 회사원이었다. 그러나 그다음에 수사는 난항을 겪었다. 히로시마현 출신으로 취직한 뒤에 도쿄에서 살기 시작했던 미야코에게 군마현 다카사키시는 아무런 연고도 없는 땅이었다. 더불어서 범행 현장인 다이산지는 문화 유적도 아닌지라 이런 벽촌에 있는 절을 방문했던 이유를 도무지 짐작할 수가 없었다. 쓰키시마 미야코는 무슨 이유로 범행 현장에 갔던 것인가?

수사본부는 '지나가던 자가 벌인 우발적 범행'이라는 견해를 버리지는 않았지만, 수사1과 주임을 맡은 후루키는 다른 가능성을 모색하기 시작했다. 범인이 피해자를 현장으로 불러낸 게 아닐까? 눈에 띄지 않는 다이산지 뒤편 묘지는 살인을 저지르기에 절호의 장소였다. 다만 이 추리에도 난점은 있었다. 범인은 이 동네를 잘 안다는 뜻인데, 미야코의 교우 관계를 살펴봐도 현장 주변 지리에 빠삭할 것 같은 인간은 찾아내지 못했다.

혼란이 깊어지자 수사진은 시신을 가장 먼저 발견한 다이산지 주지승에게도 의혹의 눈초리를 보냈다. 성직자에게 살인 혐의를 씌우는 게 억지스럽긴 했지만, 진겐이라는 승려에게도 문제는 있었다. 머리를 삭발하고 승복을 걸친 몸이 가냘파서 멀리서 보면 어엿한 승려처럼 보였다. 그런데 가까이 다가가서 보면 눈빛이 탁한 데다가 묘하게 살벌해서 밥줄이 끊긴 악덕 사채업자 같은 인상을 지울 수가 없었다. 사건이 발생하고서 다이산지로 달려갔던 후루키는 진겐을 첫눈에 보자마자 '저자에게서 무슨 냄새가 난다.' 하고 생각했다. 실제로 절 건물 뒤편에는 주지승이 소유한 벤츠 두 대가 세워져 있었다.

그러나 추후 수사를 해 보니 진겐 역시 진범일 가능성이 옅었다. 피해자와 접점이 없고 돈에 쪼들리지도 않는 데다가, 범인이 피해자와 격렬히 몸싸움을 벌이다가 남긴 발자국이 진겐의 신발과 일치하지 않았다. 발 크기가 2센티미터나 달랐기에 승려를 범인이라고 의심하기는 어려웠다.

그러던 때, 도쿄도 스미다구 관할서에 미야코를 찾아 달라는 신고가 들어왔다. 신고서를 제출한 사람은 요네무라 구니히코라는 마흔세 살 남성으로, 경찰관이 어떤 관계냐고 묻자 쓰키시마 미야코의 연인이라고 답변했다고 한다.

후루키는 곧바로 도쿄로 가서 대형 신용카드사의 부장이라는 요네무라와 면담했다. 그리고 뜻밖의 사실을 알게 됐다. 미야코는 요네무라의 맨션에서 함께 생활하고 있었고, 주민 등록되어 있던 본인의 거주지로는 돌아가지 않았다고 한다. 미야코는 유선 전화가 없었고 고향에 사는 가족이나 친구와는 휴대전화로 연락했기에, 그녀가 자택을 떠나 연인의 집에서 살고 있음을 아무도 몰랐다.

요네무라는 미야코가 사라지자 어떤 사정으로 전에 살던 맨션에 돌아간 줄로 여겼다. 그러나 미야코의 휴대전화가 요네무라의 집에 남아 있어서 연락을 취할 수가 없었다. 요네무라는 줄곧 일에 치여 바빠 살았던지라 신문이나 텔레비전도 볼 시간이 없어서 미야코가 살인 사건 피해자가 됐다는 사실을 전혀 몰랐다고 했다. 그 후로 일주일이 지나 미야코의 맨션을 몇 번 찾아갔지만, 귀가한 흔적이 없기에 역시나 이상하다 싶어서 실종 신고를 했다고 진술했다.

"경찰서로 가기 전에 미야코 씨의 가족이나 직장에 연락할 생각은 안 해 봤습니까?"

후루키가 그렇게 질문했더니 요네무라는 "동거한다는 사실을 주변에 알리고 싶지 않아서." 하고 대답했다.

미야코가 근무하던 디자인 회사는 요네무라가 다니는 회사의 광고 업무를 맡고 있었다. 이른바 외주를 맡긴 기업의 젊은 여성 사원을 건드린 것처럼 비칠 수 있었다. 또한 열네 살이나 차이가 나는 커플이었기에 소문에 신경을 썼다고 했다.

"결혼 생각은요?"

후루키가 깊이 캐묻자 요네무라는 "물론 있었습니다." 하고 대답했다. 그러고는 어깨를 축 늘어뜨렸다.

"약혼자나 마찬가지였죠. 실은 가까운 날에 프러포즈를 할 생각으로 반지도 구입했습니다."

물론 후루키는 요네무라의 증언을 전부 확인했다. 1년 전에 업무로 처음 만난 이후 반년 동안 동거 생활을 했다. 그리고 미야코가 죽기 직전에 요네무라는 긴자에 있는 보석점에서 200만 엔짜리 약혼반지를 구입했다. 또 이다음이 중요한데, 요네무라 구니히코가 사건 현장 지리에 훤하다고 단정할 수 있는 근거는 없었다. 더불어 범행 당시 알리바이도 성립했다.

"형사님."

사정청취를 받을 때 요네무라는 충격에서 헤어 나오지 못하는 목소리로 말했다.

"시간이 나시면 미야코가 사망한 장소로 안내해 주실 수 없겠습니까? 미야코가 좋아했던 꽃을 바치고 싶습니다."

"좋지요."

후루키는 그렇게 응답했고, 오늘 이렇게 방문했다.

엘리베이터가 23층에서 멈췄다. 후루키는 기다란 복도를 걸어 목적하는 집 앞에 멈춘 뒤 인터폰을 눌렀다. 문이 바로 열렸다.

"기다리고 있었습니다."

요네무라 구니히코가 말하고는 멀리서 온 손님을 안으로 들였다.

"실례하겠습니다."

짧게 양해를 구하고서 안으로 들어가는 동안에 형사는 상대를 다 관찰했다. 지난번에 사정청취를 했을 때와 마찬가지로 요네무라는 여전히 나르시시스트 같은 행색이었다. 명품 블랙 슈트를 차려입었고, 멋스럽게 보이도록 와이셔츠 옷깃은 두 번째 단추까지 일부러 풀어 놨다. 싹싹하게 생긴 얼굴은 당장에라도 여자를 후릴 것처럼 보였다.

안쪽 거실로 후루키를 안내한 뒤 요네무라가 말했다.

"채비는 금방 마칠 수 있습니다만, 차라도 한잔하시고 가는 게 어떻겠습니까?"

"아뇨, 됐습니다. 그냥 나가시죠."

"그럼 실례……."

요네무라는 안쪽 방으로 들어갔다가 백합 꽃다발을 안고서 돌아왔다. 쓰키시마 미야코의 영전에 바칠 꽃이겠지.

"수사는 어떻게 되고 있습니까?"

"물증이 빈약해서 진전이 거의 없죠."

후루키는 거실 가운데에 선 채로 말했다.

"현장 주변에 담배꽁초가 몇 개 떨어져 있어서 지금 그걸 감정하고 있습니다. 필터에 묻은 타액으로 DNA를 채취할 수 있으니까요."

"그러면 범인을 밝혀낼 수 있습니까?"

"범인이 성범죄 전과자라면 그렇겠죠. 하지만 DNA 데이터 베이스도 정비하는 중이라서 기대는 거의 할 수 없습니다. 그보다도 훗날 용의자가 부각됐을 때 쓸 수 있을지도 모르겠습니다. DNA가 일치한다면 유력한 증거가 될 테니."

후루키의 시선이 사이드보드 위에 있는 목제 선반에 꽂혔다. 그곳에는 크기와 모양이 가지각색인 파이프가 세워져 있었다. 서른 개쯤 될까?

"어라, 파이프군요?"

"예."

"이거 특이하군요. 처음이에요. 파이프를 피우는 분을 직접 보다니."

요네무라가 짓궂은 웃음을 짓고서 말했다.

"혹시 몰라서 미리 말해 두겠습니다만, 전 파이프만 피워요. 궐련은 피우지 않습니다."

후루키는 고개를 끄덕이고서 물었다.

"저속한 질문이라 죄송한데, 파이프는 가격이 얼마나 나갑니까?"

"천양지차죠. 싼 건 2000엔이면 살 수 있습니다."

"여기에 진열되어 있는 파이프는요?"

"그건 핸드메이드 장인의 작품이고, 나머지는 던힐 제품이라서 5만 엔이 넘죠."

후루키는 감탄을 흘린 뒤 납작한 파이프용 재떨이를 들여다봤다.

"이게 파이프 담뱃재인가요?"

"그렇습니다. 예쁘지요?"

재떨이에는 하얗고 바슬바슬한 가루가 펼쳐져 있었다. 잎이 탄 재임을 알 수 있는 검은 점은 얼마 없었다.

"재가 만들어진 모양만 봐도 파이프 스모커의 기량을 알 수 있습니다. 파이프를 잘 피우려면 숙련되어야 하죠."

요네무라가 자랑스럽게 말했다.

"저건 잎 두 종류를 블렌딩한 담뱃재예요. 제 취향에 맞게 담뱃잎을 섞었습니다."

"그렇습니까? 이게 파이프 담뱃재로군요."

후루키는 같은 말을 되풀이한 뒤 재떨이에서 시선을 거두더니 갑자기 화제를 바꿨다.

"그나저나, 이 맨션의 지하 주차장에는 건물 뒤편으로 빠져

나갈 수 있는 통용구가 있더군요."

요네무라는 세컨드백 안에 외출용 파이프 파우치를 넣으려다가 하마터면 동작을 멈출 뻔했다. 표정이 변하지 않도록 가까스로 동요를 억누른 뒤 채비를 마저 하면서 생각했다. 설마 저 형사가 눈치챘나? 그의 머릿속에 죽지 않으려고 필사적으로 저항했던 미야코의 모습이 섬광처럼 번뜩였다.
"그게 어쨌다는 거죠?"
요네무라가 물었다.
허옇게 물들어 가는 머리를 짧게 친 덩치 큰 형사가 바지 주머니에 두 손을 찔러 넣은 채 미소를 지으며 말을 이어 나갔다.
"어디까지나 형식적인 수사입니다. 언짢아하지 마십시오. 채비를 다 마치신 것 같은데, 걸으면서 말씀을 나눌까요?"
"좋죠."
요네무라는 평온한 척 세컨드백과 꽃다발을 들고서 후루키 쪽으로 몸을 돌렸다.
"자, 가시죠."
집을 나가 바깥에 세워 둔 차량에 탑승할 때까지 후루키는 요네무라의 알리바이에 관해 말했다.
사건 당일, 요네무라는 몸이 좋지 않다는 이유로 회사를 쉬었다. 지난번 사정청취 때 형사가 알리바이를 묻자 집에서 온종일 쉬었다고 증언했다. 고층 맨션의 방범 장치가 그 증언을 뒷받침했다. 전날 밤에 귀가한 요네무라의 모습은 모레 후 아침까지 맨션 출입구와 엘리베이터에 설치된 카메라에 찍히지 않았다.

"근데 조사해 봤더니 방범 카메라에 포착되지 않고도 밖으로 나갈 수 있는 루트를 딱 하나 찾아냈습니다."

후루키가 말했다.

"엘리베이터 말고 외부 비상계단을 이용하여 1층까지 내려간 뒤 다시 건물 안으로 들어가, 실내 계단을 타고서 지하 주차장으로 내려가는 방법입니다. 주차장 안쪽에 있는 통용구는 비상구를 겸하고 있어서 집 열쇠를 이용하면 열 수 있다고 하더군요. 그대로 지상으로 나가 정면 현관 쪽으로 돌아가든가, 혹은 울타리를 넘으면 부지 밖으로 나갈 수 있습니다."

"그렇다면 23층까지 계단을 오르락내리락했다는 뜻이군요."

"예."

"아주 중노동이겠습니다."

애써 웃어 보였지만, 그야말로 요네무라가 실제로 취한 방법이었다. 그 경로대로 밖으로 나간 뒤 스미다구 주차장에서 본인의 차량을 몰고 온 미야코와 합류하여 다카사키시에 있는 절로 유도했다. 범행을 마친 뒤 요네무라는 미야코의 차량을 다이산지 주차장에 남겨 두고서 인적이 없는 밤길을 계속 걸었다. 현장에서 30킬로미터나 떨어진 역에서 첫차를 타고 맨션으로 돌아와, 동일한 방법으로 집에 들어갔다.

요네무라가 비아냥거리는 투로 말했다.

"용케도 그런 방법을 찾아내셨군요."

"아까도 말씀드렸다시피 어디까지나 형식적인 수사입니다. 저희는 모든 관계자의 알리바이를 검증해야만 합니다."

후루키가 도로로 나가 차량에 다가간 뒤 조수석 문을 열었다.

"자, 어서 타시죠."

하얀 세단에 타려던 요네무라는 순간 망설였다. 죽은 미야코가 운전석에 탄 채로 손짓을 하는 것 같은 환영이 엄습했다. 집 안에 부유하던 누군가의 기척을 차 안에서도 또렷하게 느낄 수 있었다.

"왜 그러십니까?"

후루키가 물었다.

요네무라는 의심을 살까 봐 눈을 여러 번 깜빡이며 유령의 모습을 몰아냈다. 그러고는 백합 꽃다발을 뒷좌석에 놔둔 뒤 피트니스 센터에서 단련한 가벼운 몸놀림으로 형사의 차량에 탑승했다.

운전석에 앉은 후루키는 시동을 건 뒤 차를 천천히 몰았다. 형사와 진범을 태운 승용차가 범행 현장을 향하여 드라이브를 시작했다. 그러나 어쩌면 피해자 역시 함께 탔는지도 모르겠다.

"수사 진척 상황에 관하여 드릴 말씀이 하나 더 있습니다."

고속도로 입구 쪽으로 차를 몰면서 후루키가 말을 이었다.

"미야코 씨가 살해되고서 이튿날 아침, 현장에서 30킬로미터쯤 떨어진 역에서 모자를 깊이 눌러쓴 남성의 모습이 감시 카메라에 찍혔습니다. 얼굴은 알 수 없습니다만, 신장은 약 175센티미터. 몸집은, 그렇군요, 요네무라 씨와 딱 비슷했습니다."

이제야 요네무라는 형사의 꿍꿍이를 확실히 알아챘다. 이건 심리전이다. 동요하도록 부추긴 뒤 자백을 이끌어 내려는 속셈이다. 지금 비좁은 차량 내부가 취조실이 됐다. 형사가 역에 설치된 감시 카메라 이야기를 꺼냈을 때는 역시나 가슴이 철렁했다. 그러나 요네무라는 금세 평정심을 되찾았다. 경찰은 직접 증거를 하나도 쥐고 있지 않다. 그러니 이런 꼼수를 동원하려는 거겠지.

"감시 카메라 영상에 그 밖의 다른 건 안 찍혔습니까?"

"문제의 남성은 그 역에서만 확인됐습니다."

"모자를 쓴 남자는 어떤 옷을 입고 있었습니까?"

"작업복 같은 바지에 저지 차림이었습니다."

"전 그런 옷은 입지 않아요."

요네무라는 그렇게 말하고서 이탈리아제 옷감으로 만든 정장 옷깃을 매만졌다.

"요네무라 씨가 범인이라는 말은 하지 않았습니다."

"그럼 다행입니다만."

범행을 저질렀을 때 입던 옷은 피로 오염돼서 미리 챙겨 온 도주용 복장으로 갈아입었다. 그 상하의와 살해할 때 쓴 칼, 그리고 강도의 소행인 척 꾸미고자 빼앗은 미야코의 지갑은 이미 가정용 쓰레기봉투에 넣어 처분했다. 지금쯤 다른 대량 폐기물과 함께 쓰레기 처리장에서 소각됐겠지. 물증으로 발견될 염려는 없다.

"이제, 이런 이야기는 그만하면 안 되겠습니까? 제가 의심을 받고 있는 것 같아 기분이 좋지 않군요."

다음 작전을 궁리하고 있는지 후루키는 입을 다물었다. 요네무라는 이때다 싶어서 계속 몰아붙였다.

"애당초 전 다카사키시에 있는 오래된 절 따윈 가 본 적도 없어요."

그것이 바로 요네무라가 가진 최고의 패였다. 미야코를 죽이기로 마음먹었을 때부터 어디서 일을 벌일지가 가장 큰 과제였다. 집에서 범행을 벌였다가는 시체를 처리하기가 어렵고, 그렇다고 해서 야외에서 죽였다가는 남의 눈을 피하는 게 불가능할 것 같았다. 그러던 차에 초등학교 동창회 통지를 받고서 요네무라는 이상적인 장소가 있음을 떠올렸다. 다카사키시에 있는 그 오래된 절을.

사실 요네무라는 약 30년 전에 딱 한 번 그 절을 방문했다. 4학년 때 다카시라는 아이와 어울렸던 요네무라는 여름방학이 되자 그 애의 조부모가 거주하는 다카사키시에 묵으러 갔다. 뒷산에 있는 다이산지라는 호젓한 절은 절호의 놀이터였다. 본당 뒤부터 묘지에 걸친 공간은 주변 이목에서 격리되어 있어서 마치 다른 세계로 이어지는 입구 같았다.

여름방학이 끝나고 다카시는 금세 전학을 가 버렸다. 몇 년 전 동창회에서 다카시의 존재를 떠올린 옛 친구는 거의 없었다. 그렇게 일련의 기억을 머릿속으로 여러 번 확인한 요네무라는 다이산지야말로 살해 현장으로 제격이라고 판단했다. 지리에 훤하지 않은 사람은 그 절에 가야겠다는 생각을 애당초 하지 못할 테고, 자신과 그 절을 연결하는 단서는 하나도 남아 있지 않았다.

유일한 문제는 다이산지가 30년 전과 동일하느냐는 점이었다. 그래서 요네무라는 현지에 갔다가 절이 예전과 달라졌다면 계획을 미룰 작정으로 미야코를 데려갔다. 그런데 그 오래된 절은 당시 모습 그대로 남겨져 있었다. 이목을 끌지 않는 묘지와 함께.

차가 고속도로 연결로에 진입했다. 요금소를 통과하여 주행 차선에 들어서길 기다렸다가 요네무라는 깊이 캐물었다.

"아니면 제가 거기 지리를 잘 안다는 말입니까?"

"아뇨, 그런 뜻으로 한 말은 아닙니다."

요네무라는 만족했다. 비로소 불쾌한 대화를 끊어 냈다고 생각했다. 아무리 일본 경찰이 우수하더라도 용의자가 30년 전에 무슨 행동을 했는지까지 조사할 수 있을 리는 없었다. 초등학교 여름방학 때 일은 요네무라 본인도 잊고 지냈으니까.

요네무라는 조수석 등받이에 몸을 기대고는 두 눈을 감고서 소년 시절 추억에 잠겼다. 눈꺼풀 속에 귀신처럼 험상궂은 까까머리가 떠올랐다. 묘지에서 종이비행기를 날리거나, 폭죽을 터뜨리는 아이들에게 유일한 고민거리가 바로 진겐이라는 주지승이었다. '다 큰 어른이 왜 그렇게까지?' 하고 의아할 만큼 집요하고도 맹렬하게 아이들을 내쫓으려고 했다. 도끼눈을 뜬 채 두 손으로 풀 베는 낫을 들고서 쫓아오는 진겐 승려의 모습은 마치 공포 영화 속 살인귀 그 자체였다.

그 땡추가 아직도 살아 있나? 그렇게 생각하다가 요네무라는 눈을 번쩍 떴다. 심장 박동이 갑자기 빨라졌다. 어째서 후루키 형사는 자신을 눈여겨봤을까? 엉겁결에 꼬리가 밟힐 만한 실수를 저질렀던 게 아닐까? 요네무라는 동요한 마음이 들킬까 봐 두 팔을 앞으로 쭉 뻗고서 더더욱 느긋한 말투로 물었다.

"그나저나 사건 목격자는 찾지 못했습니까?"

목격자는 있었다.

후루키는 방향 지시등을 켠 뒤 차량을 급가속하여 추월차선으로 넘어가면서 혀를 가볍게 찼다. 목격자는 그 수상쩍은 땡추였다. 초동수사 때 진겐 승려는 사건 당일 오후 5시 30분경에 한 남자가 경내를 황급히 뛰어 나가는 모습을 목격했다고 증언했다. 키가 약간 큰 그 남자는 서쪽 참배객용 주차장으로 향했다고 했다.

"얼굴은 못 봤습니까?"

후루키가 질문하자 진겐은 "불초한 소승은 뒷모습밖에 못 봤습니다." 하고 대답했다.

"그 인물이 눈앞에 나타난다면 이 사람이 맞다고 단언하실 수 있겠습니까?"

"글쎄요. 땅거미가 져서 경내가 어두웠습니다. 게다가 소승은 나이를 먹으면서 눈도 침침해진지라."

"그럼 남자의 모습을 보기 직전에 여성의 비명은 듣지 못했습니까?"

"들렸던 것도 같습니다만, 어쨌든 소승은 귀도 점점 어두워지고 있어서 말이지요."

정말로 '불초한 소승'이 맞다고 후루키는 속으로 독설을 내뱉었다. 애당초 사건이 벌어졌을 때 진겐 승려가 이상을 감지하고서 묘지에 갔더라면 시체가 이튿날 아침에서야 발견되지는 않았을 것이다. 현장 부근의 지리적 조건으로 보아, 범행 직후에 경찰이 출동했다면 그 시점에 범인을 체포할 수 있었을 터였다.

추월차선에서 주행차선으로 차량을 되돌리고서 후루키는 거짓말은 하지 않도록 유의하며 말했다.

"범인 검거와 직결될 만한 목격 증언은 확보하지 못했죠."

"그것참 안타깝군요."

조수석에 있는 요네무라가 관심 없다는 투로 대꾸했다.

지금은 용의자를 방심시켜야 했다. 아마도 무고한 약혼자인 척 가장하기 위해서겠지만, 요네무라가 '범행 현장에 가서 미야코의 영전에 꽃을 바치고 싶다.'라고 말을 꺼냈을 때, 후루키는 내심 쾌재를 불렀다. 요네무라를 다이산지에 데려가서 진겐 승려에게 얼굴을 보일 수 있기 때문이었다. 그래서 오늘은 부하인 오쿠마 경장을 현장으로 미리 보내 둔 뒤 요네무라가 방문할 즈음에 자연스럽게 진겐과 마주치도록 준비를 갖춰 뒀다.

그러나 후루키의 목적은 그뿐만이 아니었다. 또 하나, 유례없는 기묘한 방법으로 요네무라가 자백하도록 몰아붙일 작정이었다. 그 계기는 사건 해결과는 직접 관련이 없는 기묘한 목격 증언이었다.

"목격자라고 하니."

후루키가 목소리를 낮게 깔고서 운을 뗐다.

"이상한 얘기가 들리더군요."

요네무라가 운전석 쪽으로 고개를 돌렸다.

"뭔가요?"

"유령입니다."

"유령?"

그렇게 되묻는 요네무라의 목소리가 바뀐 듯 느껴졌다. 그러나 후루키는 운전을 하느라 상대방의 표정까지는 살펴볼 수 없었다.

"사건이 벌어진 이후에 범행 현장에서 유령을 봤다는 증언이 몇 건 접수됐습니다."

"그게 혹시 미야코의 유령이라는 말입니까?"

"예."

요네무라가 분개한 듯 말했다.

"살인 사건 피해자를 괴담 소재로 삼다니 괘씸하군요."

"저희도 처음에는 그리 생각했습니다. 근데 신기하게도 증언자가 거짓말을 한 눈치는 아니더군요."

애당초 수사 회의를 하다가 수사원이 흘린 말 한마디가 계기였다.

"인근 고장까지 탐문 수사 범위를 넓혔습니다만, 오늘도 목격자는 찾지 못했습니다. 대신에 유령을 봤다는 사람은 나타났는데……."

"유령?"

회의실 안쪽에 앉아 있던 형사부장이 되물었다.

"예."

무심코 허튼소리를 내뱉었던 젊은 수사원이 쭈뼛거리며 말했다.

"인근 젊은이들 사이에서 사건 현장인 묘지가 이른바 '심령 스팟'이 된 모양인데요……."

형사부장은 뜬금없는 보고를 했다고 나무라기는커녕, 오히려 표정을 풀면서 "재밌는 얘기군." 하고 말했다. 고지식하기로 유명한 부장에게도 의외로 친근한 일면이 있나 보다 하고 많은 수사원이 호감을 품었다.

그러나 이야기는 그게 끝이 아니었다. 그 후로도 탐문 수사에 투입됐던 마흔 명의 수사원 앞에 '나도 봤어', '저도 봤어요' 하고 말하는 증언자가 속출했다. 심야에 유령 목격담을 보고하는 수사 회의는 괴담 놀이 같은 양상을 띠게 됐다.

도주한 범인이 아니라 사망한 피해자만 목격되자 부아가 치밀었는지 형사부장이 "유령담은 이제 그만." 하고 언짢아하며 선언했기에 수사 회의에서 괴담은 싹 사라졌다. 그러나 일부 수사원들은 정보를 계속 교환했다.

목격자들의 증언을 종합해 보면 쓰키시마 미야코의 유령은 일몰을 전후로 약 두 시간쯤 나타난다고 했다. 사망 추정 시각과 일치했다. 출현하는 장소도 시체가 발견됐던 곳과 동일한 묘지 중앙 통로 위였다. 어두운 해 질 녘에 떠올랐던 실루엣은 전체적으로 허여스름하고 색깔은 느껴지지 않았기에 한눈에 이 세상의 존재가 아님을 알아챘다고 했다. 원한이 담긴 눈빛으로 보는 이를 향해서 손짓을 했다고 하니, 맞닥뜨렸던 사람들이 얼마나 공포에 질렸을지 짐작되고도 남았다. 목격자 대부분이 비명을 지르면서 허둥지둥 도망쳤는데, 그중에서 원령(怨靈)의 손짓에 응한 남자가 딱 한 명 있었다. 지역 청년단 단장이자 신춘 스모 대회에서 10연패를 달성했다는 우락부락

한 남자였다. 용기를 쥐어짠 그는 오줌을 지릴 것 같은 공포를 이겨 내고서 유령에게 다가갔다. 그러자 유령이 손짓을 했던 가녀린 팔을 내려 어느 한 점을 가리켰다고 했다. 그곳에 무언가가 떨어져 있나 싶어서 몸을 굽혀 살펴봤지만, 눈길을 끄는 것은 찾아내지 못했다고 했다. 청년단 단장이 고개를 들어 어깨를 들먹이자 유령은 '칫' 하고 혀를 가볍게 차고서 사라졌다.

이 증언에 남들보다 유별난 관심을 기울였던 사람이 후루키의 부하인 오쿠마 경장이었다. 지난번에 오쿠마는 목격 증언의 신빙성을 검증하고자 어떤 실험을 실시했다. 유령을 봤다는 사람들에게 피해자의 것을 포함하여 세 종류의 여성 얼굴 사진을 보여 주며 돌아다녔다. 그러자 모두가 망설이지 않고 쓰키시마 미야코의 사진을 가리켰다.

이 결과를 보고서 유령의 존재를 무시할 수 없겠다고 판단한 오쿠마 형사는 청년단 단장이 겪은 공포 체험을 무겁게 받아들였다. 그래서 열 배 확대경을 현장으로 가져가서 피해자의 영혼이 가리켰다는 지점을 샅샅이 수색해 봤다. 그 결과 감식과원이 놓쳤던 자그마한 단서를 발견했다. 폭 4밀리미터, 길이 10밀리미터쯤 되는 가늘고 긴 물체였다. 검은색을 띠어서 주변에 있는 흙 입자와 구별할 수가 없었다. 처음에는 오쿠마도 놓칠 뻔했으나 그 물체가 인공적인 곡선을 그리고 있다는 사실을 알아채고서 신중하게 주웠다. 두께가 2밀리미터쯤 되는 판 모양의 물체는 어떤 원통의 일부였던 것처럼 곡면을 이루고 있었다. 무언가가 부서지면서 나온 파편이라 추측한 오쿠마는 그 주변도 기어 다니며 탐색해 봤다. 그러나 찾아낸 것은 그 파편뿐이었다. 범인과 직결되는 '피의시료(被疑試料)'인지는 의문의 여지가 있었지만, 오쿠마는 그것을 감식과에 가져갔다.

분석해 본 결과, 탄소를 주성분으로 하는 조성이 밝혀졌고 식물이 탄 잔재일 것으로 추정됐다. 감식과원은 현장에서 참배객들이 시든 꽃을 소각하기도 하니 그 잔재가 아닐까 하고 말했다. 그러나 그걸로는 물체가 그려 내는 곡면을 설명할 수가 없었다. 사건을 해명할 만한 물증이 부족했기에 그 자그마한 파편을 과학 수사 연구소로 보내서 보다 정밀하게 분석하기로 했다.

현재는 그 결과를 기다리는 단계였다. 오늘 요네무라의 주거지를 방문했던 후루키는 상대가 파이프 스모커임을 알고서 기대감을 품었다. 그러나 파이프의 하얀 재는 그 검은 물체와는 전혀 비슷하지 않았다.

후루키는 일련의 유령 소동을 쓴웃음을 지으며 바라봤다. 그런데 어느 날 불현듯 비책이 번뜩였다. 피해자의 유령을 수사에 이용하는 것이다. 후루키는 수사1과에 배속된 이후로 피해자의 유령이 범인으로 하여금 자백하도록 몰아붙였던 케이스를 몇 번 본 적이 있었다.

그전까지는 취조했을 때 범행을 완강히 부인했던 피의자가 어느 날을 기점으로 갑자기 진실을 털어놓기 시작한다. 심경이 왜 바뀌었는지 물으면 그들은 꼭 이렇게 대답한다. '살해했던 상대가 꿈속에서 나타난다.'라고. 죄책감에 시달린 끝에 악몽이나 환각을 본 것이리라. 그러나 피의자를 이런 심리 상태로 몰아넣을 수 있다면, 자백을 이끌어 낼 수 있다는 뜻이다.

이때 이미 후루키는 요네무라 구니히코를 용의자라고 생각했다. 살인 사건의 동기 중 99퍼센트는 돈이나 여자다. 그리고 요네무라의 주변에서 탐문 수사를 벌였더니, 여자라면 사족을 못 쓰는 면모가 드러났다.

앞으로 요네무라에게 사정청취를 꾸준히 실시할 예정이니 그때마다 다이산지의 유령담을 넌지시 들먹여서 풀솜으로 목을 조르듯 서서히 몰아붙이는 것이 후루키가 세운 작전이었다. 오늘은 그 시작이었다.

다카사키시를 목표로 북쪽으로 계속 달리던 차는 이미 간에쓰 자동차도에 들어섰다. 시각은 오후 4시가 넘어서 일몰이 가까워졌다. 다이산지 현장에서 유령이 목격되더라도 이상하지 않을 시간이었다. 조수석에 있는 용의자의 간담을 서늘케 하고자 후루키는 입을 열었다.

"그 유령은 꼭 저녁 5시 전후에 출현하더군요."

요네무라가 바로 물었다.

"랩음이라도 나던가요?"

"랩음?"

"예."

"그게 뭡니까?"

"유령이 나타날 즈음에 들린다는 소리예요. 생목(生木)을 찢는 것 같은 '빠지직' 하는 소리가 울린다고 하더군요."

그런 증언이 있었는지 생각하면서 후루키는 괴담을 계속 들려주려고 했다. 그런데 요네무라가 앞유리창 너머에 있는 표지판을 올려다보더니 "잠시 실례하겠습니다." 하고 말을 가로막았다.

"화장실에 가고 싶은데 휴게소에 들르면 안 되겠습니까?"

"그러죠."

계획이 초장부터 꺾인 꼴이었다. 그러나 후루키는 언짢다는 내색을 하지 않고 왼쪽 후방을 확인한 뒤 차선을 변경했다. 이건 좋은 징후라고 생각했다. 요네무라는 명백히 유령 이야기를 피하려고 한다. 그건 약점을 노출한 것이나 마찬가지였다. 피해자의 원령 이야기를 들려주면서 공포를 마음에 심어 나간다면 이 용의자는 의외로 빨리 굴복하지 않겠는가?

휴게소 주차장은 저녁을 먹기에는 아직 이른 시간이라서인지 그렇게 붐비지는 않았다.

형사가 차량을 멈추자 요네무라는 조수석에서 내려 화장실로 향했다. 미야코의 영전에 꽃을 바치고 싶다고 먼저 말을 꺼냈던 걸 적잖이 후회했다. 피해자의 약혼자로서 당연한 부탁이라고 생각했지만, 의혹에서 벗어나기는커녕 도리어 추궁할 기회를 형사에게 주고 말았다. 그것도 예상치 못했던 기괴하기 짝이 없는 방법으로.

후루키가 유령 이야기를 꺼내자마자 요네무라는 등에 난 털이 꼿꼿이 서는 듯한 감각에 휩싸였다. '역시 집에 떠돌던 인기척은 미야코의 영혼이었나?' 하고 묘하게 수긍하고 말았다. 그러나 이래서는 형사의 술수에 걸려든 셈인지라 바로 마음을 가라앉히려고 했다. 그런데 이번에는 미야코가 숨이 끊어지기 직전에 보여 줬던 고통에 겨워하는 표정과 단말마의 비명이 머릿속에 되살아났다.

다카사키의 현장까지 앞으로 한 시간 남았다. 유령 이야기를 계속 듣는 건 피하고 싶었다. 후루키 형사가 먼저 건 뜻밖의 심리전은 효과가 확실하다고 인정할 수밖에 없었다.

소변을 본 뒤 요네무라는 화장실을 나와 캔음료 자판기로 발걸음을 옮기면서 냉정해지라고 스스로에게 되뇌었다. 이 세상에 유령 따윈 없고, 무엇보다 경찰은 자신의 범행을 입증할 증거를 확보하지 못했다.

살해 현장인 그 묘지를 떠나면서 심장이 얼어붙는 것 같은 순간은 분명히 있었다. 시신 바로 옆에 파이프가 떨어져 있었다. 틀림없이 자신의 물건이었다. 미야코가 순순히 죽어 주지 않고 격렬하게 저항한 바람에 셔츠 가슴 주머니에 넣어 뒀던 파이프가 떨어진 모양이었다.

그 당시를 떠올리면 지금도 식은땀이 난다. 혹시나 싶어서 뒤를 돌아보지 않았다면 알아채지 못하고 그대로 가 버릴 뻔했다. 파이프에는 지문과 타액이 묻어 있으므로 자신의 명함을 놔두고 온 것이나 다름없는 최악의 증거물이 됐으리라. 그러나 어쨌든 파이프는 회수했다. 연소통도 텅 비어 있었기에 재가 밖으로 쏟아졌을 리도 없다. 물증을 남기는 실수를 저지르지 않았으니 현장 부근에 떨어져 있었다는 담배꽁초에만 경찰이 매달려 준다면 수사의 칼끝은 자신에게서 점점 멀어질 것이다.

객관적 사실에만 집중하니 어느새 요네무라의 마음이 가라앉았다. 현 상황을 냉정하게 분석해 보니 아직도 자신은 압도적 우위에 서 있었다. 지레 겁먹지만 않는다면 괜찮다. 형사와의 드라이브를 무사히 극복해 낼 수 있으리라.

조수석으로 돌아가서 후루키 형사가 들려주는 괴담에 말장구나 쳐 줘야겠다고 요네무라는 결심했다.

요네무라가 차에서 내려 화장실로 가자, 후루키도 밖으로 나와 허리를 피면서 휴대전화를 꺼냈다. 다이산지에 먼저 가 있는 오쿠마 경장에게 전화를 걸었다. 충실한 부하는 호출음이 두 번 울리고서 바로 받았다.

"예, 오쿠마입니다."

"후루키다. 잘 되어 가나?"

"그게요, 주임님."

당혹해하는 목소리가 돌아왔다.

"주지승을 처소 안에 붙들어 뒀는데, 아까 차를 끓여 오겠다며 나간 후로 행방불명입니다."

"뭐라고?"

그 진겐 승려가 또 일을 그르쳤구나, 하고 후루키는 욕지거리를 내뱉었다. 대체 얼마나 민폐를 끼칠 셈인가.

"우린 앞으로 한 시간쯤 후에 그쪽에 도착해. 그때까지 데려오지 못하면 얼굴을 마주치게 할 수가 없어."

"지금 경내를 뒤지고 있는 중입니다."

왠지 오쿠마가 숨을 헐떡이고 있는 듯했다. 바깥을 이리저리 돌아다니고 있어서인가?

"아, 잠시만요. 웬 사람이 보였습니다."

전화기에서는 오쿠마의 숨소리만 들렸다. 잠시 기다린 뒤 후루키는 물었다.

"있어?"

"지금 뒤편 묘지로 왔습니다만, 잘못 봤나? 응? 저게 뭐지?"

두서없는 대답에 후루키는 짜증이 났다.

"주지승이 있는 거야, 없는 거야?"

그 순간, 숨을 삼키는 소리가 들리더니 오쿠마의 음색이 확 바뀌었다. 배에 힘이 들어가지 않은, 동요한 목소리였다.

"주임님? 들리십니까?"

"어어, 듣고 있어."

"묘지 한가운데에 쓰키시마 미야코가 있습니다."

그 이름이 누구를 가리키는지 떠올리기까지 시간이 조금 걸렸다. 후루키는 무심코 되물었다.

"무슨 소리야?"

"틀림없습니다. 저건 피해자입니다. 살해됐던 쓰키시마 미야코가 새하얀 모습으로 서 있어요."

"쓰잘머리 없는 농담은 관둬."

후루키는 호통을 쳤지만, 오쿠마가 그런 실없는 소리를 할 사람이 아님을 알고 있었다.

"농담 아닙니다. 이런 보고를 드리는 저 자신도 이상하다고 생각합니다만, 하지만……."

"내 말 잘 들어, 오쿠마. 정신 똑바로 차려. 유령담을 너무 많이 들어서 환영이라도 보고 있는 거 아냐?"

"아닙니다. 똑똑히 보입니다. 늘어서 있는 비석들 너머, 30미터쯤 떨어진 위치에 쓰키시마 미야코가 원망이 그득한 표정으로 서 있습니다. 아, 이쪽을 봤다!"

목소리가 끊어졌다. 이야기의 진위 여부는 제쳐 두고, 후루키는 부하의 정신 상태가 걱정됐다. 매일 이어지는 격무를 못 견디고 신경이 쇠약해진 게 아닌가.

"여보세요, 오쿠마? 내 말 들리나?"

희미한 비명과 함께 오쿠마가 대답했다.

"유령이, 이쪽으로 손짓을 하고 있습니다!"

"좋아, 가 봐."

후루키가 명령했다.

"뭐라고요?"

"유령이 있는 곳에 가서 환영인지 아닌지 확인하고 와."

"주임님, 무슨 말씀을……."

후루키는 상명하복의 조직이 지닌 체질을 전면으로 내세웠다.

"상사의 명령을 못 들었나?"

골수까지 경찰관인 오쿠마 경장은 몇 초쯤 침묵한 뒤 "알겠습니다." 하고 대답했다.

"주임님 명령을 따르겠습니다만, 이 전화는 끊지 마십시오."

"그래, 괜찮아."

"그럼, 갑니다."

오쿠마가 선언한 뒤 희미한 발소리가 들렸다. 그는 용기를 쥐어짜 유령을 향해서 걷기 시작했다.

"2미터쯤 전진했습니다. 상대는 여전히 계속 손짓을 하고 있습니다. 계속 접근하고 있는데, 피해자의 모습은 여전히 또렷하게 보입니다."

후루키는 반쯤 놀리는 투로 물었다.

"발은 보이냐?"

"예. 근데 발가락이 반투명해서 속이 비쳐 보입니다. 이제 20미터쯤 남았습니다. 주임님, 왠지 마음이 서글픕니다."

"뭐가 서글픈데?"

"살해된 사람의 원통한 심정 말입니다."

갑자기 슬픔이 밀려들었는지 오쿠마는 울먹였다.

"유령이 되어 서 있는 여성은 분명 살고 싶었겠죠. 필시 죽었어도 죽음을 받아들이지 못했을 겁니다. 그래서 저런 가엾은 모습으로나마 이 세상에 머물고 있는 거예요. 그리 생각하니 서글프고 서글퍼서 눈물이 날 것 같습니다. 빌어먹을, 이 손으로 진범을 꼭 잡고 싶은데."

그 역할을 앞으로 자신이 완수하겠노라고 후루키는 속으로 다짐했다. 죽은 자에게도 입은 있다. 피해자가 외치는 원통한 외침을 똑똑히 듣고서 살인범으로 하여금 법의 심판을 받게 하는 것이 자신을 비롯한 형사의 역할이다.

"이제 10미터쯤 남았습니다. 역시나 환영이 아닙니다. 쓰키시마 미야코는 자신의 시신이 발견됐던 자리에 서 있습니다."

오쿠마의 목소리에 다시 공포가 스며들기 시작했다.

"앞으로 5미터……. 앗, 이리로 오잖아? 다리를 놀리지 않았는데도 다가오고 있어요! 뭐, 뭐라고 합니다!"

"뭐라고 하는데?"

"아아, 쓰키시마 미야코가 눈앞에!"

그 말을 끝으로 전화가 갑자기 끊어졌다.

후루키가 "여보세요?" 하고 물었지만, 반복적인 발신음만이 들렸다. 황급히 전화를 다시 걸어 봤지만, 통화를 연결할 수 없다는 발신음만이 울릴 뿐 부재중 전화 서비스로 넘어가지는 않았다.

오쿠마에게 무슨 일이 벌어졌나? 다른 형사에게 연락하여 상황을 보러 가라고 보내야겠다고 생각하던 차에, 요네무라가 캔커피를 들고서 돌아왔다.

"하나 어떠세요?"

"아, 감사합니다."

요네무라가 내민 캔음료를 받으면서 후루키는 생각했다. 누군가를 보내는 것보다 이곳에서 현지로 급히 달려가는 게 더 빠르다. 진겐에게 연락해 볼까도 생각했지만, 그 땡중을 끌어들이면 사태가 보다 혼란스러워질 것 같다는 불길한 예감이 들었다.

"벌써 해가 저물어 가는군요. 서두릅시다."

"예."

요네무라는 쾌활하게 대답하고서 조수석 문을 열었다.

후루키는 휴대전화 통화용 이어폰을 귀에 끼고서 운전석에 탔다. 이렇게 해 두면 오쿠마가 전화를 걸었을 때 바로 받을 수 있다.

그나저나 오쿠마는 대체 무엇을 본 걸까. 비명이 섞인 실황 중계는 박진감이 넘쳤다. 후루키조차 정말로 유령이 나타난

게 아닌가 싶었을 정도였다.
휴게소 주차장을 나온 뒤 가속 페달을 밟아 추월차선으로 진입했다. 도로가 뻥 뚫려 있어서 속도를 내도 사고를 당할 걱정은 없을 듯했다. 후루키는 다이산지를 목표로 운전대를 쥐면서 조급한 마음을 애써 숨기고서 낮게 깐 목소리로 말하기 시작했다.
"근데 아까 그 이야기를 계속하자면……."

그 이후로 한동안 요네무라는 캔커피를 마시면서 형사가 들려주는 괴담에 귀를 기울였다. 의외로 후루키는 화술이 뛰어났다. 그도 방금 유령과 맞닥뜨렸던 것처럼 이야기에서 박진감이 느껴졌다.
처음에는 가볍게 흘려 버리려고 했으나 목격담이 자꾸 쌓이니 아까 느꼈던 공포가 다시 고개를 쳐들었다. 이대로 범행 현장으로 되돌아간다면 미야코가 살해됐을 때와 똑같은 모습으로 서 있지 않을까 하는 우려마저 들었다.
가슴이 답답해진 요네무라는 한숨 돌리려고 후루키의 말을 끊었다.
"죄송합니다만, 파이프를 피워도 되겠습니까?"
유령의 반투명한 발에 관해 얘기하던 후루키가 그쪽을 힐끗 보고서 말했다.
"그러세요."

"궐련보다 연기가 많이 나거든요."

"괜찮습니다. 마음껏 피우시죠."

요네무라는 감사를 표한 뒤 세컨드백에서 파이프 파우치를 꺼냈다. 안에는 흡연 도구 세트가 들어 있었다. 담뱃잎이 든 포켓에 파이프 머리를 찔러 넣은 뒤 버지니아 잎을 연소통에 눌러 담았다. 조수석 창문을 살짝 열고서 파이프용 가스라이터로 불을 붙이고 있으니 후루키가 말했다.

"파이프가 상당히 작군요."

"이건 아웃도어용으로 제작된 겁니다. 계속 물고 있어도 부담이 없어서 산책하면서도 편하게 피울 수 있죠."

대화가 괴담에서 벗어나서 무심코 말이 많아졌던 요네무라는 그 파이프가 미야코가 줬던 선물임을 떠올리고서 입을 다물었다. 갑자기 흡연을 멈추면 수상쩍게 여길까 봐 두 번째 시도 만에 착화를 마치고서 연기를 내뱉었다. 뭐라 형언할 수 없는 단맛과 그윽한 향을 기대했건만 입안에서는 강렬한 산미만이 느껴졌다.

이 파이프는 행운의 아이템이라고 요네무라는 자기 암시를 걸었다. 살인 현장에 깜빡 떨어뜨리고 올 뻔했는데 무사히 회수하지 않았던가.

"이야기를 되돌리자면."

후루키가 말했다.

"유령이 정말로 있는지는 제쳐 두더라도 쓰키시마 미야코

씨의 박복한 인생을 더듬어 보니 유령으로 나타나더라도 이상하지 않겠다 싶더라고요."

요네무라가 물었다.

"박복하다고요?"

"예. 아니, 모르십니까?"

"아, 아뇨, 아뇨."

요네무라는 약혼자로서 계속 연기해야만 했다.

"본인이 말하길 꺼리는 눈치라서 어렸을 적 이야기는 굳이 물어보지 않았습니다."

"그렇습니까? 어린 시절에 부친을 사고로 여의고 나서 상당히 고생한 것 같더군요."

요네무라가 맞장구를 쳤다.

"아버님이 안 계시다는 말은 들었습니다만."

"예, 그래서 남동생과 둘이서 친척 집에 맡겨졌던 적도 있답니다. 고등학생 때 성적이 우수했는데도 경제적 이유로 대학에 진학하지 못하고 도내 회사에 취직했습니다. 월급이 별로 대단치 않은 회사에 말이죠."

동거했던 상대의 그런 인생사는 처음 들었다. 쓰키시마 미야코의 모습이 유령이 아니라, 하물며 성욕을 채우기 위한 도구도 아닌 뜨거운 육신을 지녔던 한 인간으로서 요네무라의 마음속에 떠올랐다. 어깨 아래까지 머리카락을 늘어뜨린 가녀린 몸. 수줍은 웃음이 깃들어 있던 온화한 눈동자.

"비로소 요네무라 씨 같은 이상적인 상대와 만났는데, 약혼을 눈앞에 두고서 살해되다니."

후루키가 침통한 목소리로 덧붙였다.

"틀림없이 원통하셨겠지요."

그런 것이었나. 요네무라는 납득했다. 미야코와 자신의 관계는 중심이 극단적으로 미야코 쪽에 치우쳐 있었다.

젊었을 적부터 실컷 놀았던 요네무라는 마흔 살 즈음부터 여자에게 일일이 추파를 던지는 게 귀찮아졌다. 더군다나 직장 내에서 두드러지는 여성들은 거의 다 손을 댔기에 슬슬 놀이 상대를 하나로 좁히는 게 좋겠다고 생각했다. 그러던 차에 알게 된 여성이 미야코였다. 동거 관계로 이끄는 건 아주 손쉬웠다. 지금껏 맨션에 데려왔던 모든 여성이 그 집을 보자마자 그곳에서 지내는 생활을 꿈꿨으니까.

그런데 미야코와 동거를 시작한 지 2개월도 지나지 않아 다른 여성이, 그것도 트집을 잡을 데가 없는 완벽한 여자가 요네무라의 앞에 나타났다. 대형 광고대리점 과장인 30대 중반의 여성으로, 부모가 자산가였다. 더욱이 미야코보다 미모가 훨씬 빼어났다. 정착할 상대로서 손색이 전혀 없는 여자였다.

요네무라는 곧바로 그녀에게 접근했고, 느낌이 좋다고 판단한 시점에 미야코에게 작별을 고했다. 그러나 지금껏 놀았던 상대와 달리 미야코는 순순히 고개를 가로젓지 않았다. 줄곧 그 집에서 살고 싶다고 매달렸다.

요네무라는 자신이 경솔했다고 후회했다. 자택에서 함께 살지 않았다면 연락을 끊기만 해도 미야코와의 관계를 정리할 수 있었다. 그러는 동안에도 양다리를 걸친 다른 여성과의 관계는 순조롭게 발전했다. 금세 관계가 깊어졌고, 청혼만 한다면 그대로 골인할 수 있을 것 같은 분위기가 조성됐다. 미야코가 있는 자택 맨션을 피하여 다른 여자가 사는 단독주택에서 지내는 동안에 요네무라의 머릿속에서 마지막 수단이 떠올랐다. 미야코를 그 집과 함께 처분해 버리자고.

부동산 업자에게 상담해 봤더니 그 초고층 맨션은 융자를 끼고 구입했던 물건인지라 매매 대금으로 상쇄하더라도 1000만 엔쯤 빚이 남는다고 했다. 분통이 터지는 계산이었지만, 그 길밖에 없는 듯했다. 맨션을 매각하여 미야코와 인연을 끊은 뒤 진정으로 원하는 여자의 집으로 들어가면 모든 것이 해결된다. 자신의 연수입이 2000만 엔에 가까우니 생활이 파탄 날 걱정도 없다.

그런데 집 매매 계약을 완료한 날에 한 달 안에 퇴거하라고 선고했더니 미야코가 예상치 못한 반격에 나섰다. 요네무라가 다른 여자를 만들었다는 사실을 알아채고서 모든 것을 폭로하겠다고 말한 것이었다.

애당초 지배욕이 강하고, 직장 사람들을 길들여서 출세해 왔던 요네무라에게 자신의 뜻대로 움직이지 않는 여자는 증오의 대상일 뿐이었다. 그리고 말다툼을 벌일수록 그토록 예쁘게 보였던 미야코의 얼굴이 궁상스러워졌다. 변두리에 위치한 자그마한 임대 맨션에서 살았던 이 여자가 자신의 미래를 망가뜨리도록 놔둘 수는 없다고 생각한 순간, 살의가 싹텄다. 그러자 스스로도 신기할 만큼 겉으로 분출됐던 분노가 사그라졌다. "서로 다시금 곰곰이 생각해 보자."라는 말이 입에서 자연스럽게 흘러나왔다. 그 후에는 매일 밤 살을 맞대면서 살해 계획을 짜기 시작했다. 위장 공작을 위해 200만 엔이나 나가는 약혼반지도 구입했으나, 그건 나중에 진정 원하는 여자에게 건네줄 작정이었다.

그리고 2주 전 그날, 요네무라는 휴가를 받은 뒤 화해 드라이브를 하자고 말을 꺼냈다. "어린 시절의 추억이 서려 있는 장소에 가자."라면서 다이산지에 있는 묘지로 미야코를 데려갔다.

"유령이 돼서 나타나더라도 이상한 게 전혀 없죠."

후루키의 목소리를 듣고서 요네무라는 제정신을 차렸다. 형사가 운전하는 승용차가 땅거미가 드리운 고속도로를, 다이산지를 향해서 오로지 달리고 있었다.

"근데 불쾌하군요."

요네무라는 그렇게 대꾸했다. 자백 따윌 할까 보냐, 하고 생각했다. 잘못은 그 여자가 했다. 이별을 순순히 받아들였다면 이렇게 되지는 않았다.

"설마 후루키 씨까지 그런 괴담을 즐기고 계신 건 아니겠죠?"

"즐기는 건 아닙니다만, 일련의 증언을 듣다 보니 유령이 존 재할 수도 있겠다 싶더군요. 애당초 표준적인 일본인은 선조의 영혼이 있다고 믿고서 공양도 하고, 성묘도 하는 거니까요."

"그것과 이건 다른 이야기예요."

부글부글 끓는 마음으로 담배를 피우다가 무심코 불이 세져 서 손으로 잡고 있던 파이프가 뜨거워졌다.

"제 생각은 안 해 보셨습니까? 약혼자가 살해된 것도 모자 라서 얼토당토않은 유령담까지 듣고 있는 제 신세 말입니다."

"증언들이 그토록 쌓였으니 얼토당토않다고는 단언할 수 없어요. 지금도 어쩌면 미야코 씨의 영혼이 이 차에 타고 있을 지도 모릅니다."

요네무라는 내심 섬뜩했다.

"웃기는 소리."

"실은 아까부터 묘한 기운이 뒤에서 느껴집니다."

경찰관의 목소리가 겁을 먹은 것처럼 가늘어졌다.

"룸미러에도 하얀 실루엣이 아른아른 비치는 것 같기도 하 네요."

있을 수 없는 일이라고 스스로를 다독이면서도 요네무라는 공포가 이성적 판단을 침식하는 걸 막지 못했다.

"미야코의 영혼이, 뒷좌석에 앉아 있다는 말입니까?"

"잠깐 뒤를 돌아 보시겠습니까?"

요네무라는 주저했다. 일몰이 가까워진 도로보다 차량 내부는 더욱 어두웠다. 대향차선에서 전조등을 켜고 달리는 차량이 몇 대 보였다.

"유령 따윈 없다고 생각하신다면 간단한 일이겠죠?"

후루키가 재촉했다.

"아니면 미야코 씨의 유령을 두려워할 만한 이유가 요네무라 씨한테 있습니까?"

"그만두십시오."

죽은 자의 원념을 뿌리치듯 말하고서 요네무라는 결심했다.

"좋습니다. 돌아보죠."

"부탁합니다."

"그럼."

심호흡을 한 번 하고서 요네무라는 조수석에서 뒷좌석을 돌아봤다.

하얀 백합 다발이 바람에 흔들리고 있었다. 그 외에는 후루키의 가방이 놓여 있을 뿐 미야코는 거기에 앉아 있지 않았다.

"거봐요. 아무도 없잖습니까."

그렇게 말한 순간 빠지직, 하고 생목을 찢는 것 같은 소리가 차 안에 울려 퍼졌다. 요네무라는 화들짝 놀라 동작을 멈췄다.

후루키도 놀랐는지 고속으로 주행하던 차량이 좌우로 비틀거렸다. 운전대를 붙잡아 진행 방향을 안정시킨 뒤 "방금 그 소리는, 뭡니까?" 하고 물었다.

"설마 랩음입니까?"

"아뇨, 아니에요."

요네무라는 대답하고서 손안에 있는 파이프를 봤다.

"열기에 파이프 내부에 금이 갔습니다. 창문에서 불어 드는 바람에 잎이 연소되는 온도가 치솟았겠죠."

"파이프가 그리도 열에 약합니까? 설마 다른 힘이 작용했던 게……."

후루키는 철저히 유령의 소행으로 단정 짓고 싶은 듯했다. 요네무라는 마음을 진정시키고서 말했다.

"아뇨, 아뇨. 내열성이 있다고는 해도 브라이어라는 재질은 나무뿌리로 만든 거니까요. 험하게 피우면 열기에 그을리거나, 최악의 경우에는 고열을 견디지 못하고 쪼개집니다. 그래서 파이프 스모커는 카본 케이크라는 걸 만들어서 연소통을 보호하죠."

"카본 케이크?"

"예, 카본층을 말하는 겁니다."

요네무라는 온종일 형사가 파이프에 계속 관심을 보이자 의아해하면서도 이야기가 딴 데로 새서 고마웠다.

"새 파이프를 사용하기 시작하면 한동안은 숨을 지나치게 내뱉지 않도록 신중히 피웁니다. 그 과정을 반복하다 보면 잎이 연소하면서 만들어진 카본, 다시 말해 재가 진과 함께 연소통 안쪽에 부착되어 갑니다. 이 카본으로 된 벽이 열로부터 파이프를 지켜 주는 단열재가 됩니다. 한동안 쓰다 보면 꽤 두꺼워지죠."

"그럼 그 파이프는 아직 벽이 만들어지지 않았습니까?"

"아뇨, 카본은 제대로 붙어 있습니다. 1년쯤 사용해 왔으니까요."

"그럼 왜 쪼개진 겁니까?"

"카본층의 두께가 일정하지 않았겠죠. 그런 연소통 안에서 열기가 과도해지면 열에 의한 팽창률이 부분마다 다르기에 뒤틀리면서 파이프에 금이 가기도 하는 겁니다."

"그럼 망가진 파이프는 쓰지 못합니까?"

"예, 버리는 수밖에 없지요."

"수만 엔이나 하는데도?"

"실은 갖고 있는 파이프 중에서 이것만 싸구려입니다. 버려도 아깝지는 않습니다."

"요네무라 구니히코 씨!"

후루키가 느닷없이 꾸짖듯 냉엄한 말투로 말했다.

"우린 당신이 쓰키시마 미야코 씨를 살해하지 않았나 의심하고 있습니다."

요네무라는 무심코 운전석에 앉아 있는 형사를 쳐다봤다. 그가 자신을 용의선상에 올렸다는 걸 알고 있었지만 완전히 허를 찔렸다.

차를 운전하던 후루키가 앞을 응시하며 말했다.

"그 파이프를 처분하시겠다고 하셨죠? 타액의 DNA를 감정하고 싶으니 증거품으로 제출해 주실 수 없겠습니까? 현장에 떨어져 있던 담배꽁초와 비교하면 당신이 범인인지 아닌지 알 수 있습니다. 만약에 제출을 거부하신다면 심증이 더 굳어지겠지요."

하마터면 요네무라는 안도의 한숨을 내쉴 뻔했다. 대체 무슨 말을 내뱉을지 전전긍긍했다. 그런데 타액의 DNA를 감정해 준다니 아주 잘됐다. 담배꽁초에서 채취했다는 DNA는 자신의 것과는 일치하지 않는다.

"좋지요. 기꺼이."

요네무라가 대답하자 후루키는 속도를 줄였다. 비상등을 켜고서 갓길에 차를 세웠다. 형사는 뒷좌석에 놔뒀던 가방에서 '임의제출서'라고 적힌 종이 한 장을 꺼냈다.

"증거물을 임의로 제출하시려면 절차를 밟아야 합니다."

후루키가 설명했다.

"주소와 성함 등 개인정보를 적어 주시겠습니까?"

요네무라는 만약을 위해 문서를 훑어봤다. '해당 물건을 임의로 제출합니다. 용무를 마친 뒤에 처분 의견란에 기재된 대로 처분해 주십시오.'라는 짧은 글만 적혀 있었다. 그 밖에는 주소와 성명 등을 기입하는 칸밖에 없었다.

"'처분 의견란'에 뭐라고 적으면 됩니까?"

"감정을 마친 뒤에 파이프를 요네무라 씨한테 반환할지, 아니면 경찰이 처분해도 되는지 희망 사항을 적어 주시면 됩니다."
 어느 쪽을 택하든 딱히 문제는 없을 듯했다. 요네무라는 필요 사항을 기입하고서 세컨드백에서 도장을 꺼내 날인했다. 파이프를 내밀자 후루키는 손수건을 댄 손으로 받은 뒤 작은 비닐봉투에 신중하게 옮겨 담았다.

 후루키는 만족하고서 파이프가 담긴 봉투를 외투 안쪽 주머니에 넣었다. 이로써 사건은 해결된 거나 다름없다. 일이 순조롭게 풀린다면 이튿날 아침에 요네무라 구니히코의 체포영장을 청구할 수 있겠지. 그전에 도주를 꾀한다면 골치가 아파지므로 경찰이 결정적인 증거를 거머쥐었다는 사실을 깨닫게 해서는 안 된다.
 후루키는 후련한 표정으로 가속 페달을 밟으며 차량을 주행 차선에 진입시켰다. 다카사키 인터체인지가 얼마 남지 않았다. 그곳에서 다이산지까지는 15분쯤 걸린다.
 사건을 해결한 것은 오쿠마 경장의 집념이리라고 후루키는 생각했다. 그러고 보니 녀석은 뭘 하고 있을까? 얼른 다이산지로 가야겠다고 생각하고 있으니 셔츠 가슴 주머니에 넣어뒀던 휴대전화가 진동하기 시작했다. 곧바로 수신한 뒤 이어폰 마이크에 대고서 "예, 후루키입니다." 하고 응답했더니 오쿠마의 목소리가 들렸다.
 "주임님, 아까는 죄송했습니다."

"무슨 일이 있었던 거야?"

"한심스럽습니다만 공포에 질려 실신하고서 줄곧 쓰러져 있었습니다."

"지금은 괜찮나?"

"예, 다이산지 주지승이 달려와 정신을 수습해 줬습니다. 지금은 처소에서 쉬는 중입니다."

차가 고속도로 출구에 접어들었다. 후루키는 꼬불꼬불한 굽잇길을 나아가면서 오쿠마에게 물었다.

"그래서 결국 아까 그건 뭐였어?"

"믿지 못하실 텐데, 전 똑똑히 봤습니다. 쓰키시마 미야코의 유령을."

"피곤해서 그랬던 거 아냐?"

"아뇨, 아닙니다. 게다가 목소리도 분명 들었습니다."

기절 직전의 상황을 떠올렸는지 오쿠마의 목소리가 떨렸다.

"유령이, 스윽 다가와 말했습니다. '싸구려 파이프라서 미안해.'라고."

"무슨 말이야?"

"그건 저도 모르겠습니다. 어쨌든 쓰키시마 미야코가 그리 말했어요."

후루키는 한동안 입을 다물고서 그 말의 의미를 생각했다. 살해된 피해자가 증언을 했다니 이상한 이야기였지만, 파이프를 언급했다는 사실은 흘려들을 수 없었다. 오쿠마가 환각을 봤다고 치부할 수 없는 어떤 인연을, 후루키는 느꼈다.

"주임님은 지금 어디쯤 오셨죠? 슬슬 도착하십니까?"

"그래."

"알겠습니다. 사전에 계획했던 대로 전 처소에 대기하고 있겠습니다."

조수석에 있는 요네무라가 신경 쓰여서 후루키는 사건이 해결될 가망이 생겼다는 사실을 오쿠마에게 전할 수 없었다.

"잘 부탁한다."

그렇게만 말하고서 전화를 끊었다.

창밖을 바라보던 요네무라가 "수사 상황에 진전이 있습니까?" 하고 물었다.

"예, 뭐."

후루키는 말을 얼버무리다가 불현듯 죽은 자의 메시지를 들려줘 보기로 마음을 먹었다.

"하필이면 또 유령 목격담이 들어왔어요. 다이산지에 나타난 유령이 다가오는 사람한테 '싸구려 파이프라서 미안해.' 하고 말했답니다."

한 박자 늦게 요네무라가 "뭐라고요?" 하고 언성을 높였다.

뒤집어진 목소리에 놀라면서도 후루키는 거듭 말했다.

"유령이 '싸구려 파이프라서 미안해.' 하고 말했답니다."

"후, 후루키 씨."

별안간에 평정심을 잃은 요네무라가 한기에 시달리듯 두 팔을 움츠렸다.

"이상한 말씀 좀 하지 마십시오."

"아니, 아니, 정말입니다."

용의자의 태도가 극적으로 바뀌자 후루키도 당황했다.

"그 말을 언젠가 들으신 적이라도 있습니까?"

요네무라는 숨을 가쁘게 몰아쉬면서 앞쪽의 어느 지점을 응시했다. 그러다가 이윽고 "아까 쪼개졌던 파이프……." 하고 말하기 시작했다.

"막 사귀기 시작했을 즈음에 미야코가 선물해 줬던 겁니다. 하나에 5000엔밖에 안 하는 보급품이죠."

그녀의 월급으로 구입하기에는 그래도 값비싸지 않았을까, 하고 후루키는 생각했다.

"미야코는 파이프를 전혀 몰라서 상점에서 눈에 띄는 물건을 골랐던 모양입니다. 그리고 나중에 제가 고급품만 쓴다는 사실을 알고서 민망해하며 말했죠. '싸구려 파이프라서 미안해.' 하고."

요네무라의 설명을 이해하자마자 싸늘한 무언가가 후루키의 등골을 훑고 지나갔다.

"그건 저와 미야코밖에 모릅니다. 유령을 봤다고 주장하는 사람이 미리 알고 있었을 리가 없습니다."

"하지만, 그렇다면 그 말을 들었다는 증언은……."

요네무라의 목소리가 기이하게 떨리기 시작했다.

"다이산지에 정말로 미야코의 유령이 나타났는지도 모릅니다."

후루키는 무심코 조수석 쪽으로 시선을 돌렸다. 턱을 덜덜 떨고 있던 요네무라가 갑자기 앞을 가리키며 날카로운 목소리로 외쳤다.

"위험해!"

후루키는 화들짝 놀라 고개를 되돌렸다. 한눈을 판 사이에 차량이 중앙선을 벗어났다. 이내 귀청을 찢는 경적을 울리며 거대한 덤프트럭이 정면에서 달려들었다.

아뿔싸, 하고 후루키는 생각했다.

형사는 운전대를 재빨리 틀어서 차량을 원래 차선으로 되돌렸다. 경적 소리가 삽시간에 저음으로 바뀌더니 트럭의 커다란 실루엣이 후방으로 사라져 갔다. 그러나 요네무라는 목숨을 건졌다는 실감이 들지 않았다. 오히려 파멸의 예감이 뇌운(雷雲)처럼 퍼져 나가 마음을 서서히 뒤덮었다.

싸구려 파이프라서 미안해…….

미야코가 했던 말을 형사가 들려주기 시작했을 때부터 요네무라는 마음 한편으로 이미 끝났음을 알고 있었다. 어째선지 처음에는 몰랐지만, 대화를 나누다가 기억의 어느 한 점에 초점이 맺히더니 시체 옆에 떨어져 있던 싸구려 파이프가 선명히 떠올랐다. 그리고 자신이 돌이킬 수 없는 실수를 범했음을 눈치챘다.

파이프 안쪽에 부착되어 있던 카본층이 범행 현장에 떨어뜨렸던 충격으로 일부가 벗겨지고 말았다. 경찰은 현장 검증을 실시하여 탄소가 주성분인 얇고 작은 판을 채취했으리라. 그 파편은 요네무라의 파이프 안쪽에 생긴 결손 부위와 마치 퍼즐 조각처럼 딱 들어맞을 것이다. 형상뿐만이 아니다. 요네무라는 여러 잎을 섞어서 자신만의 블렌딩 담배를 계속 피워 왔으므로 현장에 남겨진 카본은 물질 조성까지 파이프 속 내용물과 정확히 일치하리라. 동일 인물의 지문처럼.

후루키가 파이프를 임의 제출해 달라고 요청했을 때, 요네무라의 머릿속에는 가격만이 떠올랐다. 미야코가 준 선물이라는 사실이 머릿속에서 빠져 버렸다. 그 파이프를 소중히 간직하자는 의식을 조금이라도 품었다면 제 손으로 유죄 증거를 내밀지 않았을 것을.

싸구려 파이프라서 미안해…….

유령으로 변한 미야코가 조롱하듯 웃고 있는 듯하여 새삼스레 등골이 오싹해졌다. 다이산지까지 이제 얼마 남지 않았다.

"후루키 씨."

요네무라가 무거운 입을 열었다.

"아까 넘겨 드린 파이프, 다시 돌려받을 수 없을까요? 미야코가 준 선물인 걸 깜빡했습니다."

"안 됩니다."

후루키가 딱 잘라 거절했다.

"이미 증거물로 제출하셨으니까요."

요네무라는 운전석에 있는 형사에게 달려들어 파이프를 빼앗을까 하고 생각했다. 그러나 격투를 벌이다가 차 사고가 날 우려가 있었다. 더욱이 형사가 총을 갖고 있다면 자신의 목숨이 위태로워진다. 그 밖에도 온갖 변명거리를 떠올려 봤지만, 속수무책이라는 기분을 지울 수가 없었다.

"알겠습니다."

요네무라가 말했다.

"그럼 지금부터 제 말을 잘 들어 주십시오."

"뭡니까?"

"제가 쓰키시마 미야코를 죽였습니다."

후루키는 말문이 막힌 듯했다. 속도를 살짝 줄이고서 "자백하시는 겁니까?" 하고 물었다.

요네무라는 그럴 작정이었다. 이미 도망칠 방도가 없기에 형량을 최대한 줄이는 전략으로 전환했다. 자백하여 반성의 기미를 보인다면 유기징역만 받고 넘어갈 수 있지 않을까? 그러나 그러한 모든 계산을 미야코의 유령이 꿰뚫어 보고 있는 것 같아서 형벌과는 다른 공포가 치밀었다. 지벌 말이다.

"조건을 딱 하나만 제시하겠습니다."

요네무라가 말했다.

"이대로 다이산지로 가 주십시오. 미야코의 유령은 틀림없이 거기 있습니다. 체포되기 전에 미야코 앞에 넙죽 엎드려 사죄하고 싶습니다. 그리만 해 주신다면 모든 걸 털어놓겠습니다."
"만약에 안 된다고 하면요?"
"전 아무 말도 하지 않겠습니다."

후루키는 한동안 피의자의 부탁을 고민했다. 요네무라가 도주를 꾀하고 있다면 자백하겠다는 뜻을 비치지 않았겠지. 더욱이 다이산지에는 오쿠마 경장이 대기하고 있으니 둘이서 경계한다면 예측하지 못한 사태에도 대처할 수 있다. 무엇보다 피의자가 먼저 자백하겠다고 했으니 그 뜻을 꺾고 싶지는 않았다.
"좋아요. 절로 가도록 하죠."
후루키는 말했다.
그나저나 지나치게 신빙성이 짙은 유령 이야기 때문에 사태가 묘한 방향으로 흘러가 버렸다. 차량은 이미 다이산지로 이어지는 길의 마지막 굽잇길에 들어섰다. 서서히 꺾으니 직선로 끝에서 고색창연한 절의 산문(山門)이 어렴풋이 드러났다.
후루키는 휴대전화를 조작해 오쿠마에게 전화를 걸었다.
부하가 금세 받았다.
"여보세요, 주임님입니까?"
"그래. 이제 곧 도착하니 얼른 주차장으로 나와 주겠어?"
주지승과 얼굴을 마주치게 하는 계획은 중지하라고 말하려고 했더니 오쿠마가 속사포처럼 말을 쏟아 냈다.

"잠시만요. 이쪽은 지금 큰일 났습니다."

"무슨 일이야?"

"또 목격자입니다. 처소로 젊은 커플이 달려와, 유령을 봤다면서 난리를 피우고 있습니다."

"뭐라고?"

"처소 내부가 아주 야단법석이에요."

"잠깐. 지금 묘지로 가면 보인다는 말이야? 즉 저기, 그게?"

이름을 밝히지 않았는데도 조수석에 있는 요네무라는 의미를 알아챘는지 아연실색한 표정으로 후루키를 쳐다봤다.

"그렇습니다, 지금 그 유령이……."

오쿠마가 대답했다.

"얼른 갑시다."

요네무라가 재촉했다.

"그녀와, 미야코와 한 번이라도 좋으니 만나게 해 주십시오."

후루키도 동요했다. 이대로 묘지에 간다면 살인 사건 가해자가 피해자에게 직접 사죄하는 전대미문의 사태가 벌어지는 걸까?

절 산문 앞에서 운전대를 틀자 경내 서쪽에 있는 참배객용 주차장이 보였다.

"좋아, 넌 거기서 대기해. 또 연락하지."

후루키는 전화를 끊고는 속도를 줄이지 않고 주차장에 들어갔다.

타이어를 미끄러뜨리며 정지하자 요네무라가 밖으로 뛰쳐나가려고 했다. 후루키는 자신이 하차할 때까지 조수석 문의 잠금을 해제하지 않았다.

"빨리 좀 해 주면 안 됩니까?"

요네무라가 애원하듯 말했다.

"지금 문을 열 테니 결코 뛰지 마십시오. 조금이라도 서두르는 낌새를 보였다가는 수갑을 채울 겁니다."

"알았으니까 아무튼 빨리!"

후루키는 문을 열어 줬다. 차에서 잽싸게 내린 요네무라는 뛰지 않고 형사가 옆으로 다가서기를 기다렸다. 후루키는 피의자의 손목을 붙잡고서 "그럼 갑시다." 하고 말했다.

그 후로 요네무라는 마음이 딴 데에 가 있는 듯한 태도로 나무들 사이에 난 완만한 비탈을 올랐다. 그리고 이따금 무언가에 홀린 듯한 목소리로 "미야코, 미야코." 하고 되뇌었다.

주문 같은 그 목소리를 듣다 보니 후루키의 마음도 불안감에 뒤덮였다. 이 세상의 것이 아닌 존재와 만나는 공포가 서서히 등에 들러붙었다. 나무들 사이를 지나 묘지를 에워싼 녹슨 철책이 시야에 들어오자 무언가에 쫓기는 것 같은 공포가 느껴지기 시작했다.

어둔 밤에 갇히기 직전에 맞닥뜨리는 마(魔)가 끼는 이 시간, 검은 실루엣으로 부각된 비석들을 보자마자 어서 이곳을 떠나고 싶은 욕구에 지배되어 후루키는 먼저 발걸음이 빨라졌다. 덩달아서 손목이 붙잡힌 요네무라도 걸음을 재촉했다. 어느새 두 사람은 손을 맞잡고서 참극이 벌어졌던 무대인 묘지 중앙부를 향해 뛰고 있었다.

주변에는 두 사람의 발소리와 숨소리만이 울렸다. 마음이 초조해져서 후루키는 통로를 무시하고서 비석 사이를 누비듯 나아갔다. 도중에 분명히 손목을 쥐고 있는 요네무라가 유령으로 변했나 싶은 공포에 휩싸여 뒤를 돌아봤다. 피의자는 여전히 상념 속에서 허우적대는 얼굴로 형사가 인도하는 대로 따르고 있었다.

두 사람은 드디어 쓰키시마 미야코의 시체가 쓰러져 있던 통로로 나왔다. 일단 발걸음을 멈추고서 후루키는 아주 잠깐만 망설였다. 하늘을 올려다보고 신음하듯 숨을 내뱉은 뒤 결심을 굳히고는 시체가 발견됐던 현장으로 시선을 옮겼다.

사람 실루엣이 보였다. 후루키는 눈이 휘둥그레졌다. 요네무라도 숨을 삼키고서 앞에 있는 검은 실루엣을 쳐다봤다.

그 실루엣이 서서히 이쪽을 돌아봤다. 어둠 속에 드러난 그 얼굴은 후루키의 의표를 찔렀다. 진겐 승려였다. 이 절의 주지승이 시체가 쓰러져 있던 바로 그 지점에 속박된 듯 우두커니 서 있었다.

"스님."

후루키가 말을 걸었다.

"군마현경에서 나온 후루키입니다."
"아, 형사님인가."
진겐이 입을 열었다. 그 목소리가 밤이 드리운 묘지에 낭랑히 울렸다.
"엉뚱하게 들리시겠지만, 혹시 거기에 젊은 여성이 서 있지 않았습니까?"
"맞소. 지난번에 시신으로 발견된 여성께서, 여기에 서 있었소."
"시신으로 발견된 여성?"
후루키는 전율했다.
"보셨습니까? 피해자의 모습을……."
"그렇소. 똑똑히, 이 두 눈으로."
"그래서."
요네무라가 매달리는 목소리로 말을 이었다.
"그래서 지금, 어디에?"
진겐이 염주를 쥔 손으로 합장하며 말했다.
"이 불초한 소승이, 성불시켜 드렸소."
멍하니 서 있는 남자들 사이로 소슬바람이 한바탕 휘이잉, 불고 지나갔다.

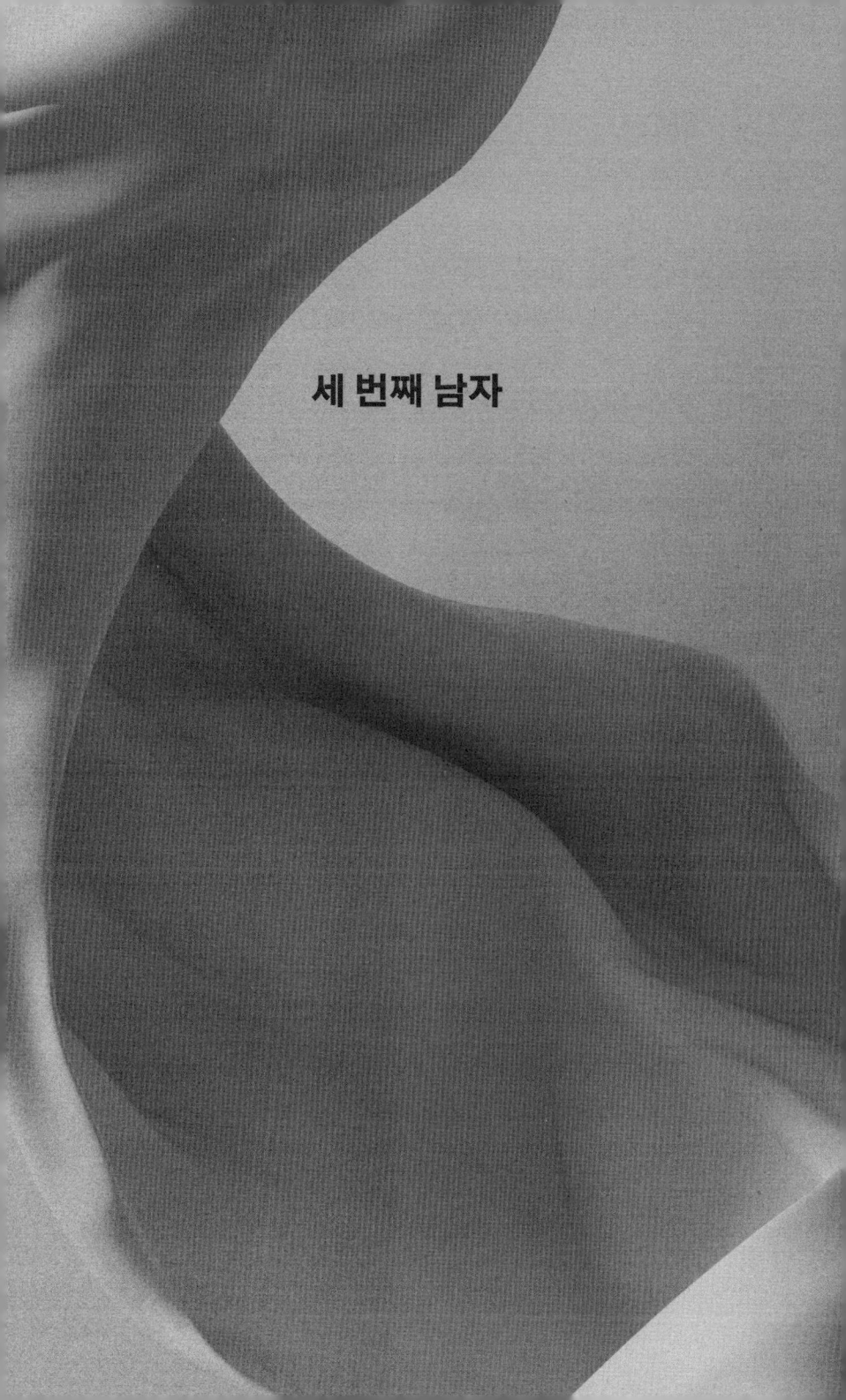
세 번째 남자

-1-

중대한 사고를 일으킨 건 명백했다. 앞 유리창은 산산조각이 났고, 운전대 너머 바로 보이는 보닛은 찌글찌글 말려 있었다.
운전석에 있는 마리코는 자신이 치명상을 입었음을 알았지만, 고통은 전혀 느끼지 못했다. 죽음의 공포보다 삶을 놔 버리자는 체념이 짙어지더니, 감사하는 기분이 마음속을 채워 갔다.
"……엄마…… 고마워."
마리코가 신음하면서 말했다.
찌부러진 조수석 창밖에 한 젊은이가 서서 작은 비디오카메라를 이쪽으로 대고 있었다. 마리코는 그 카메라를 향해서 남성의 저음으로 말을 이어 나갔다.

"……날 낳아 주고, 키워 줘서……."

꺾여 버린 사이드미러 속에 자신의 모습이 비쳐 있었다. 머리가 짧고, 스무 살쯤 먹은 젊은 남성이 되어 있었다. 마리코는 그 사실을 이상하게 여기지 않고, 숨이 끊어지기 전에 이 감정을 전해야만 한다는 조바심이 앞서서 평평한 가슴을 들썩이며 마지막 말을 쥐어 짜냈다.

"엄마의 아들이라서, 난 행복했어."

갑자기 마음이 평온해지더니 어머니의 품에 안겨 있던 유아 시절의 감각에 휩싸였다. 그때 의식이 끊어졌다. 바로 눈을 떴더니 침대 위에 있었다. 47킬로그램짜리 체중이, 온몸에 되돌아왔다.

"저기, 괜찮아?"

남편인 다쿠야가 마리코의 얼굴을 들여다보고 말했다.

"가위에 눌렸어."

한여름의 아침 햇살이 커튼 가장자리를 채색하고 있었다. 3평짜리 방 안에서 계속 틀어놨던 에어컨의 송풍음이 작게 들렸다. 3층짜리 공동주택, 그 2층에 있는 집.

마리코는 몸을 일으켜 얼굴에 붙은 긴 머리카락을 쓸어내며 현실 세계로 돌아왔음을 안도했다.

"이상한 꿈을, 꿨어."

"자동차 사고?"

부엌에서 아침 식사로 토스트를 먹으면서 다쿠야가 물었다. 마리코보다 한 살 연상인 스물아홉 살인데, 와이셔츠를 입고 안경을 쓰니 순식간에 나이를 다섯 살쯤 더 먹은 듯 보였다. 토요일인 오늘도 백화점에서 근무하는 다쿠야에게는 영업일이었다.

"게다가 남자가 됐다고?"

고개를 끄덕이고서 마리코는 결혼 축하 선물로 받았던 찻잔에 홍차를 따르면서 꿈속에서 봤던 자신의 겉모습을 떠올렸다.

"풍채가 꽤 좋은 남자였어. 본 적도, 만난 적도 없는 사람인데."

"그럼 상상이 빚어낸 사람인가?"

마리코는 고개를 갸웃거렸다. 머리가 짧은 그 젊은이에게는 가공의 인물 같지 않은 존재감이 있었다.

"장소는 어디였어? 전에 갔던 데야?"

꿈의 기억을 더듬어 봤더니 숲속에 뻗어 나가는 2차선 직선 도로가 보였다.

"장소도 짐작이 가질 않아. 내리막 산길이고 멀리 도시가 보여. 근데 그렇게 쭉 뻗은 도로에서 사고를 일으키다니 어지간히도 운전을 못했나 봐."

그때 태평하게 대화를 나누던 다쿠야가 얼굴을 살짝 찡그렸다.

"당분간은 운전을 피하는 게 좋을지도 모르겠어."
"어머?"
마리코는 남편의 배려를 느끼고서 웃음을 머금었다.
"그런 얘기, 안 믿잖아?"
"혹시 모르니까."
대형 백화점에서 상품 매입을 맡고 있는 다쿠야는 냉엄한 비즈니스 세계에 몸을 담고 있어서인지 미신 같은 이야기를 받아들이지 않는 사람이었다. 결혼한 지 1년이 넘었는데도 아직도 남편에게서 뜻밖의 일면을 찾아볼 수 있었다. 꼭 좋은 면만 발견되지는 않지만.
마리코는 자신의 토스트에 버터를 바르면서 말했다.
"꿈 내용도 이상했지만, 더 이상한 점이 있었어."
"어떤?"
"너무 리얼해서 꿈같지가 않았어. 마치 진짜로 체험한 것 같아. 유리 파편 하나하나까지 또렷이 봤어."
그러자 다쿠야가 또 뜻밖의 말을 했다.
"그럼 전생의 기억인가?"
마리코는 손을 멈췄다.
"전생?"
그 말을 들으니 묘하게 수긍이 됐다. 자신이 꾼 꿈이면서도 타인이 겪은 체험으로 추정되는 자동차 사고. 그리고 또 하나, 머릿속에서 조수석 창밖에서 이쪽을 찍고 있던 비디오카메라가 떠올랐다. 누군가가 무슨 목적으로 촬영하고 있었는지는 모르겠지만, 각이 진 구닥다리 디자인의 카메라라서 시대가 느껴졌다.

"내가 전생에 남자였고, 자동차 사고로 사망했다는 거야?"

"잠깐, 농담이야. 이런 얘기, 진지하게 받아들이지 마."

시계를 힐끗 보고서 다쿠야가 커피를 다 비운 뒤 일어섰다.

"꽤 오래전인데, 전생이 보인다고 주장하는 사람이랑 만난 적이 있어. 그리고 얼토당토않은 얘기를 들었거든."

"뭐라고 했는데?"

"당신은 전생에 고대 이집트의 노숙자였다고."

마리코가 입을 크게 벌리고 웃었다.

"그래서 돈의 소중함이 몸에 배어 있으니 이 세상에서 비즈니스 업계에 뛰어들면 크게 성공할 거라더라."

"그 말, 의외로 적중한 거 아냐?"

"아직 큰 성공은 못 했어."

다쿠야가 담담하게 답했다.

"그 전생이 보인다는 사람은 누구야?"

"동생의 지인."

다쿠야의 여동생인 에미는 마리코보다 두 살 아래로, 남편의 친가 사람들 중에서 가장 친밀한 관계였다.

아침 식사를 마친 다쿠야는 세면장에서 이를 닦은 뒤 넥타이를 조이고는 출근하러 무더위 속으로 나갔다.

남편을 현관에서 배웅한 뒤 마리코는 제자리에 서서 잠시 생각했다. 마치 묻혀 있던 자신의 기억을 파헤친 것 같은 신기한 꿈. 이대로 잊어버리기에는 너무 아까웠다.

마리코는 부엌에서 잡다한 생각들을 적는 노트를 가져와 꿈에서 본 내용을 상세히 기록해 뒀다. 기억을 글로써 붙잡아 두고 있으니 신기하다는 생각이 더욱 짙어졌다. 펜을 내려 두고서 마리코는 11시가 되기를 기다렸다가 시누이에게 전화를 걸었다.

야마우치 에미는 키가 평균 수준이지만, 어깨가 처져서 상당히 가냘프게 보였다. 성격은 명랑하고 활발하며, 어디에 가든 주눅이 들지 않는 유형이었다.

오늘도 마리코의 전화를 받자마자 곧바로 상대에게 이야기를 전한 뒤 오후 3시에 만남을 주선해 줬다. 마리코와 에미는 목적지와 가까운 역에서 만난 뒤 주택가를 10분쯤 걸어 어느 맨션에 도착했다. 전생이 보인다고 했던 지인이 사는 곳이었다.

"사에키 요코라는 사람인데 직장 선배였어요."

에미가 전화로 설명했다. 에미는 작은 상사에서 일하고 있었다.

"2년 전에 그만뒀지만요."

"지금은 뭘 하고 있어?"

"잘 모르겠는데, 데이트레이더라고 했던가? 자택에서 주식 거래를 하는 모양이에요."

실제로 가 보니 사에키 요코는 주변 집합주택보다 유난히 훌륭한, 12층짜리 맨션 최상층에서 살고 있었다. 마리코는 신비로운 풍모의 집주인을 상상했으나, 막상 현관에서 맞이해 준 사람은 왠지 이국적으로 생긴 30대 중반의 여성이었다. 몸이 가녀리고 키가 크며 품행은 시원스러웠다.

"많이 덥죠? 자, 들어와요."

요코는 두 사람을 들인 뒤 마리코가 내민 케이크 상자를 웃으며 받아 들었다.

두 사람이 안내를 받아 간 거실에도 사치스럽지 않은 살림살이들이 배치되어 있어서, 요코가 얼마나 취향이 고상한지를 말해 줬다. 한동안 에미와 요코는 함께 근무했던 시절을 화제로 삼아 즐겁게 담소를 나눴다. 옆에서 대화를 듣던 마리코는 요코가 지극히 평범하게 대응해 줘서 안심했다. 괴팍한 점술사 같은 사람이면 어쩌나 하고 조금 걱정했기 때문이었다.

"그래서 말이야."

때를 보아 에미가 화제를 돌렸다.

"마리코 씨가 전생을 봐 줬으면 좋겠대."

요코의 눈이 이쪽으로 향했다. 마리코는 조금 긴장했다. 그 속내를 눈치챘는지 요코가 상냥하게 미소를 지으며 말했다.

"너무 진지하게 듣지 말아요. 이건 일종의 놀이니까요."

"예."

요코의 눈가에서 웃음기가 서서히 사라져 갔다. 자신이 뭔가 언짢게 했나 싶어서 마리코는 불안해졌다.

"사람이 조금 많네. 둘이서만 대화를 나눠도 될까?"

요코가 에미에게 물었다.

"예."

에미가 당혹해하며 대답했다.

"이쪽으로 와요."

요코는 일어서서 옆방으로 마리코를 불렀다.

그곳은 창가 쪽 책상에 컴퓨터만이 놓여 있는 휑한 방이었다. 다만 주식 거래에 사용하는지 디스플레이만 세 대나 놓여 있었다. 마리코는 요코가 권하는 대로 등나무 의자에 앉아 가죽으로 된 회전의자에 앉은 요코와 마주 봤다.

고개를 천천히 돌려 흐리멍덩한 눈빛으로 허공을 바라보던 요코가 낮은 목소리로 말했다.

"지금 이 방에는 세 사람이 있어요."

마리코는 놀라서 뒤를 돌아봤다. 그러나 실내에는 두 사람을 빼고 아무도 없었다. 에미는 여전히 옆방에 남아 있었다.

사에키 요코는 모습이 보이지 않는 누군가를 찾듯 눈을 좌우로 굴리며 말을 이었다.

"세 번째 사람은 남자. 남성이에요."

성별은 꿈속 내용과 일치했다. 세 번째 사람이라는 그 남자는 나의 전생을 가리키는 건가? 마리코는 생각했다.

"그 사람은 자동차 사고로 사망했나요?"

요코는 미간을 찡그리고서 "꽤 가까운 과거. 가까운 장소." 하고 중얼거리듯 말하고서 의자를 돌려 컴퓨터 전원을 켰다. 그러고는 검색 사이트 지도를 화면에 띄웠다. 기타칸토 일대를 표시하고 있었다. 요코는 지도를 이리저리 살펴보며 조금씩 확대하다가 이윽고 도치기현과 군마현의 경계 부근을 가리켰다.

마리코는 일어서서 요코의 옆으로 다가가 디스플레이를 쳐다봤다. 산간부에 고갯길 하나가 나 있었다. 지명은 '야코마고개'. 요코의 손가락이 그리는 원 중심에는 긴 직선도로가 있었다.

"이 부근에서 무슨 일이 벌어졌던 모양이에요."

요코가 말하고서 스트리트 뷰 기능으로 전환했다. 표시됐던 지도가 사라지고 그 대신에 고갯길을 촬영한 사진이 떴다. 좌우에 숲이 펼쳐져 있고, 내리막으로 쭉 뻗어 나가는 도로 저 너머에 도시가 어렴풋하게 보였다. 그 사진은 꿈에서 본 풍경과 완전히 일치했다.

그러나 마리코가 말을 잇지 못했던 이유는 그뿐만이 아니었다. 컴퓨터에 표시된 사진 속에 딱 하나, 꿈에는 나타나지 않았던 게 찍혀 있었다.

골짜기 쪽에 설치된 가드레일 아래쪽. 그곳에 녹슨 빈 캔이

철사에 동여매어져 있고, 그 안에 시든 꽃다발이 꽂혀 있었다. 과거에 이곳에서 사고가 벌어져서 누군가가 죽었으리라.

불현듯 세 번째 남자의 기척이 느껴지자 마리코는 무심코 뒤를 돌아봤다. 물론 그곳에는 아무도 없었다. 단지 느낌일 뿐이라고 마리코는 스스로를 다독였다.

-2-

다다음주인 8월 13일은 마리코의 생일이었다. 사에키 요코와 겪은 일 때문인지 이상한 생각이 머릿속에서 떠나지 않았다. 29년 전 이날에 누군가의 영혼이 자신으로 다시 태어났던 걸까?

오본 명절 기간인데도 다쿠야가 일을 쉴 수가 없어서 마리코는 평소처럼 아침 식사를 차려 주고서 남편을 출근시켰다. 그러고는 몸단장을 마친 뒤 도보로 15분쯤 걸리는 친정으로 향했다.

마리코가 태어나고 자란 집은 민영 전철역 앞 상점가에 위치한 미사와 청과점이었다. 주부가 된 지금도 낮에는 가업을 거들고 있다. 마리코가 외동딸임에도 아버지인 데쓰지는 가게를 물려줄 생각이 없었는지 딸을 단기대학까지 보낸 뒤에 얼른 시집이나 가라며 시끄럽게 잔소리를 늘어놨다. 그리고 실제로 다쿠야와 결혼식을 치르자 역시나 아버지는 펑펑 울었다. 그 우는 모습은 심상치가 않았는데, '신부 아버지는 으레 울지만 딸꾹질이 나올 만큼 서럽게 우는 사람은 처음 본다.'면서 참석자들은 다른 의미로 감명을 받았다.

어머니인 도시에는 인근 역 출신으로, 부부가 된 남녀가 다들 그러하듯 역시나 우연이 작용하여 아버지와 알게 됐다. 지갑을 떨어뜨렸다는 사실을 깨닫고 파출소에 갔더니 현금이 고스란히 들어 있는 채로 돌려받았는데, 그 지갑을 주웠던 사람이 바로 아버지였다. 답례를 하기 위해 전철을 타고서 역 하나를 지나 미사와 청과점으로 갔던 어머니는 그대로 안으로 들어가 저녁까지 대접을 받았다. 그 이후에는 자연스럽게 결혼에 이르렀다고 했다.

부모님의 과거를 돌이켜보니 마리코는 자신이 이 세상에 존재한다는 수수께끼에 관하여 생각하지 않을 수가 없었다. 어머니가 지갑을 떨어뜨리지 않았다면, 혹은 지갑을 다른 사람이 주웠다면, 부모님은 결혼하지 못했을 것이다. 만약에 어머니가 다른 사람과 맺어져 아이를 낳았다면 그건 '내'가 아니다. '나'는 이 세상에 존재하지 않았을 것이다. 더욱이 '나'를 낳게 한 우연한 만남은 부모님에게만 찾아오지 않았다. 조부모와 그보다 윗세대에서도 면면히 반복되어 왔다. 그렇게 생각하니 이 세상에 '내'가 살아 있다는 사실이 기적 같았다.

더욱이 그 기적은 '나'에게만 벌어지지 않았다. 지금 길에서 스쳐 지나갔던 아이에게도, 지구 반대편에 사는 사람들에게도 똑같은 기적이 일어났다. '내'가 생명을 받아 이 세상에 있다는 것은 굉장한 기적이면서도 굉장히 진부한 일이기도 했다.

햇볕을 피해 걸으면서 마리코는 큰길 반대편에 서 있는 대학병원을 쳐다봤다. 저곳은 자신이 태어난 병원이었다. 29년 전 오늘은 로스앤젤레스 올림픽 기간이었는데, 폐회식이 막 시작하려고 했을 때 마리코가 탄생했다고 했다.

분명 어머니는 크게 부른 배를 안고서 이 길을 여러 번 오갔을 터였다. 이윽고 태어날 자식이 행복하길 바라면서. 그리고 무사히 출산한 뒤에는 아버지와 어깨를 나란히 하고서 품에 안겨 있는 갓난아기의 얼굴을 들여다보며 집으로 돌아갔겠지. 새로운 가족을 맞이한 집 안은 틀림없이 그전과는 다르게 보였으리라.

그리 상상하니 마리코의 눈동자도 축축해졌다. 부모님에게 감사하는 마음을 전하고 싶었지만, 쑥스럽기도 해서 대놓고 말하지 못했다.

엄마, 고마워…….

꿈속에서 들렸던 낮은 목소리가 마음에 되살아났다.

나를 낳아주고 키워 줘서…….

만약에 그 청년이 실존 인물이었다면 자신과 똑같은 심정이었으리라고 마리코는 생각했다. 표현하지 못한 감사의 말을 짧은 인생의 마지막에 남기려고 했던 것이다.

친정에 도착하여 아직 문을 열지 않은 점포에 들어갔을 때도 마리코는 어머니에게 뭐라도 말해야겠다고 생각했다. 그런데 먼저 "생일 축하한다."라는 소리를 들어 버려서 "고마워요." 하고 대꾸한 뒤에는 평소 분위기로 돌아가 버렸다.

"넌 오전에 태어났지. 로스앤젤레스 올림픽 폐회식이 텔레비전에서 막 시작하려고 했을 때……."

"그 얘긴 몇 번이나 들었어. 그런데 아빠는?"

"아직, 시장에. 스즈키랑."

스즈키는 가게에서 일하는 젊은 점원이다.

"오늘 잠깐 빠져도 돼?"

"괜찮아."

오늘은 바쁠 리가 없다. 세상은 오본 연휴를 한창 즐기고 있다. 미사와 청과점은 도매상의 휴일에 맞춰서 내일 14일부터 여름 휴가에 들어갈 예정이다.

"차도 빌리고 싶은데 그래도 돼?"

"어디 가니?"

"드라이브나 좀 하려고."

"생일이잖니? 즐겁게 보내렴."

어머니가 미소를 짓고서 차 열쇠를 내밀었다.

마리코는 채소와 과일, 그리고 골판지 상자로 가득한 가게 안을 둘러보며 어렸을 적부터 자신을 감쌌던 냄새를 폐 속에 가득 들이켜고는 건물 뒤편으로 향했다.

차 두 대를 세울 수 있는 주차 공간에는 소형 자가용만 세워져 있었다. 아버지가 상품을 매입하는 데 쓰는 원박스카는 아직 돌아오지 않았다. 소형차에 탑승한 마리코는 에어컨을 켜고 내비게이션에 목적지를 설정한 뒤 가속 페달을 밟았다. 목적지는 '야코마 고개'였다.

어수선한 상점가 뒷길을 빠져나와 간선도로를 타다가 고속도로에 진입했다. "운전을 피하는 게 좋을지도." 하고 걱정했던 다쿠야의 말이 떠올라서 안전운전에 유념했다. 도심을 빠져나와 사이타마현에서 군마현으로 향했다. 귀성길 정체 시간이 지났는지 차량 흐름은 생각보다 순조로웠다. 두 시간도 채 지나지 않아 고속도로에서 내려왔다.

군마현 시가지에 들어선 마리코는 꽃집을 발견하고는 차를 세웠다. 그곳에서 약소한 꽃다발을 구입한 뒤 동쪽에 보이는 산을 향해서 달리기 시작했다.

야코마 고개의 진입로인 삼거리에 커다란 표지판이 세워져 있었다. 방향 지시등을 켜고서 운전대를 틀었더니 경사가 갑자기 급해졌다. 산림에 둘러싸인 편도 1차선 도로는 좌우로 굽이져서 실제보다 더 좁게 느껴졌다. 시야가 막힌 굽잇길에서 마주 오는 차량과 충돌하지 않도록 도로가에 세워진 거울을 여러 번 확인해야만 했다. 이윽고 내비게이션에서 "목적지 근처입니다."라는 음성이 들리더니 앞유리창 너머로 직선로가 나타났다.

마리코는 속도를 줄인 뒤 오른편으로 뻗어 나가는 가드레일을 주시했다. 찾던 물체를 금방 발견했다. 철사로 동여매 놓은 빈 캔이었다. 그러나 컴퓨터 화면으로 봤을 때와는 달리 캔도, 그곳에 꽂혀 있는 꽃다발도 새것이었다. 아주 최근에 누군가가 다녀간 모양이었다.

후속 차량이 없는지 확인하고서 마리코는 브레이크 페달을 밟았다. 꿈에서 봤던 풍경은 내리막 비탈이었기에 창문에서 고개를 내밀어 왔던 길을 돌아봤다. 저 멀리 시가지가 보였다. 분명 여기다. 순간 현실감이 흔들리더니 자신이 꿈속으로 돌아온 것 같은 감각에 휩싸였다.

마리코는 다시 고갯길을 달려 나갔고, 차를 세울 만한 데를 찾았다. 그러자 최초 급커브를 꺾자마자 갓길 쪽에 대피소가 있었고, 그곳에 다른 차량 한 대가 세워져 있었다. 그 하얀 승용차 양옆에는 두 남녀가 서 있었는데 문을 열고서 차 안으로 다시 들어가려고 했다. 새로운 꽃다발을 공양한 사람이 저 사람들인가 하고 생각하면서, 마리코는 그들의 세단 뒤에 자신의 소형차를 세웠다.

꽃다발을 들고 밖으로 나가자, 조수석 문을 닫으려 했던 나이 든 여성이 이쪽을 봤다. 야위고 낯빛이 좋지 못한, 일흔을 넘긴 듯한 여성 노인이었다. 마리코는 눈으로 가볍게 알은체를 했다.

그 여성이 차에서 내려 "저기요." 하고 말을 걸었다.

"유사쿠를 위해서 오신 건가요?"

마리코는 당혹스러웠다. 꿈속에서 사고를 일으켰던 남자의 이름이 유사쿠였던가? 그러나 그런 기묘한 이야기를 할 수 있을 리가 없어서 어떻게 대답해야 좋을지 망설였다. 그러자 운전석에서 한 남성이 내린 뒤 이쪽을 물끄러미 쳐다봤다. 여성보다 한 세대 젊은 50대 중반으로 마리코의 아버지뻘이었다. 체격이 다부진 것이 두목감이라는 표현이 잘 어울렸다.
"유사쿠의 지인치고는 젊구먼."
남자가 말했다.
"당신, 무슨 관계요?"
마리코는 더더욱 대답하기가 난감했다. '꿈속에서 전생의 기억을 봤다.'고 말했다가는 수상쩍게 여기겠지. 만약에 정말로 사고가 벌어졌고, 저 두 사람이 희생자의 유족이라면 미신 같은 이야기를 대는 건 역시나 불경스러웠다.
"다른 사람한테 부탁받았어요."
마리코는 궁색한 거짓말을 했다.
"이쪽에 꽃다발을 두고 와 달라고."
"누가 부탁했는데?"
"스즈키 신지 씨요."
마리코는 미사와 청과점에서 일하는 점원의 이름을 댔다.
"모르는 이름인데. 고등학교 친구려나요?"
남자가 말하고서 여성 쪽을 쳐다봤다. 그 모습을 보고 마리코는 아마도 저 두 사람은 모자 관계가 아니라 타인이리라 짐작했다.

　노령의 여성은 고개를 갸웃거렸지만 "그래도 고마운 일이죠." 하고 이쪽을 향해 고개를 숙였다.

　"이렇게 먼 발걸음을 해 주다니 고마울 따름입니다."

　마리코는 큰마음을 먹고 물어봤다.

　"실은 저, 자세한 사정을 듣지 못했는데 여기서 사고가 벌어졌던 건가요?"

　"그래요."

　여성이 대답했다.

　"내 아들이, 자동차 사고를 냈지요. 오늘이 기일입니다."

　"오늘요?"

　"예. 29년 전 8월 13일입니다. 로스앤젤레스 올림픽 폐회식 날이었지요."

　마리코는 동요한 심정을 감추려고 애를 썼다. 유사쿠라는 젊은이는 자신이 태어난 바로 그날에 사고로 사망했다. 꿈속에 나온 이 고갯길에서.

-3-

　"괜찮다면 점심이라도 함께 들겠소?"

　남자가 제안하자 마리코는 응하기로 했다. 지참한 꽃다발을 고갯길 빈 캔에 공양하고서 합장한 뒤 하얀 세단을 따라 산을 내려갔다.

그들은 간선도로 인근 상업지역 한편에 위치한, 가전제품 양판점과 신사복 체인점 사이에 낀 노포 소바 식당으로 안내했다. 세 사람은 안쪽 객실에 앉았다.

좌탁을 에워싸고 앉은 그들은 가게 명물인 수타 소바를 주문하고서 다시금 자기 소개를 했다. 사고로 사망한 젊은이는 가와무라 유사쿠였고, 헌화하러 온 어머니는 기쿠코라고 이름을 밝혔다. 한편 운전기사 노릇을 했던 요시다 겐고라는 남자는 친척이 아니라 유사쿠의 친구였다. 다시 말해 유사쿠가 살아 있었다면 요시다와 마찬가지로 50대 중반이었을 터였다. 기쿠코와 요시다는 사고가 벌어졌던 1984년부터 매해 거르지 않고 현장을 방문하여 꽃을 공양해 왔다고 한다.

마리코가 도쿄에서 왔다고 하자 두 사람은 더더욱 미심쩍어 했다. 그러나 아마도 유사쿠를 알았던 스즈키 신지라는 인물이 도쿄 청과점에서 일하고 있으리라 납득해 줬다.

"이게 유사쿠예요."

기쿠코가 핸드백에서 꺼낸 사진에는 머리가 짧고 이목구비가 단정한 젊은이가 찍혀 있었다. 스포츠카에 몸을 기대어 득의양양한 웃음을 짓고 있었다. 다크블루색 차량도, 그리고 가와무라 유사쿠의 모습도 꿈에서 본 그대로였다. 마리코는 스스로도 의외라고 여길 만큼 놀라지 않았다. 기묘한 꿈에서 시작된 일련의 사건을 받아들이자고 마음을 먹었다. 이 가와무라 유사쿠라는 청년이야말로 사에키 요코의 집에 왔던 '세 번째 남자'이겠지.
"유사쿠 씨는, 나이가 어떻게 되셨나요?"
"향년 스물하나였습니다."
기쿠코가 가라앉은 목소리로 말했다. 그녀가 술회한 바에 따르면 초등학교를 졸업할 때까지 유사쿠는 운동을 잘하는 명랑한 아이였다고 한다. 그런데 아버지가 술주정이 심해지고 월급을 집에 가져오지 않았을 즈음부터 부부 관계가 싸늘해지더니, 유사쿠가 중학교 2학년 때에 이혼했다.
"유사쿠가 죽은 건 내 탓입니다. 가장 예민한 시기에 부모가 이혼을 해 버렸으니까. 대학에도 진학하는 게 어려워졌고 생활이 엉망이 됐지요."
마리코는 표현을 세심히 고르며 말했다.
"하지만 사진 속 유사쿠 씨는 아주 평온해 보이시는데요."
기쿠코는 고개를 비실비실 가로저었다. 그녀의 뺨은 홀쭉하고 피부는 흙색이었다.
"인간이란 행복해지려고 몸부림을 치면서도 어째선지 불행해질 만한 일만 저지르는 법이죠."
29년이라는 세월이 흘렀는데도 이 어머니는 자식의 죽음에서 치유되지 못한 듯했다. 지금껏 눈물을 얼마나 많이 쏟아 냈을까. 마리코는 동정심을 진하게 느끼는 한편 늘 웃음짓던 자신의 어머니를 떠올리고는 인생의 불공평함을 느꼈다.

"성도 모계 쪽으로 바뀌면서 학교에서 상당히 눈치를 봤을 거예요. 고등학생이 되고서는 폭주족에 가담했고, 차를 타고 이리저리 돌아다니다가 사고를 일으켰지요."

옆에서 소바를 후루룩 먹던 요시다가 젓가락을 쥔 손을 멈추고는 거북해하며 얼굴을 찡그렸다. 어쩌면 저 사람은 폭주족 동료였을지도 모르겠다고 마리코는 생각했다. 그러나 납득이 되지 않는 점도 있었다. 사진 속 유사쿠는 순박한 호청년이라는 인상이고 불량스러운 면은 티끌만큼도 찾아볼 수가 없었다.

"29년 전 오늘도 아침부터 말다툼을 벌였지요. 그 아이는 짜증스럽게 집을 뛰쳐나갔습니다. 그게 마지막 대화가 되고 말았어요. 분명 이 어미를 원망하고 있겠죠."

"원망?"

그 말이 마리코의 머릿속에 걸렸다.

"설마요, 그럴 리야······."

"아니, 정말로 심하게 말다툼을 벌였거든요. 그뿐만이 아닙니다. 어미로서 그 애를 위해 무엇 하나 해 준 게 없어서."

"잠시만요."

마리코가 무심코 말을 끊었다. 꿈속에서 들었던 말. 유사쿠가 마지막 힘을 쥐어짜 어머니에게 남기려고 했던 감사의 말.

엄마, 고마워······ 날 낳아 주고······ 키워 줘서······.

"비디오는 보지 않으셨나요?"

"비디오?"

기쿠코가 의아해하며 되물었다.

"무슨 비디오 말인가요?"

"아, 아뇨."

마리코는 말을 얼버무렸다.

"죄송합니다. 제가 착각했나 봐요."

마리코는 유사쿠의 최후를 꿈속에서 봤을 뿐이다. 비디오가 실제로 촬영됐는지는 알 수 없다. 그러나 만약에 유사쿠의 유언이 기록된 영상이 있다면 이 어머니에게 꼭 보여 주고 싶었다. 그러면 무려 30년 가까이 시달렸던 자책에서 해방될 수 있겠지.

마리코는 대화를 중단하고 다시 식사하면서 생각했다. 비디오가 정말로 촬영됐다면, 누가 무슨 목적으로 다 죽어 가는 유사쿠를 찍었을까? 그리고 그 테이프는 지금 어디에 있지?

사고 상황을 조금 더 자세히 물어보고 싶었다. 그러자 식사를 마친 기쿠코가 화장실에 가길 기다렸다는 듯 요시다가 먼저 물었다.

"야마우치 씨는 오늘 바쁜 볼일이 있소?"

마리코는 손목시계를 봤다. 아직 1시 30분이었다.

"아뇨."

"잠시만, 시간을 내줄 수 없소? 어머님의 얘기에 오해도 섞여 있어서 정정해 두고 싶군요. 스즈키 신지라는 사람한테 얘기가 잘못 전해지면 안 되니까."

"부탁드립니다."

"그럼 이 가게를 나서거든 다다음 교차로에 있는 '이코이'라는 찻집에서 기다리시오."

"예."

마리코는 승낙했다.

시가지에 난 간선도로는 자동차가 쉴 새 없이 오가기 때문인지 먼지로 뿌얘서 왠지 살풍경했다. 그 모퉁이에 서 있는 찻집 '이코이'는 간판조차 디자인이 낡아 빠지고 꼬질꼬질해서 과거에 남겨진 느낌이었다. 이게 쇼와 분위기인가, 하고 마리코는 생각했다.

마리코가 찻집에 들어간 지 20분 뒤, 기쿠코를 자택까지 바래다준 요시다가 하얀 세단을 타고 왔다.

"다시 소개하지요."

요시다가 내민 명함에는 '유한회사 요시다 자동차 정비공장 대표이사 사장 요시다 겐고'라고 인쇄되어 있었다.

정비공장 사장이었구나. 마리코는 납득했다. 차에 정통하지 않은 마리코도 하얀 세단이 고급차임을 알았다. 요시다는 경영자의 관록을 드러내긴 했지만 어쩐지 육체노동자 같은 인상도 있었다.

"스즈키 신지 씨한테 전해 주겠소? 요시다라는 이름을 듣고 짐작 가는 데가 있다면 연락해 달라고."

"예."

친정 가게에서 일하는 젊은 점원을 떠올리고서 마리코는 쓴웃음을 지을 뻔했다. 스즈키가 대활약을 했다.

"그나저나 아까 얘기 말인데."

요시다가 커피 컵을 들고서 굵은 목소리로 운을 뗐다.

"우린 이른바 폭주족 같은 게 아니었소. '속도광'이나 '고개족(族)'이라 불렸지. 그런 단어 모르오?"

마리코에게는 잘 와닿지 않는 단어였다.

"아뇨."

"불량한 짓에는 흥미 없고, 오직 차를 빨리 모는 행위에서 삶의 보람을 느끼는 녀석들이었소. 아까 야코마 고개처럼 구불구불한 고갯길을 달려서 타임이나 테크닉을 겨뤘거든. 경찰한테 찍히기는 했지만."

요시다가 가와무라 유사쿠와 만났던 곳은 이곳 군마현이 아니라 인접한 이바라키현 고갯길이었다고 한다. 나이가 다섯 살 차이가 났지만, 고향이 같기도 해서 의기투합했고, 이후에는 주말 등 쉬는 날에 '함께' 달렸다.

"유사쿠의 어머님은 아들이 엇나갔던 게 아닌지 여러모로 근심하신 것 같은데, 실제로는 정반대였소. 유사쿠만큼 진지하게 달렸던 녀석은 없었지. 건축 회사에서 일하며 받은 박봉을 차에 쏟아붓고, 끼니도 거르면서까지 애를 썼소. 그 녀석의 꿈은 랠리 드라이버가 되는 거였으니까."
"랠리라면, 사막이나 산길을 달리는 레이스를 말하는 건가요?"
"그래, 그렇소."
요시다가 기뻐하며 말했다.
"다른 녀석들은 마냥 차가 좋다든지, 여자한테 잘 보이고 싶다는 이유로 달렸는데, 유사쿠만은 명확한 목적이 있었소. 그래서 주변에서도 녀석을 높이 봤지."
마리코는 찻집 창문에서 먼지로 뿌연 바깥 도로를 봤다. 야심을 품었던 젊은이에게 이 도시는 너무 비좁지 않았을까?
"돈이 없어서 마력이 달리는 차밖에 살 수 없었지만, 여기저기를 개조하며 애를 썼소. 힘이 떨어지는 차로도 테크닉은 갈고닦을 수 있거든."
요시다의 말투가 속도광처럼 변하자 마리코는 미소를 지었다.
"29년 전 오늘도 지역에서 활동하는 녀석들이랑 모여서 달리기로 했지. 근데 그런 일이."
마리코가 의아하게 여겼던 것을 물었다.
"그렇게 운전을 잘하던 분이 어떻게 쭉 뻗은 길에서 사고를 일으켰을까요?"
"지나친 과속이 한순간의 실수로 이어졌던 것 같소. 우리끼리 쓰는 말로는 '문어춤'이라고 하지."

"문어춤?"

"그렇소. 사고 현장 앞에 급커브가 있었던 거 기억하오? 실수는 직선로가 아니라 그 커브에서 벌어졌소. 차량을 옆으로 미끄러뜨리면서 고속으로 커브를 돌고 있을 때 가속 페달을 밟던 발이 무심코 느슨해지면 차량 뒤쪽이 반대쪽으로 튕기면서 제어불능 상태에 빠진다오. 내리막길을 내려왔던 유사쿠의 차는 그대로 좌우로 요동치는 상태로 수십 미터를 달리다가 가드레일과 충돌했소."

요시다가 몸짓을 섞어서 설명해 줘서 '문어춤'이 무엇인지 감을 잡았다.

"그럼 유사쿠 씨는 평소보다 속도를 많이 냈던 거군요?"

"그런 셈이오."

꿈속에서 벌어졌던 사고의 참상이 떠오르자 마리코는 눈을 질끈 감았다. 남자들은 어째서 그런 위험한 스포츠를 신나게 즐기는 거지?

"요시다 씨는 사고를 보셨나요?"

"아니, 내가 현장에 갔을 때 이미 구급차가 왔더라고. 당시에는 휴대전화가 없어서 산 위에서 내려올 때까지 사고가 벌어졌는지 몰랐소. 그날 있었던 일을 처음부터 말하자면……."

요시다가 시간을 거슬러 올라 당시 상황을 들려주기 시작했다.

야코마 고개의 정상에는 전망대가 있는데, 그곳의 넓은 주차장은 다른 지역에서도 원정을 오는 속도광들의 집합 장소였다. 평소에 그들은 밤에 활동하는데, 오본 연휴라서 지역 사람끼리만 이른 시간에 모였다. 유사쿠와 요시다 외에도 또 한 사람, 가타기리 마사토라는 주유소에서 일하는 젊은 남자가 있었다. 가타기리는 요시다의 고등학교 후배였다.

세 사람은 주차장에 트래픽 콘을 세우고서 드리프트 턴 등을 연습한 뒤 '고개를 공략'하기로 했다. 처음에는 유사쿠, 바로 뒤에는 가타기리가 따랐다. 요시다의 차량은 속도가 잘 나는 차종이었기에 시간을 잠시 두고서 달리기 시작했다. 대낮부터 그렇게 위험하게 주행해도 괜찮을까, 하고 마리코는 생각했다. 그러나 속도광에게는 속도광의 규칙이 있어, 커브 미러에 일반 차량이 확인되면 반드시 감속하는 안전 대책을 엄수했다고 한다.

기슭에 위치한 골인 지점이 가까워졌다. 문제의 커브에 진입하려고 했을 때 요시다는 커브 미러에 비친 구급차의 붉은 회전등을 봤다. 그제야 처음으로 사고가 벌어졌음을 알았다. 직선로에 들어서고서 정지했더니 처참하게 부서진 차량 안에서 유사쿠의 몸이 끌려나와 들것에 실리는 참이었다. 사고 차량 뒤에서 달렸던 가타기리는 지나가던 일반 차량 운전자에게 구급차를 불러 달라고 부탁하고서 자신은 줄곧 유사쿠 곁에 붙어 있었다고 한다. 유사쿠는 의식불명인 채로 응급병원에 실려 갔고, 응급조치를 실시한 보람도 없이 사망 판정을 받왔다. 사인은 내장 파열로 인한 과다 출혈이었다. 사고가 벌어졌을 때 복부가 운전대에 세차게 부딪쳤던 것이 치명상이었다.
"그나마 다행이었던 점은 유사쿠의 어머니가 아들의 죽음을 직접 보시지 않았다는 것뿐이오."
요시다가 이야기를 매듭지었다.
"단지 그뿐."
"유사쿠 씨는 의식을 영영 차리지 못했나요?"
"그렇소."
그렇다면 사고 직후에 의식이 아직 남았을 때 했던 말은 유사쿠의 유언인 셈이었다. 그러나 그 말은 어머니에게 닿지 못했다.
요시다의 이야기를 들어 보니 현장에는 가타기리밖에 없었다. 다시 말해 비디오가 찍혔다면 촬영자는 가타기리였다는 뜻이었다. 그러나 가타기리는 어째서 그 비디오를 기쿠코에게 보여 주지 않았을까?
"속도광들은 자기가 달리는 광경을 비디오로 촬영하지는 않나요?"
마리코가 물어봤다.
"아아, 찍지. 가타기리가 비디오카메라를 갖고 있었소. 지금과 달리 아날로그식 자기 테이프에 기록하는 방식이었지. 그런 카메라일지라도 아직은 귀한 시대였소."
꿈속 내용과 부합하는 단서가 또 하나 늘었다.

"가타기리 씨는 지금 어디에 계시나요?"
"친척 연줄로 나가노에 갔소. 그쪽에서 일하고 있지."
"지금 오본 연휴인데 이리로 돌아오시지 않았을까요?"
"연락은 없소. 산속에 본가가 있었는데, 버블 시기에도 처분이 안 됐거든. 그 집은 방치돼서 사람이 묵을 수 있는 상태가 아니오."
"그럼 나가노 연락처를 알려 주실 수 없을까요? 가타기리 씨의 말씀도 여쭙고 싶어서."
요시다는 이 대목에서 미심쩍어하며 마리코를 힐끗 쳐다보았지만, 결국 "좋소." 하고 가타기리 마사토의 연락처를 알려 줬다.

-4-

해가 저물기 전에 도쿄의 공동주택으로 돌아온 마리코는 자신의 생일을 축하하기 위해 약소하게 요리를 차린 뒤 퇴근한 남편을 맞이했다.
"이거, 생일 선물."
다쿠야가 의외로 값이 나가는 명품 세컨드백을 줬다. 색깔과 디자인도 예쁘고, 평상시에 쓰기에도 좋을 듯했다. 백화점 바이어로 근무하는 다쿠야는 상품을 보는 눈만은 확실했다.
마리코는 기쁘게 받고서 남편과 식탁에 마주 앉았다. 와인으로 건배한 뒤 다쿠야가 얼근하게 취하길 기다렸다가 기묘한 꿈에서 시작된 일련의 사건 이야기를 들려줬다.

"또 전생 이야기?"

처음에는 어이없어했던 다쿠야도 29년 전에 일어난 자동차 사고의 상세 내용을 듣고서 여우에 홀린 듯한 표정을 지었다.

"그런 사고가 정말로 벌어졌다면 단순한 우연이라고 단정할 수는 없겠네."

"그렇지?"

"근데 그렇다면 마리코는 그 속도광이 환생한 사람이라는 뜻인가?"

"그리 생각할 수밖에 없지."

그러자 다쿠야의 얼굴에 어째선지 낙담한 기색이 번졌다.

"남자였다니."

"남자면 안 돼?"

"내 아내가 전생에도 미녀이길 바랐어."

"전생에도?"

"도."

"후후후."

마리코가 뿌듯한 듯이 웃었다. 오늘은 좋은 생일날이다.

"그런데 말이야. 딱 하나 석연치 않은 점이 비디오야. 만약에 정말로 가타기리라는 사람이 촬영을 했다면 왜 어머니한테 테이프를 보여 주지 않은 걸까?"

"잠깐만. 그 밖에도 이상한 점이 있어."

"뭔데?"

"가와무라 유사쿠의 사인은 운전대에 몸이 세차게 부딪치면서 입은 내장 파열이라고 했지? 어째서 그 사람은 위험한 주행을 했는데도 안전벨트를 착용하지 않았을까?"

듣고 보니 이상하다고 마리코는 생각했다.

"또 하나, 늘 달렸던 도로에서 왜 치명적인 실수를 저질렀을까? 하필 그날에만 속도를 맹렬히 내야만 했던 이유가 있었던 게 아닐까?"

"예를 들자면 어떤 이유?"

다쿠야가 와인 잔을 탁자에 내려 둔 뒤 팔짱을 끼고서 생각에 잠겼다.

마리코가 말했다.

"뒤에서 달리던 가타기리 씨가 추월할 것 같아서 속도를 높였다?"

"그렇다면 가타기리 씨가 사고 원인을 제공했던 셈이네."

"그래서 비디오를 숨긴 거 아냐? 가타기리 씨한테 어떤 불리한 정황이 녹화됐던 거지."

"그래도 고갯길을 격렬하게 달리면서 촬영하지는 않았을 거 아냐?"

마리코는 꿈 내용을 떠올리고서 고개를 끄덕였다. 비디오는 사고가 벌어진 뒤에 촬영됐다.

"거기에 있던 세 사람 중에서 가장 빨랐던 게 누구였지?"

"요시다 씨가 가장 빠르다고 했어. 근데 요시다 씨는 늦게 출발해서 사고 자체는 보지 못했어."

다쿠야는 다시 묵묵히 생각하고서 말했다.

"무슨 일이 벌어졌는지 설명하기에는 정보가 부족하지 않나? 중요한 실마리가 빠져 있는 것 같아."

"가까운 시일에 가타기리 씨한테 전화를 해 볼 참인데, 더 자세히 물어볼까?"

"그렇게까지 하려고?"

"유사쿠 씨 어머님을 위해서 비디오만은 꼭 확인해 두고 싶어. 유사쿠 씨의 마지막 말을 들려주고파. 이대로는, 그분 신세가 너무 서글프잖아."

마리코는 '어머니'라는 존재를 강하게 의식했다. 생명을 낳는 기적을 이룩했던 사람이 어째서 슬픔으로 점철된 여생을 보내야만 하는 건가? 더욱이 마리코는 기쿠코의 모습을 떠올려 보니 왠지 타인처럼 느껴지지 않았다. 가슴으로 마치 자신의 어머니 같은 따뜻한 분위기를 느낄 수 있었다.

"말리지는 않겠지만, 조심하도록 해."

"조심하라고? 전 속도광이라고 해서 지레 겁을 먹었지만, 그리 무서운 사람은 아니었는걸."

"왠지 불길한 예감이 들어."

현실주의자를 자임하는 다쿠야가 말했다.

"가타기리 씨한테 전화해서 깊이 캐묻지 말고, 비디오 촬영 여부만 확인해 두는 게 좋겠어."

만난 적도 없는 타인의 집에 전화를 걸어서 자신의 꿈 내용을 막상 확인하려고 하니 용기가 필요했다. 오본 연휴에 가타기리가 거처를 비웠을지도 모르겠다고 짐작하고서 마리코는 주말까지 기다렸다가 전화를 걸기로 했다. 상대가 여름 휴가를 길게 잡았다고 해도 일요일이 마지막 날일 터였다.

나가노현 마쓰모토시 국번으로 시작하는 번호를 누르고서 잠시 기다렸더니 "예, 가타기리입니다." 하고 젊은 여성의 목소리가 들렸다. 아마도 딸인 듯했다. 배경에서 텔레비전 음성이 들렸다. 전형적인 일요일 오후의 한때였다.

가타기리 마사토 씨를 바꿔 달라고 부탁하자 오래지 않아 상대가 받았다.

"여보세요, 가타기리입니다만."

중년 남성치고는 음색이 약간 높았다. 선이 가늘고 신경질적인 사람이 아닌가 하고 마리코는 예상했다.

"저기, 전 야마우치라고 하는데……."

이때도 마리코는 친가가 운영하는 가게의 점원을 구실로 삼았다. 가와무라 유사쿠의 중학교 친구인 스즈키 신지에게 부탁을 받아 야코마 고개에 갔고 그곳에서 유사쿠의 어머니와 요시다 겐고와 대화를 나눴다고 말하자, 가타기리는 마리코를 의심하기는커녕 흥미롭게 귀를 기울였다.

"한동안 뵙지 못했는데, 요시다 씨랑 어머님도 잘 지내십니까?"

마리코가 "예." 하고 대답하자 가타기리가 말을 계속했다.

"유사쿠가 사고를 당한 후에 어머님은 몸 상태가 악화되어 거동을 못 하셨지요. 그 이후로 요시다 씨가 줄곧 생활비의 일부를 보조하고 있어요."

"그랬군요."

"요시다 씨는 큰 정비공장의 3대 사장이라서 배포가 두둑하니까요."

겉모습처럼 보스 기질이 있는 사람이구나, 하고 마리코는 감탄했다.

"그나저나 사고 당시에 말입니다."

마리코가 그렇게 물꼬를 트자 가타기리는 사고 현장에 도착한 뒤 무슨 일이 벌어졌는지 말해 줬다. 그 내용은 요시다에게서 들었던 이야기와 큰 차이가 없었다. 어째서 유사쿠는 하필 그날에만 한계를 넘는 속도를 냈느냐고 물었더니 "시간을 경신하려고 했던 게 아닐까요?" 하고 말했다.

"근데 요시다 씨 말씀으로는 가타기리 씨가 비디오카메라를 갖고 계셨다던데요."

"비디오?"

가타기리가 그렇게 되묻더니 순조로웠던 대화가 갑자기 끊어졌다. 표정이 보이지 않아서 긍정인지, 부정인지 뉘앙스를 읽을 수가 없었다.

"예, 각진 비디오카메라 말이에요."

그때까지 온화했던 가타기리의 음색에 처음으로 찌를 것 같은 날카로움이 섞였다.

"비디오가, 뭐 어쨌다는 겁니까?"

마리코는 쩔쩔매면서도 계속했다.

"유사쿠 씨의 생전 영상이 찍혀 있다면 어머님께 보여 드리고 싶어서요."

대답은 없었다. 마리코는 결심하고서 더 캐물어 보았다.

"29년 전 8월 13일에도 촬영을 했다면 굉장히 귀중한 영상일 텐데요."

"당신, 혹시 부동산 회사 사람?"

"예?"

"아, 아니."

말을 얼버무리고서 가타기리가 강한 어조로 말했다.

"당시 테이프는, 이미 처분해서 남아 있지 않습니다. 하나도 없습니다."

"사고 당시에 촬영을 하셨다고 하던데……."

"아무것도 촬영하지 않았습니다."

그렇게 단언한 가타기리의 어조가 갑자기 부드럽게 바뀌었다.

"그나저나 유사쿠의 어머님을 위하다니 참 훌륭하군요. 마음씨가 갸륵해요."

가타기리가 태도를 갑자기 바꾼 이유는 마음속에서 솟아난 동요를 감추기 위한 위장막인 듯했다. 그리고 마리코의 심증은 정반대로 확고해졌다. 가타기리는 사고 당일에 비디오를 촬영했다.

그 후에 무난한 대화를 짧게 주고받고 나서 가타기리가 먼저 통화를 마쳤다.

"요시다 씨와 유사쿠의 어머님의 근황을 들을 수 있어서 좋았습니다. 그럼 이만."

"대단히 감사합니다."

감사를 표하고서 전화를 끊은 마리코는 이다음에 어떻게 할지 고민했다. 다쿠야와 의논하고 싶었지만, 백화점 사원은 일요일에도 출근한다. 자신의 머리로 궁리하는 수밖에 없었다.

가타기리가 했던 말이 전부 거짓이라면? 마리코는 가정해 봤다. 사고 당일에도 비디오 촬영을 하다가 숨겨야만 하는 비밀이 기록됐다면. 더욱이 그 테이프가 처분되지 않았다면 가타기리는 그걸 어딘가에 숨겨 뒀겠지.

그는 현재 마쓰모토시에 있는 집합주택에서 살고 있다. 주거지 안에 무언가를 숨겨 봤자 금세 아내가 찾아내겠지. 그렇다면 직장 로커나 은행 금고에 놔두지 않았을까?

머리를 이리저리 굴리던 마리코는 기묘한 의문을 떠올렸다.

'당신, 혹시 부동산 회사 사람?'

비디오 이야기가 화제에 올랐을 때 가타기리가 한 말이었다. 어째서 그런 말을 내뱉었을까? 부동산 회사 사람이라면 비디오의 존재를 알아채도 이상하지 않다는 뜻인가?

자신에게 명탐정의 소질은 없다고 판단한 마리코는 남의 지혜를 빌리기로 했다. 가와무라 유사쿠가 사망한 후에 죽 어머니의 생활을 지원한 보스 기질의 동료.

요시다 겐고가 줬던 명함 뒤에는 정비공장의 영업일이 적혀 있었다. 수요일은 정기휴일, 영업시간은 오후 7시까지였다.

공장 번호로 전화를 걸었더니 사무원으로 추정되는 중년 여성이 받아 바로 요시다에게 넘겨줬다.

"지난번에 신세를 졌던 야마우치입니다만."

마리코가 신분을 밝히자 요시다는 근무시간 중임에도 싹싹하게 응대해 줬다.

"스즈키 신지 씨는 내 이름을 알던가요?"

"그게, 요시다 씨가 누군지 짐작이 가지 않는다고 하네요."

"그렇소? 그럼 속도광이 아닌 지인인가 보구먼."

"그나저나 아까 가타기리 씨와 통화를 나눴는데요."

"가타기리? 그래서 무슨 대화를 말이오?"

"사고 당시를 비롯하여 여러 이야기를."

마리코가 진정 알고 싶은 정보는 가타기리와 관계 있는 부동산 회사가 있느냐였다. 어떻게 물꼬를 틀지 고민하고 있으니 요시다가 물었다.

"녀석이 이쪽 본가로 돌아오겠다는 말은 하지 않았소?"

"아뇨……."

마리코는 말을 하던 도중에 해결의 실마리를 잡았다. 비디오테이프는 야코마 고개 기슭에 자리한 가타기리의 본가에 있을 것이다. 버블 시기에도 처분하지 못했던, 산속에 위치한 집. 가타기리는 매각을 위임했던 부동산 업자가 집 안에 들어가 비디오테이프를 발견했으리라 여겼던 게 아닐까?

마리코가 입을 다물자 요시다가 "여보세요?" 하고 물었다.

가타기리의 본가에 가기 위해서는 정비공장 사장이 꼭 협력해 줘야 했다.

"요시다 씨, 긴히 드리고 싶은 부탁이 있는데, 지금 그리로 찾아가면 결례가 될까요?"

"지금? 난 상관없는데 무슨 일로?"

"추후에 자세히 말씀드리겠습니다."

"그럼 명함에 적힌 주소로 오시오. 공장은 저녁까지 문을 여니까. 그 대신에 나도 당신한테 부탁할 게 있소."

"뭔가요?"

"스즈키 신지 씨한테 물어봐 줬으면 하는 게 있소. 다니무라 오사무라는 사람을 아느냐고."

"다니무라 오사무?"

처음 듣는 이름이었다.

"그분이 무슨 관련이 있죠?"
"속도광 동료였는데, 유사쿠가 사고를 당한 후에 실종됐소."
마리코는 놀랐다.
"실종이요?"
"그렇소. 유사쿠가 사망한 후에 돌연 종적이 묘연해졌거든."
마리코의 머릿속에 남편의 말이 되살아났다. '중요한 실마리가 빠져 있는 것 같다.'라고 다쿠야는 말했다. 이 다니무라라는 인물이 모든 수수께끼를 풀 마지막 열쇠였던 게 아닐까?
"다니무라에 관한 얘기도 만나서 자세히 들려주겠소."
요시다가 말했다.

-5-

외출할 채비를 마친 마리코는 친정 차량의 열쇠를 받은 뒤 야코마 고개 기슭에 위치한 고장으로 급히 달려갔다. 도중에 신호에 걸려 정차할 때마다 휴대전화를 꺼내 다쿠야에게 보낼 메시지를 입력했다. 군마현에 가는 길이라 오늘은 저녁을 차려 줄 수가 없다, 그 비디오테이프는 어쩌면 가타기리의 본가에 있을지도 모른다, 그리고 사고 직후에 실종된 인물이 있다 등등. 다쿠야가 메시지를 읽으면 지혜를 또 짜내 줄 게 틀림없다.
요시다가 경영하는 정비공장은 시가지 외곽에 있었다. 도착하니 날이 저물어 가고 있었다. 땅거미가 드리워진 공장은 생각했던 것보다 규모가 컸다. 격납고 같은 작업장에서 직원들이 경트럭과 승용차 등 다양한 차량을 에워싸고서 아직도 작업을 벌이고 있었다.

입구 옆에 사무실 위치를 알려 주는 안내판이 있었다. 공장 뒤편에서 조립식 건물을 발견했다.

그곳에 사무복 차림의 여성이 있어서 마리코가 방문한 취지를 밝히자 금세 안쪽 사장실로 안내해줬다.

"멀리서 오느라 고생하셨소."

사장 책상과 응접 소파만이 놓여 있는 간소한 방에서 요시다가 맞이해 줬다.

마리코는 갑자기 방문하여 죄송하다고 사과한 뒤 요시다가 권하는 소파에 앉았다.

"근데 스즈키 신지 씨는 다니무라 오사무를 알던가요?"

요시다가 물었다.

"아뇨, 모른다고 합니다."

악의는 없다고 해도 스즈키 신지를 들먹이며 거짓말을 계속 쌓아 나가려니 마리코는 양심이 찔리기 시작했다.

"다니무라 씨는 어떤 분인가요?"

"다니무라 오사무는 말이오……."

요시다가 이야기를 하려고 하자 문이 열리더니 아까 그 여성 사무원이 차가운 보리차를 가져왔다. 고마워하며 컵을 받은 마리코는 사무원의 명찰에 '다니무라'라고 적혀 있음을 알아챘다. 쉰을 넘긴 수수한 사람이었다.

그녀가 퇴실하기를 기다렸다가 요시다가 말을 이었다.

"동네에서 활동했던 속도광 동료 중에 실은 한 사람이 더 있었지. 그게 다니무라요. 나이는 나와 동갑인 스물여섯이었소. 아까 차를 갖다준 사람이 다니무라의 아내지."

역시나 그랬구나, 하고 마리코는 생각했다.

"다니무라 씨가 실종됐다고 말씀하셨죠?"

"그렇소. 유사쿠가 사고를 당한 후에 홀연히 사라졌거든."

"실종된 이유를 모르시나요?"

"일찍 결혼하고 자식까지 생겨서 돈에 쪼들리기는 했지. 근데 그런 이유로 사라졌을 리는 없소. 참고로 다니무라의 자식은 서른 살이고, 그 녀석도 우리 공장에서 일하고 있소."

보스 기질이 있는 요시다는 실종된 동료의 처자식을 고용하여 생활을 지탱해 준 듯했다.

"결국 다니무라는 행방이 밝혀지지 않은 채 실종 선고를 받았고, 사망 처리가 됐지."

"다니무라 씨의 실종과 유사쿠 씨의 사고 사이에 무슨 관계가 있었을까요?"

"그게 잘 이어지질 않소. 사고 현장에는 가타기리만 있었을 뿐 다니무라는 없었으니 말이오."

가타기리가 비디오테이프를 감췄던 것과 다니무라의 실종

사이에 무슨 관계가 있을까? 마리코는 생각해 봤지만, 해답은 보이지 않았다.
"근데 그쪽 용건은?"
요시다가 물었다.
마리코는 결심을 굳히고서 말을 꺼냈다.
"비디오 말인데요."
"비디오? 요전에 무슨 착각이라고 했던 그거 말이오?"
"예. 사정이 있어서 상세히 말씀드릴 수는 없지만, 비디오테이프가 있었을 겁니다. 사고가 벌어졌던 직후, 유사쿠 씨가 의식을 잃기 전에 촬영했던 테이프가."
뜻밖의 이야기를 듣고서 요시다는 마리코를 빤히 쳐다봤다.
"당신은 그 비디오 내용을 아시오?"
"확실하지는 않지만, 어머님께 감사하는 마음을 밝히는 내용이 아니었을까 싶은데요."
입을 꾹 다물고 있던 요시다가 이윽고 고개를 들고 말했다.
"당신이 말하는 그 스즈키 신지 씨라는 사람 말인데……."
거짓말이 탄로 났나 싶어서 마리코는 속으로 겁을 먹었다.
"유사쿠의 친구가 아니라 구급차를 불러 줬던 사람 아니오? 현장을 지나가다가 비디오를 촬영하던 가타기리를 봤던 거 아니냔 말이오."
마리코는 거짓말이 모순되지 않도록 말했다.
"상상에 맡기겠습니다."

요시다는 그 말을 긍정으로 받아들인 듯했다.
"그래서 당신이 하고 싶다는 부탁은?"
"만약에 비디오테이프가 있다면 가타기리 씨 본가에 있을 것 같아요. 혹시 괜찮으시다면 그 집으로 안내해 주실 수 없을까요?"
"가서 뭘 어쩌겠다는 말이오?"
"비디오테이프를 찾을 겁니다. 유사쿠 씨가 남긴 마지막 말을 어머님께 들려 드리고 싶어요."
그때 갑자기 마리코는 자신을 조종하고 있는 신기한 충동을 자각하고서 등골이 오싹해졌다. 어머니에게 고마움이 전해지길 바라는 사람은 유사쿠 본인이 아닐까? 자신의 안에서 숨쉬고 있는 가와무라 유사쿠의 영혼이 어머니에게 마음을 전하려 애쓰고 있는 게 아닐까?
"꼭 부탁드립니다."
마리코는 강하게 말했다.
"좋소."
요시다가 일어섰다.
"나도 그 비디오를 보고 싶군요."

마리코와 요시다가 사장실을 나섰을 즈음에는 일몰이 가까워져 공장 앞 공도에는 가로등 불빛들이 줄을 이루며 떠 있었다.
소형차에 탄 마리코는 요시다의 하얀 세단의 뒤를 따라서 북쪽으로 달리기 시작했다. 시가지를 빠져나와 산자락을 구불구불 달려가니 민가가 흩어져 있는 촌락이 나왔다. 건물들은 하나같이 낡았는데 절반은 빈집인 듯했다. 그 촌락의 막다른 곳까지 가니 울타리에 둘러싸인 부지가 나타났다. 가타기리 마사토의 본가이겠지. 우편함으로 추정되는 나무함이 다 썩어 가고 있었다.

요시다가 울타리 밖에 차를 세우자 마리코도 그 옆에 정지했다.

"이 위라오."

세단에서 내린 뒤 요시다가 말했다.

울타리 너머에는 맨흙이 드러난 비탈이 펼쳐져 있었다. 그 위에 깔려 있는 어둠 속에 민가로 추정되는 건물의 윤곽이 떠 있었다. 예상보다 어두워서 마리코는 주눅이 들었다.

요시다가 들고 있던 손전등을 켜고서 "갑시다." 하고 재촉했다. 마리코는 그 뒤를 따라 울타리 틈새에서 부지 안으로 발을 들인 뒤 발밑을 확인하며 비탈을 올랐다.

가타기리의 본가는 목조 단층주택이었다. 거주자를 잃어버린 지 세월이 상당히 흐른 듯 보였다. 외벽 목재가 상당히 삭아서 폐가가 되기 일보 직전이었다.

"속도광으로 살았을 적에 몇 번 왔던 적이 있소. 가타기리는 비디오카메라를 차고에 놔뒀지."

요시다가 손전등 불빛을 오른쪽으로 돌렸다. 본채 옆에 차량이 두 대쯤 들어갈 수 있는 차고가 있었다. 전면에 드리워진 셔터에 녹이 슨 게 눈에 띄었다. 당장에라도 부서질 것 같았다. 요시다는 셔터와 땅 틈새에 손을 찔러 넣더니 힘으로 밀어 올렸다. 금속이 비명을 지르는 것 같은 소리가 주변에 울려 퍼지고, 사람이 들어갈 만한 공간이 열렸다.

요시다가 몸을 숙여 안으로 들어갔다. 마리코도 뒤를 따랐다. 내부에 차는 남아 있지 않았고, 정면과 오른쪽 벽에는 쓰이지 않는 가구와 골판지 상자 등이 쌓여 있었다.

"이 부근이었을걸?"

요시다가 차고 우측 안으로 들어가 바닥에 깔려 있는 비닐 덮개를 걷어 낸 뒤 알루미늄제 카메라 케이스를 발견했다. 요시다는 뚜껑 잠금쇠를 풀어 케이스를 열었다.

마리코가 들여다보니 그 안에는 꿈에서 봤던 낡은 비디오카메라가 있었다. 전원 코드와 이어폰 등 부속품도 함께 들어 있었다. 그 외에도 하나 더, 이 역시 아날로그식인데, 디자인이 조금 새로운 카메라도 있었다. 나중에 새로 산 물건이겠지.

마리코는 물었다.

"테이프는 어디에 있을까요?"

"테이프도 이 근처에 있지 않겠소? 자기 테이프는 습기에 약해서 통풍이 잘 되는 곳에 놔뒀을 거요."

요시다의 말대로 먼지가 잔뜩 낀 골판지 상자들 틈에서 비디오테이프가 담긴 컬러 박스를 발견했다. 개수가 100여 개쯤 되나? 손으로 적은 라벨을 보니 텔레비전 방송을 녹화한 것들이 많았다. 그런 테이프들을 제외해 나가다가 이윽고 간토 지방의 고개 이름이 적힌 테이프가 잇달아 나왔다. '야코마 고개'라고 적힌 것만 해도 열 개가 넘었다.

"이거야, 내용을 어떻게 확인한담?"

요시다가 말했다.

마리코는 자신이 경솔했음을 깨달았다. 아날로그식 비디오 플레이어는 대부분의 가정에서 사라졌다. 이 차고에서 테이프를 꺼내가 봤자 재생할 수단이 없었다.

"카메라 전원만 켤 수 있으면 여기서 재생할 수 있소."

요시다가 말하고서 주변을 둘러봤다.

"벽에 콘센트도 있군. 집 안에 들어가 두꺼비집을 보고 오겠소."

그러고 나서 요시다는 밖으로 나가 버렸다. 어두컴컴한 차고에 남겨지자 마리코는 당황했지만 곧바로 휴대전화가 있음을 깨달았다.

어깨에 멘 가방에서 휴대전화를 꺼내 액정 화면을 띄우자 옅은 빛이 손전등 역할을 대신해 줬다. 다시금 비디오카메라를 살펴보니 두 대 중 새 기계에 손때 같은 게 묻어 있었다. 혹시나 싶어서 전원을 켜 보자 희미한 작동음이 들리더니 파인더에 회색빛이 들어왔다. 구식 기계인데도 배터리가 아직 살아 있었다. 정기적으로 귀향하던 가타기리가 오본 연휴에도 본가로 돌아와 테이프를 재생했는지도 모르겠다.

마리코는 '야코마 고개'라고 적힌 10여 개의 테이프 중에서 가장 바깥에 있는 카트리지를 골라 카메라에 넣었다. 이어폰을 귀에 꽂고서 재생 버튼을 눌러 봤다. 그러자 파인더에 흑백 영상이 재생됐다.

산 위에 위치한 주차장 같은 곳에서 세 젊은이가 시시덕거리고 있었다. 그중 두 사람은 금세 알아봤다. 29년 전의 요시다와 유사쿠였다. 나머지 한 사람은 본 적이 없었다. 이 사람이 가타기리인가 싶었지만, 그렇다면 비디오 촬영자를 포함하여 네 사람이 있었다는 뜻이다. 사고 당일에는 유사쿠와 요시다, 그리고 가타기리 세 사람밖에 없었을 테니 이것은 다른 날에 촬영한 영상인 듯했다.

마리코는 테이프를 갈아 끼우려다가 화면 아래에 찍힌 날짜를 알아챘다. '84-08-13'이라고 적혀 있었다. 가와무라 유사쿠의 기일이자 마리코가 이 세상에 태어난 날이었다. 즉 이 테이프는 사고 당일에 촬영된 게 틀림없었다. 그런데 마리코가 의외라고 여겼던 건 날짜뿐만이 아니었다. 시각을 보니 '16:33'이라고 띄워져 있었다.

마리코는 로스앤젤레스 올림픽 폐회식이 열리기 전, 일본 시간으로 오전에 태어났다. 만약에 비디오 시각 표시가 맞는다면 마리코가 첫울음을 터뜨렸을 때에 유사쿠는 아직 살아 있었다는 뜻이다.

이건 간과할 수 없는 어긋남이었다. 나는 가와무라 유사쿠가 환생이 아니었나? 그렇다면 신기한 꿈에서 시작된 이 일련의 사건들을 어떻게 설명해야 좋을까?

그때 낮은 진동음이 울렸다. 마리코는 휴대전화 쪽으로 시선을 돌렸다. 도쿄에 있는 다쿠야가 건 전화였다. 통화 버튼을 누르고서 이어폰을 끼지 않은 귀에 댔더니 다쿠야의 목소리가 들렸다.

"지금 어디야?"

"가타기리 씨 본가. 메일, 읽었어?"

"어, 읽었어. 지금 당장 거기서 도망쳐."

마리코가 당황하여 되물었다.

"무슨 소리야?"

"설명할 시간 없어. 얼른 달아나지 않으면······."

그렇게 말하던 다쿠야의 목소리를 가로막듯 다른 남자의 목소리가 등 뒤에서 들렸다.

"뭘 하고 있지?"

마리코는 놀라서 돌아봤다. 차고 입구에 호리호리한 남자가 서 있었다. 빛이 없어서 얼굴은 알아볼 수가 없었지만, 목소리는 귀에 익었다.

"가타기리 씨?"

상대가 고개를 갸웃거리며 "오늘 전화를 걸었던 사람인가?" 하고 물었다.

귀에서 떨어진 휴대전화에서 "여보세요?" 하고 묻는 다쿠야의 목소리가 계속 이어졌다. 마리코가 응답하려고 했으나 가타기리가 험악한 표정으로 제지했다.

"그 전화 끊어."

상대의 말투에서 불온한 분위기를 감지한 마리코는 "여기에 저 혼자 오지 않았어요." 하고 말했다.

"요시다 씨도 왔어요."

"요시다 씨도?"

가타기리가 경계하듯 주변을 둘러봤다. 그의 눈을 속이고서 마리코가 전화를 귀에 댔더니 다쿠야가 말을 쏟아 댔다.

"그 요시다가 제일 위험해!"

마리코는 무심코 되물었다.

"무슨 뜻이야?"

"전화 끊어!"

가타기리가 명령했다.

다쿠야가 일방적으로 말을 이었다.

"가와무라 유사쿠가 안전벨트를 하지 않았던 이유는 벨트를 채울 새도 없이 황급히 차를 몰았기 때문이야. 신변의 위험을 느낄 만한 절박한 사건이 벌어졌던 거지. 게다가 한계를 뛰어넘어 속도를 냈던 이유는 그보다 더 빠른 차한테서 도망치기 위해서였어. 다시 말해, 요시다의 차에서 도망치려고 했던 거야."

마리코는 현기증이 엄습한 것 같은 느낌에 휩싸였다. 비디오테이프에는 있을 리가 없는 사람이 찍혀 있었다. 그 사람이 행방불명됐다는 다니무라였다면?

"다니무라를 찾고 있나?"

가타기리가 물었다.

"증거 테이프를 찾으러 온 거지?"

마리코는 옆에 끼고 있는 비디오카메라를 힐끗 쳐다봤다. 화면은 확인할 수 없었지만, 이어폰에서 음성은 계속 흘러나왔다. 장면은 이미 전환됐고, 아까 젊은이들이 웃으면서 시시덕대던 목소리 대신에 숨을 헐떡이는 고역스러운 호흡음이 들렸다. 유사쿠의 목소리임을 마리코는 알아챘다.

"……찍어 줄 거야?"

그렇게 묻고서 유사쿠가 힘을 쥐어짜듯 말하기 시작했다.

"이제, 난 틀렸는지도 모르니, 지금 증언해 둘게……. 야코마 고개 주차장에서, 요시다 씨가 실수로 다니무라 씨를 쳤어."

떠듬떠듬 이어지는 말의 틈새를 꿰매듯 눈앞에 있는 가타기리가 목소리를 낮추어 말했다.

"요시다 씨가 급하게 후진하다가 뒤에 있던 다니무라 씨를 실수로 쳤지."

이어폰에서는 유사쿠의 목소리가 이어졌다.

"……다니무라 씨는 머리를 부딪혔고, 숨을 쉬지 않았어."

"나와 유사쿠는 경찰에 신고하려고 했지만, 요시다 씨가 만

류했지."

"요시다 씨가…… 시체를 숨기자는 말을 꺼내길래…… 난 산을 내려가 경찰한테 가려고 했어."

가타기리는 끔찍한 기억을 견뎌 내려는 듯 눈을 내리떴다.

"사고 현장에 요시다 씨가 늦게 온 이유는 숲 어딘가에 시체를 버리고 왔기 때문이야. 다니무라 씨의 차는 자기 공장에서 처분하면 그만이었고. 난 유사쿠의 증언을 비디오에 담았지만, 요시다 씨한테 신세를 졌기도 해서 테이프를 외부에 공개할 수 없었어. 요시다 씨도 테이프가 있다는 걸 몰라."

거기까지 듣고서 비로소 마리코도 사건의 전모를 머릿속에 그릴 수 있었다. 야코마 고개에서 속도광끼리 사고가 벌어졌다. 진상이 감춰진 채로 29년이나 세월이 지났지만, 이제야 요시다는 비디오테이프의 존재를 알게 돼서 그 내용을 확인해야겠다고 별렀겠지. 그리고 마리코의 부탁을 들어주는 척 가타기리의 집을 수색하러 왔다.

그런데 진상을 맞닥뜨린 마리코는 누구를 나무라야 좋을지 알 수가 없었다. 사고가 벌어진 지 오랜 세월이 흘러서 옳고 그름을 가리기가 모호해졌다. 두 동료를 죽게 한 요시다는 유사쿠의 어머니에게 생활비를 계속 지원해 왔고, 모자가정이 된 다니무라의 처자식을 고용하여 안정된 생활을 보내게 해 줬다.

"……엄마…… 고마워."

그렇게 말하는 목소리가 들리자 마리코는 카메라 파인더로 시선을 돌렸다. 찌그러진 운전석에 유사쿠가 앉아 있었다. 그 표정은 사선(死線)을 헤매고 있다는 게 믿기지 않을 만큼 차분했다.

"……날 낳아 주고, 키워 줘서……."

스물한 해 만에 생애를 마쳤던 젊은이는 짧은 인생의 막바지에 어머니에게 필사적으로 감사하는 마음을 전하려고 했다. 유사쿠는 가슴을 들썩이며 숨을 크게 들이마신 뒤 마지막 말을 쥐어짰다.

"……엄마의 아들이라서, 난 행복했어."

눈을 감은 유사쿠의 얼굴은 평온에 잠겨 있었다. 마치 어머니의 품에 안긴 아기 같았다.

그 대목에서 영상이 끊어졌다. 파인더 속 화면이 회색으로 물들더니 이어폰에서도 소리가 끊어졌다.

마리코는 유사쿠의 어머니에게 전하고 싶었다. 당신의 아들은 폭주 행위를 벌여서 사망한 게 아니라 옳은 일을 하려다가 숨을 거뒀노라고.

금속제 셔터가 흔들리는 소리에 마리코는 고개를 들었다. 몸집이 큰 요시다가 차고 안으로 들어왔다. 그의 오른손에는 쇠지레가 쥐어져 있었다. 집 안으로 들어가려고 사용했나? 아니면 다른 목적이 있는지 모르겠다.

요시다는 잠시 가타기리를 주시했다. 가타기리는 뭐라 해야 좋을지 모르겠다며 멍하니 서 있었다.
 요시다가 마리코 쪽으로 고개를 서서히 되돌리고서 물었다.
 "테이프는 있었소?"
 마리코는 필사적으로 평온한 척 시늉하는 게 고작이었다. 이 상황을 어떻게 타개해야 좋을지 알 수 없었다.
 "봤구먼?"
 요시다가 한 걸음 다가갔다.
 "요시다 씨!"
 마리코가 크게 외쳤다. 아직 통화 중인 다쿠야에게 들려주기 위해서였다. 방금 가타기리가 말했던 사건의 진상을 다쿠야도 휴대전화를 통하여 들었을 것이다. 어떤 타개책을 찾아줄지도 모른다.
 "요시다가 있어?"
 아내의 의도를 헤아리고서 다쿠야가 말했다.
 "지금부터 내가 하는 말을 그대로 요시다한테 전해. 29년 전 행위는 법률적으로는 시효가 지났다고······."
 마리코는 요시다와 마주한 채로 남편이 했던 말을 그대로 전했다.
 "29년 전에 요시다 씨가 저질렀던 행위는 이미 법률적으로 시효가 지났습니다. 아무도 요시다 씨한테 책임을 물을 수 없어요. 지금 여기서 죄를 또 저지른다면 오히려 본인 신세만 망칠 뿐이에요."

요시다는 꼼짝도 하지 않고 가만히 듣고 있었다.

마리코는 남편이 했던 말에 자신의 생각을 덧붙였다.

"저도 풍파를 일으킬 생각은 없어요. 부디 지금껏 그래 왔듯 계속 살아가세요. 유사쿠 씨 어머님과 다니무라 씨 가족을 뒷바라지하는 삶을."

그리고 마리코는 비디오카메라에서 테이프를 꺼내고서 계속했다.

"이 테이프는 요시다 씨한테 넘기겠습니다. 그 대신에 딱 하나 부탁이 있어요. 유사쿠 씨가 마지막으로 남긴 말만이라도 좋으니 어머님께 들려주시겠어요? 제 바람은 그뿐이에요."

마리코는 비디오테이프를 그 자리에 내려 둔 뒤 여전히 가만히 서 있는 요시다의 눈치를 살피고서 슬금슬금 걸어 나갔다. 요시다도, 그리고 가타기리도 움직일 기미는 없었다. 마리코는 두 다리가 떨리기 시작했지만, 용기를 내어 계속 걸었다. 차고 출입구에서 셔터를 지나 밖으로, 그리고 비탈을 내려가 부지 밖으로.

간신히 자신의 차에 도착한 뒤 빈집을 올려다보니 차고 밖에 두 남자의 실루엣이 떠 있었다. 요시다는 땅바닥에 두 무릎을 꿇고서 고개를 푹 숙였다. 그 옆에서 가타기리가 서서 달래주는 듯 보였다.

마리코는 부적처럼 꽉 쥐고 있던 휴대전화에 대고 남편에게 말했다.

"살았어. 정말로 고마워. 지금 돌아갈게."

"운전 조심해."

의외로 믿음직한 면모를 보여 줬던 다쿠야가 마지막으로 당부했다.

마리코는 "응." 하고 웃었지만, 눈물도 조금 나왔다. 그러고는 전화를 끊고서 차량 라이트를 켠 뒤 남편과 부모님이 기다리는 도쿄로 달리기 시작했다.

-6-

오본 연휴가 끝난 뒤 피로했기 때문인지 한동안 마리코는 몸이 좋지 못했다. 9월에 접어들어 낮의 열기가 드디어 누그러졌을 즈음에 마리코 앞으로 DVD 한 장이 배달됐다. 보낸 이에는 '요시다 겐고'라고 적혀 있었다.

컴퓨터로 재생해 봤더니 비디오테이프의 후반부만 편집되어 있었다. 유사쿠가 어머니에게 보내는 유언이었다. 동봉된 편지에는 '당신이 어머님께 전해 주십시오.'라고 적혀 있었고, 가와무라 기쿠코의 주소도 함께 덧붙여 놨다.

이로써 잘된 건가? 마리코는 새삼스레 생각했다. 그러나 정답은 보이지 않았다. 다만 그 작은 고장에서 줄곧 살아왔던 사람들의 평온한 삶을 어지럽혀서는 안 될 것 같았다. 이로써 잘됐다고 스스로를 납득시키는 수밖에 없었다.

마리코는 DVD를 갖고서 가와무라 기쿠코의 자택을 방문했다. 시가지에 흐르는 하천가에 세워진 아파트였다. 일본식 방 두 칸과 부엌으로 구성된 거처는 볕이 잘 들었다. 필요한 살림살이도 잘 갖춰져 있어서 기쿠코가 궁핍하지 않게 살고 있음을 보여줬다.

기쿠코는 웃으면서 마리코를 맞이한 뒤 안쪽 4평짜리 방으로 안내했다. 용건은 사전에 전해 뒀기에 인사를 짧게 마치고서 마리코는 자신의 노트북과 DVD를 가방에서 꺼냈다.

"이게, 유사쿠 씨가 찍힌 영상입니다."

DVD 케이스를 보여 줬더니 기쿠코의 얼굴이 진지해졌다.

"그런데 이 비디오는 어째서 지금껏 나오지 않았을까요?"

"여러 사정이 있었던 모양입니다."

"혹시 요시다 씨와 관계된 일인가요?"

허를 찔린 마리코는 기쿠코를 쳐다봤다. 혹시 이 어머니는 진상을 어렴풋하게 짐작하고 있었던 게 아닐까? 마리코가 대답하기 난감해하자 기쿠코는 "아뇨, 이제 됐습니다." 하고 DVD를 내려다봤다.

"이미 다 지나가 버린 일이니까."

스스로를 타이르는 것 같은 말투였다. 일흔을 넘긴 기쿠코에게는 이미 운명에 저항할 만한 기력이 남아 있지 않은 것처럼도 보였다.

"유사쿠가 움직이는 모습을 보는 건 사고 이후로 처음입니다. 어서 보여 줘요."

마리코는 고개를 끄덕이고서 기동시킨 노트북에 DVD를 넣었다. 좌탁 위에 노트북을 올려 둔 뒤 화면을 기쿠코 쪽으로 돌리고서 재생 버튼을 클릭했다. 그러자 사고 차량 운전석에 앉아 있는 유사쿠의 모습이 나왔다. 기쿠코는 순간 숨이 멎은 듯했다. 그러나 이내 몸을 내밀어 아들의 마지막 영상을 뚫어져라 쳐다봤다.

"엄마, 고마워."

29년이라는 시간이 지나서야 아들이 어머니에게 보내는 감사의 말이 전해졌다.

"날 낳아 주고, 키워 줘서."

기쿠코의 목에서 오열이 새어 나오기 시작했다.

"엄마의 아들이라서, 난 행복했어."

영상이 끊어지자 기쿠코는 두 손으로 얼굴을 가린 채 흐느껴 울었다. 마리코도 함께 눈물을 흘리면서 그저 가만히, 연로한 어머니의 슬픔이 진정되기를 기다렸다. 이윽고 기쿠코가 "실례." 하고 짧게 말하고서 자리를 떴다. 세면장 쪽에서 물을 쓰는 소리가 들렸다. 오랜 뒤에 돌아온 그녀는 다소 진정된 듯했다.

"마리코 씨, 정말로 고마워요."

기쿠코가 다다미 바닥에 정중히 앉고 말했다.

"이 비디오는 보물로 간직할게요. 덕분에 커다란 위안이 되었어요."

마리코는 죄송스러워하며 대답했다.
"그렇게 말씀해 주시니 저도 기쁩니다."
"그나저나."
기쿠코가 조금 신기해하는 표정을 지었다.
"일면식도 없는 분이 이런 일을 해 주시다니."
"실은 저도 신기했는데……."
마리코는 기묘한 꿈에서 시작된 사건의 자초지종을 들려줬다. '세 번째 남자' 이야기부터 사고 현장으로 인도된 경위 등을.
"그래서 제가 유사쿠 씨의 환생이 아닌가 싶었죠."
마리코는 제 딴에는 우스꽝스러운 이야기를 들려줬다고 여겼다. 그런데 어째선지 기쿠코는 진지한 표정을 지었다. 마리코는 기이하게 느끼고서 웃음을 거뒀다.
기쿠코가 이쪽 얼굴을 물끄러미 쳐다보고서 물었다.
"마리코 씨는, 지금 행복한가요?"
갑작스러운 물음에 당황했지만, 마리코는 머릿속으로 대답을 찾았다. 결혼하고서 1년이 지난 다쿠야와의 생활. 그리고 지금도 건강하게 일하고 계시는 부모님.
"예, 전 행복해요."
마리코는 대답했다.
"참 다행이네요."
기쿠코의 목소리에는 진심으로 안도하는 기색이 배어 있었다.

"아들이 죽은 뒤에 내가 기도를 했어요. 부디 그 아이가 행복한 가정에서 다시 태어나기를. 내세에서는 행복한 일생을 보낼 수 있기를."

'하지만 전 유사쿠 씨의 환생이 아닌데.' 하고 얘기하려다가 마리코는 황급히 말을 삼켰다. 연로한 유사쿠의 어머니를 낙담시키고 싶지 않아서가 아니었다.

문득 깨달았다. 그 방에는 정말로 세 사람이 있던 게 아닐까? 두 사람밖에 없었던 방에 실은 다른 한 사람이 존재했다면. 그리고 사에키 요코가 그 사람의 전생을 봤던 거라면.

그렇다면 '세 번째 남자'는 지금도 이곳에 있다.

마리코의 뱃속에.

-7-

29년 전, 마리코의 어머니가 불룩한 배를 안고서 걸었던 길. 그 똑같은 길을 마리코는 걷고 있었다.

머릿속에 둥실둥실한 아지랑이 같은 게 끼어 있어서 자신이 어떤 기분인지도 모르겠다. 의식하여 들여다보니 조금 불안하고 당황스러웠다. 그러나 그 이상으로 행복감이 웃도는 듯했다. 그 미묘한 줄다리기 사이에서 실웃음이 입가에 번졌다.

검사를 해 줬던 대학병원 의사와 간호사가 "축하드립니다." 하고 입을 모아 축복해 줬다.

"지금 7주 차에 들어섰습니다."

마리코는 고개를 갸웃거리고는 배를 내려다본 뒤 손을 살며시 대 봤다. 어디에서나 벌어지는, 흔한 기적이 벌어지려고 했다. 어머니가 된다고 생각하니 자랑스러움도 샘솟았다. 인간이 이 세상에 출현했던 아득한 옛날부터 여성들은 이렇게 목숨을 이어 왔다. 사람은 몇 번이고 다시 태어나겠지. 어머니의 애정과 함께.

오늘 밤에 퇴근한 다쿠야에게 뭐라고 전해야 좋을지 생각했다. '나, 엄마가 됐어.' 하고 느닷없이 선언하는 건 어떨까? 어안이 벙벙해질 다쿠야의 얼굴을 상상하니 무심코 웃음이 나올 뻔했다. 그러는 동안에 자택이 가까워졌다. 어느새 발걸음이 가벼워졌다.

집 열쇠를 꺼내려다가 마리코는 다시금 배를 바라보며 막 깃든 생명에게 말을 걸었다. 건강히 태어나렴. 다쿠야와 둘이서 행복하게 해 줄 테니까.

'엄마, 고마워.'라고 말하는 소리가 마리코의 안에서 들렸다. 그건 작디작은 남자애의 목소리였다.

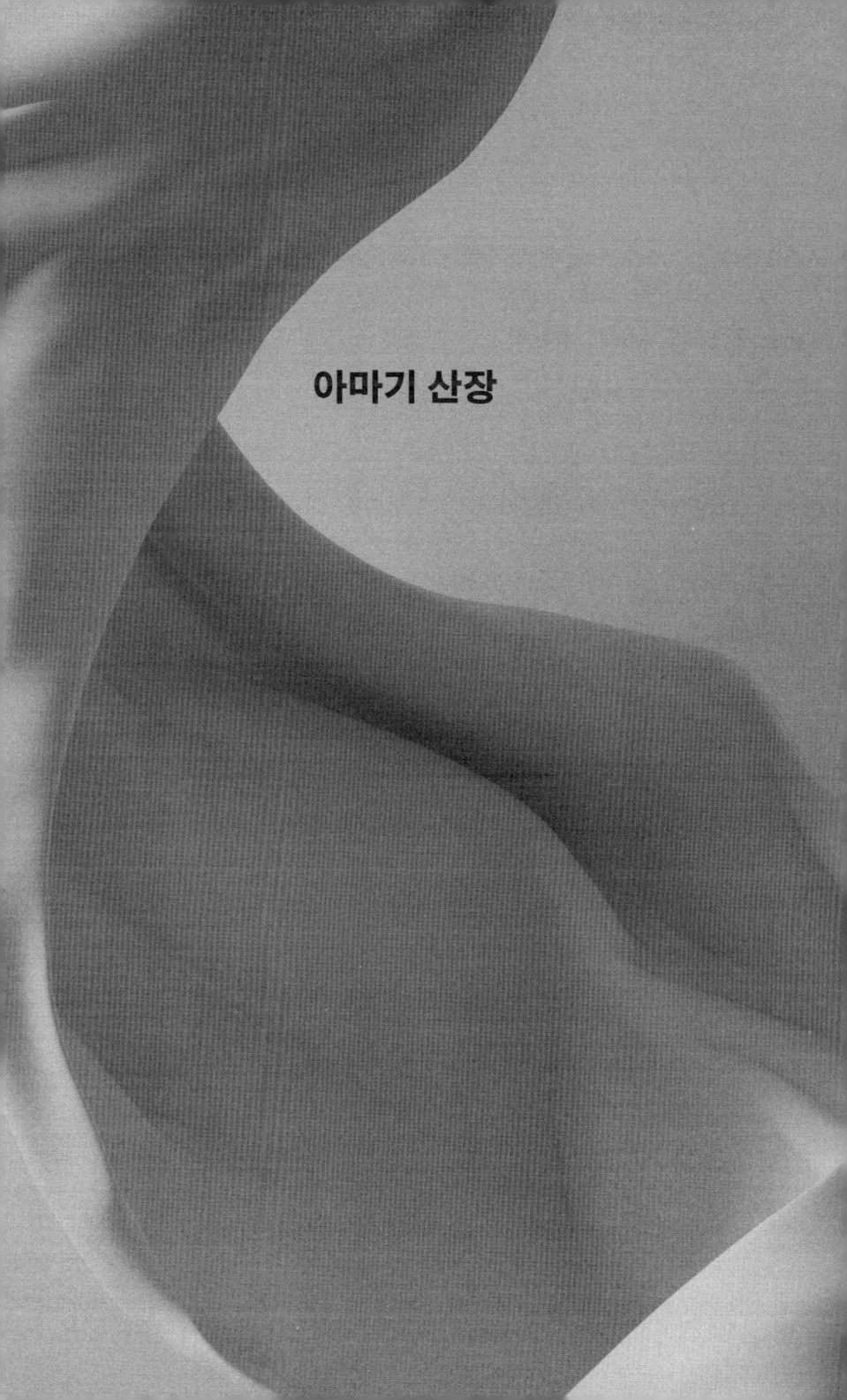

아마기 산장

목요일 해 질 녘, 직장인 신문사를 나온 하야미 쇼지는 메구로역에서 국철에서 사철로 갈아타고서 작은 역에 내렸다. 고가교 아래에 하천이 흐르고 있고, 그 양옆에는 불을 밝힌 요리점과 게이샤야*가 보였다. 이 일대는 게이샤를 불러서 접대할 수 있도록 허가받은 이른바 삼업지(三業地)였다. 그러나 매춘방지법이 시행된 작년 이후부터는 수많은 가게가 폐업으로 내몰렸다고 들었다.

하야미는 어둑한 역 개찰구를 나와 초대받은 요리점으로 향했다. 좌우로 뻗은 검은 담장 너머, 어렴풋한 빛이 장지문 안에서 무수히 새어 나와 탁한 하천에 수양버들의 그림자를 드

---

* 연회에서 무용이나 노래로 흥을 돋우는 게이샤를 데리고 있는 업소.

리웠다. 흥취가 느껴지는 풍경임에는 틀림없지만, 하천 변과 골목이 왠지 찌들어 있어서 신바시와 야나기바시에 비해 격이 떨어진다는 걸 부정할 수 없었다. 더욱이 하야미는 이런 정취를 곰곰이 맛보기에는 아직 나이가 부족했다. 혼기를 거의 다 놓친 30대에 들어서기 직전. 유흥가를 걷고 있다고 의식했을 뿐인데 왠지 마음이 싱숭생숭했다.

목적지에 도착하여 나무문을 지나자 접객원이 맞이해 줬다. 안내받은 2층 다다미방에는 이미 친구인 기지마 노리유키가 앉아서 기다리고 있었다.

"네가 이런 가게에 초대를 할 줄이야."

하야미는 가방과 헌팅캡을 접객원에게 맡기고는 친구 앞에 책상다리로 앉고서 말했다. 기지마와는 예의를 차릴 필요가 없는 사이였다.

"'천삼꾼'이 되자마자 씀씀이가 좋아졌나?"

농담으로 던진 말이었는데 기지마는 노골적으로 언짢아했다.

"'천삼꾼'이라니 말을 삼가. 부동산업은 등록제가 됐어. 이제 주먹구구식 영업은 통하지 않아."

구제(舊制) 중학교 친구들 중에서도 기지마는 고지식한 인물로 통했기에 '천 가지 말 중에 진실은 세 가지밖에 없다.'라고 일컬어지는 부동산업자로 전직했을 때에는 친구들 모두가 놀랐다.

"신문기자 역시 자랑할 만한 밥벌이는 아냐."

하야미는 사과하는 대신에 자조하듯 말했다. 요즘에야 인기 있는 직업으로 각광을 받고 있지만, 7년 전에 신문사에 취직 됐을 때에는 친척 중에서 떨떠름한 표정을 지었던 사람도 있었다.

"피차 수입은 나쁘지 않은데 말이지."

기지마는 그렇게 말하고서 포마드로 가다듬은 머리카락 아래로 보이는 얼굴에 웃음을 지었다. 기분을 푼 모양이다.

그러고 나서 두 사람은 담배를 피우고, 술잔을 나누고, 앞에 나온 요리의 양에 약간 불만을 품으면서 잡담을 즐겼다. 배를 반쯤 채웠을 즈음에 기지마가 용건을 꺼냈다.

"오늘 하야미, 널 부른 이유는 일 때문이야."

"어쩐지 공짜로 이런 밥을 먹여 주더라니. 대체 무슨 일인데?"

"그게 말이야."

기지마는 말을 머뭇거렸다.

"이토 쪽 온천에 몸을 담글 생각은 없어?"

"요리 다음은 온천이냐?"

하야미는 웃었다.

"용건이 뭐야? 겉치레는 필요 없으니 단도직입으로 말해."

"알겠어. 그럴게. 실은 간단한 조사를 부탁하고 싶어서 말이야. 이삼일쯤 휴가를 내줄 수 없을까?"

무리한 부탁이라고 생각하면서도 하야미는 호기심이 동했다.

"뭘 조사하려고?"

"어느 부동산 물건의 내력이야."

기지마가 그렇게 말했을 때, 천장에 달려 있던 전구가 전등갓 아래에서 깜빡거렸다. 정전인가 싶어서 하야미와 기지마는 눈을 치떴다. 밝기가 원래대로 돌아오기를 기다렸다가 대화를 이어 나갔다.

"아마기산 속에 산장이 있는데, 언제부터 그 자리에 세워졌는지, 누가 세웠는지도 몰라."

"그런 조사는 흥신소에 맡기는 게 어때?"

"흥신소는 값이 비싸다고. 우리 회사는 아직 자금력이 떨어지거든. 그래서 조사가 본업인 너한테 맡기자고 생각했어. 물론 사례금은 지불할게."

하야미는 천박하게 비치지 않도록 에둘러서 속을 떠봤다.

"마침 잘됐네. 슬슬 텔레비전을 사고 싶던 차야."

기지마는 쓴웃음으로 응답했다.

"텔레비전은 도저히 무리지만, 외국산 만년필 정도는 사 주마."

"흐음."

"그리고 또 하나."

기지마는 불현듯 어두운 표정을 짓고서 말했다.

"이 물건에는 기묘한 이야기가 얽혀 있어."

"기묘하다?"

"그래. 기삿거리가 될지도 모르겠어. 지금부터 자세히 말할 테니 생각해 보겠어?"

친구의 태도에서 왠지 꺼리는 기색이 엿보였다. 신문기자의 후각이 자극된 하야미는 "좋지." 하고 대답했다.

기지마는 잔을 내려 두고서 고쳐 앉은 뒤 말하기 시작했다.

그가 근무하는 사원 네 명의 작은 부동산 회사, 메카마 흥산에 한 달 전 한 중년 손님이 나타났다. 이름은 슈도 유키오이고, 직업은 시청 직원이었다. 지인의 소개를 받고 찾아온 슈도는 "숙부가 소유했던 산장을 유산으로 상속받아서 매각하고 싶소." 하고 말했다.

산장 입지를 듣고서 메카마 흥산 사장은 별안간에 화색이 돌았다. 그 물건은 이즈반도의 내륙부, 아마기 산맥 북쪽 가장자리에 위치했다. 버스조차 다니지 않는 궁벽한 곳이지만, 도쿄의 어느 철도회사가 그 일대를 대규모 개발하려는 계획을 세웠다. 해안을 따라 철도를 개통시키고, 이즈반도를 종횡으로 달리는 자동차 전용 도로를 정비하여 히가시이즈 전역을 일대 관광지로 탈바꿈하려는 장대한 계획이었다.

물건의 가치가 틀림없이 급등하리라 내다본 사장은 우선 권리관계부터 확인하라고 기지마에게 지시했다. 기지마는 먼 지방의 등기소까지 가서 등기부를 확인했다. 토지 소유자는 매도 희망인인 슈도 유키오가 분명했다. 슈도가 상속받기 전에는 숙부인 미조로 세이시로라는 인물이, 그전에는 지역민의 성명이 권리자로서 등기되어 있었다.

한편으로 대장을 열람해 보니 건물은 기재되어 있지 않았다. 등기부와 대장의 기재가 어긋나는 경우는 왕왕 있기에 딱히 미심쩍게 여기지는 않았다. 그러나 산장이 언제 지어졌는지 알 수가 없었다.

이 보고를 듣고서 메카마 흥산 사장은 산장의 내력을 슈도 유키오에게 직접 물어보기로 했다. 그러나 고객이 예상치 못한 말을 했다.

처음에 슈도 유키오는 "숙부인 미조로 세이시로가 그 산장을 어떻게 입수했는지 아직 잘 모릅니다." 하고 말하기 껄끄러워하는 눈치였다.

매도인의 태도에서 불온한 기색을 희미하게 감지한 사장은 물어봤다.

"애당초 숙부님께서는 무슨 목적으로 마을에서 멀리 떨어진 데에 지어진 산장을 구입하셨을까요?"

그 질문에 슈도는 "연구 때문입니다." 하고 툭 흘렸다.

"동물이나 식물을 연구하셨습니까?"

"아뇨, 제국대학에서 해부학 교수로 재직하셨습니다."

"해부학이라면 즉 의사이셨습니까?"

"의사 자격은 물론 있었습니다만, 환자를 보지 않고 인체가 어떻게 구성되어 있는지를 연구하셨습니다."

"그것과 아마기산에 있는 산장 사이에 무슨 관계가 있다는 말입니까?"

사장은 어느새 심문하는 투로 말하고 있었다. 매도인이 그 물건에 관해 무언가 숨기고 있음을 알아채서였다.

슈도는 우물쭈물거리는 태도를 바꾸지 않았지만, 이대로는 매각 이야기가 흐지부지될까 우려했는지 산장의 전 소유주인 숙부에 관하여 사장이 재촉하는 대로 말하기 시작했다.

미조로 세이시로는 유소년 시절부터 일족 내에서 수재로 불리던 인물이었다. 그러나 동물 사체들을 모아 와서 썰어 보는 등 두드러진 기행도 벌였기에 엄격한 부모님을 불안하게 하기도 했다. 이윽고 그가 의학자로서 입신하여 해부학을 전문으로 삼자, 친척 모두는 가슴을 쓸어내렸다. 어렸을 적에 보인 기이한 성벽(性癖)은 과학적 탐구심을 이루는 행위였으리라 납득해서였다.

그러나 전후 혼란이 진정되기 시작한 쇼와 25년(1950년)경부터 초로의 학자는 마음속에 은밀히 품어 왔던 병적인 관심을 노골적으로 드러냈다. 연구 내용이 엉뚱한 방향으로 나아가기 시작했다.

"엉뚱한 방향이라면?"

사장이 묻자 미조로 박사의 조카가 "심령입니다." 하고 대답했다.

그때 사장은 이 거래에 얽히지 않는 게 좋겠다고 본능적으로 느꼈다고 했다. 그러나 아마기산의 그 물건은 대규모 개발 계획과 얽혀 있어서 도저히 버리기가 어려웠다.

"숙부는 '인간을 구성하는 건 물질뿐만이 아니다.' 하고 말씀하셨지요. 유소년기부터 일관되게 영혼에 흥미를 품어 왔노라고 고백하셨습니다. 동물의 사체를 분해하거나, 학자가 되고서 인체를 해부했던 건 영혼의 소재를 상세히 밝히기 위해서였다고."

"근데 그 관심을 싹트게 했던 어떤 계기가 있었을까요?"

"이건 먼 친척한테 들은 이야기입니다만, 숙부의 동생이 부친의 가혹한 체벌을 견디지 못하고 목숨을 잃었다고 합니다. 그 후로 숙부는 죽은 동생의 유령을 봤다는 얘기를 했답니다. 아이가 하는 말이라서 주변에서는 진지하게 받아들이지 않았던 것 같습니다만."

그 이야기를 듣고 있는 사장 본인도 어디까지 받아들여야 좋을지 고민스러웠다.

"그래서 숙부는 영혼의 존재를 증명하려고 관측 지점을 찾기 시작했습니다."

"죄송합니다. 말뜻을 잘 모르겠습니다만."

사장이 말을 끊었다.

"영혼의 관측 지점이란 게 뭡니까?"

"유령 저택입니다. 숙부는 유령이 나오는 집이 없는지 여기저기 수소문한 끝에 '드디어 손에 넣었다.'라는 말을 남기고서 아마기산에 있는 산장으로 이주했습니다."

"즉, 슈도 씨가 상속받은 건물은······."

사장은 놀라워하며 말했다.

"숙부님이 손에 넣었다는 그 유령 저택입니까?"

"그렇습니다. 죄송합니다. 이상한 소리를 해서."

슈도는 비상식적인 이야기를 부끄러워하며 고개를 숙였다.

이런 이야기가 표면에 드러난다면 부동산으로서 가치가 떨어지지 않을까? 사장은 그렇게 우려하는 한편, 사업적 염려와는 성격이 다른 술렁임이 가슴속에 일었다. 공포라고도 할 수 있었다.

"물건을 상속받으셨으니 숙부님이신 미조로 박사께서 최근에 타계하셨다는 뜻이겠군요? 결례가 되지 않는다면 어떻게 돌아가셨는지 들려주시겠습니까?"

"숙부는 사망한 게 아니라 사라지셨습니다."

상속인은 말했다.

"아마기산의 유령 저택으로 이주하고 얼마 지나지 않아, 1951년 중에 소식이 끊어졌습니다. 숙부의 신변에 무슨 일이 벌어졌는지는 전혀 모릅니다. 이후에 발견되지 않고 7년이 지났고, 실종 선고가 확정됐습니다. 법원이 숙부의 사망을 인정했지요."

"내가 아는 건 여기까지야."

기지마가 이야기를 마무리했다.

"미조로 박사의 최후뿐만 아니라 애당초 아마기산의 그 산장이 언제부터 거기에 있었고, 어째서 유령 저택이 됐는지 아무도 몰라."

하야미는 기괴한 이야기를 듣고 당황했다. 그러나 이내 신문기자로서 의견을 밝혔다.

"등기부에 실린 토지의 최초 소유자는 어때? 그 인물이 산장을 세웠던 게 아닐까?"

"인근 산림을 소유했던 지주라는데 노령이라서 이미 사망했어. 외아들도 버마에서 전사했고. 지역 사람들도 산장이 존재한다는 사실 자체를 몰랐어. 어쨌든 산속 깊은 곳이라 평소에는 아무도 가지 않을 법한 장소야."

기지마의 뺨에 소름이 돋았지만, 하야미는 단순히 재밌는 소재라고만 여겼다. 사회부 유군기자*가 된 지 얼마 안 된지라 독자의 흥미를 끌 만한 화제에 굶주렸던 터였다.

기지마는 자작하며 연거푸 술잔을 비우고서 말했다.

"유령 저택이라고 했으니 매우 흉흉한 사건이 산장에서 벌어졌던 게 틀림없어. 그런 이상한 집이 머리가 조금 이상한 학자를 끌어들였던 게 아닐까? 아무튼 우리 사장은 미신을 꽤 믿거든. 정말로 사연이 있는 물건이라면 이 거래에서 손을 뗄 작정이야."

---

* 일정 부서에 속하지 않고 대형 보도 소재가 발생할 때마다 현장에 투입되는 기자.

"산장이 저주를 내릴 것 같아?"

"맞아. 부동산 업계에서는 이런 이야기가 많다고. 애당초 미조로 박사 본인이 아마기산 속으로 사라진 채 돌아오지 않았어. 어때? 과거에 이 산장에서 무슨 일이 있었는지, 유령 저택이 된 유래를 조사해 주겠어?"

여름철 지면에 싣기에는 딱 알맞은 소재라고 생각하고서 하야미는 "확답은 못 하지만, 수락할지도 모르겠어." 하고 대답했다.

기지마는 몸을 앞으로 내밀었다.

"정말이야?"

"이제는 윗사람이 어떻게 판단하느냐에 달렸어. 가까운 시일에 연락할게."

"좋은 대답을 기다릴게."

기지마는 안도한 표정을 짓고서 술병을 들어 하야미의 잔에 술을 따랐다.

"그래, 한 가지 중요한 걸 깜빡하고 안 물어봤네."

하야미가 술을 한 모금 마시고서 말했다.

"넌 문제의 그 산장에 가 본 적 있어?"

그러자 기지마의 얼굴이 싸악 창백해졌다. 취기가 도는 얼굴에 순식간에 공포가 물드는 모습을 하야미는 놀라워하며 지켜봤다.

"가 봤어?"

"어, 갔어."

취기가 단번에 깬 모습으로 기지마는 대답했다.

"근데 안에는 들어가지 못하고 문 앞에서 돌아 나왔어."

"왜?"

"아무도 없어야 할 산장 안에서 사람 목소리가 들렸거든."

"설마."

하야미는 웃어 보였지만, 눈 근육이 뭔가에 걸린 것처럼 잘 움직여지지 않았다.

"잘못 들은 거겠지?"

"아니, 정말이야. 두 남녀가 계속 뭐라고 속삭이는 듯했어."

기지마는 배후에서 인기척을 느꼈는지 두 어깨를 움츠리며 돌아보고는 다시 하야미 쪽으로 고개를 돌리고서 말했다.

"너도, 가 보면 알아."

이튿날 아침, 조시가야에 있는 하숙집을 나온 하야미는 이케부쿠로 일대를 돌아다니며 스가모 형무소가 곧 폐쇄를 앞둔 상황에서 지역 사회가 어떻게 반응하고 있는지 취재했다. 수감되어 있던 전쟁 범죄자가 전부 석방되어 한 시대가 종언을 맞이할 것 같다고 예감하는 목소리가 많았다.

연내에 도쿄 타워 공사가 완료되고, 1만 엔짜리 지폐가 발행된다. 요즘 사람들의 입에서는 도쿄에 연고를 둔 야구단에 요란하게 입단했던 대학야구 스타 선수에 관한 화제가 오르

내리고 있었다. 확실히 시대는 바뀌어 가고 있었다. 아무도 예측할 수 없는 속도로.

하야미는 점심을 앞둔 시간에 도영(道營) 전철을 타고 직장으로 가서 식사하러 나서려는 상사 오하라 데스크를 붙잡았다.

제국대학 의학부 교수가 심령 연구에 푹 빠졌던 사연을 전했더니 고참인 오하라가 말했다.

"제국대학에서 또 그런 인간이 나왔군. 거기에는 말이야, 메이지 말기에 천리안을 연구하다가 학회에서 추방됐던 학자가 있었어."

"이 소재, 추적해도 됩니까?"

오하라는 팔짱을 끼고서 잠시 생각했다.

"취재비는 내줄 테지만, 출장비는 못 준다."

"그렇다면 이틀쯤 휴가를 낼 수 있겠습니까?"

"그거야 네 마음이지."

하야미는 짧게 감사를 표한 뒤 어젯밤에 들었던 이야기의 진위를 확인하고자 최초 취재처로 향했다.

구 도쿄제국대학은 명칭에서 '제국'이라는 두 글자가 지워진 뒤에도 혼고 지역에 남아 있었다. 부지 내에는 고딕 양식을 띠는 불그스름한 건축물이 점점이 세워져 있었다. 의학부 해부학 교실은 동편 어느 건물에 있었다.

석조 아치를 지나 묵직한 문을 밀어젖혀 안으로 들어가니 바닥에 쫙 깔려 있는 석재가 어슴푸레한 광택을 발하고 있었다.

창에서 새어드는 햇빛이 적어서 계단으로 이어지는 홀 전체가 어둡고 썰렁했다. 이 중후한 분위기를 엄숙한 지성으로 받아들일지, 과장된 권위주의라며 경원할지는 저마다 다르겠지.

'해부학 교실'이라는 문패가 걸린 문을 금세 찾아냈다. 노크를 하고 들어가니 실내에는 예상했던 풍경이 펼쳐져 있었다. 목제 책상과 의자, 대량의 서적, 장부, 두개골을 비롯한 인체 골격 표본, 그리고 하얀 옷을 입은 연구자들.

하야미는 주눅 들지 않고 안으로 들어갔다. 명함 한 장으로 어디든 들어갈 수 있는 것이 신문기자에게 부여된 특권 중 하나였다.

전임 교수였던 미조로 박사에 관해 여쭐 게 있다고 전했더니 안쪽 창가에 있던 교수로 추정되는 노인이 노안경을 낀 채 하야미를 보고서 "무엇을?" 하고 물었다.

"미조로 박사님이 7년 전까지 재직하셨지요?"

노인은 신중한 눈빛으로 쳐다봤다.

"왜 이제 와서 그런 질문을? 미조로 선생님의 소식을 알아냈습니까?"

"이번에 사망이 확정됐습니다."

하야미의 말을 듣고서 그전까지는 모르는 체했던 다른 연구자들까지 동작을 멈추고는 경악하며 돌아봤다. 자신이 내뱉은 말 한마디에 예상치 못했던 커다란 파문이 일자 하야미는 당혹해하며 모두를 둘러봤다.

노인이 물었다.
"사망이라면 전원을 가리키는 겁니까?"
"전원이라니요?"
"미조로 선생님과 행동을 함께했던 다른 네 사람 말입니다."
 아마기산에서 실종된 사람은 박사 한 사람만이 아니었다. 예상치 못한 수확에 하야미는 흥분을 금할 수 없었지만, 밖으로 내색하지는 않았다. 이런 상황에서 일을 진행하는 법은 지금껏 쌓아온 취재 경험으로 충분히 터득했다.
"그것도 포함해 말씀을 여쭙고 싶습니다만, 어떻겠습니까?"
 노인은 고개를 끄덕이고는 그 자리에서 가장 젊은 연구원에게 "회의실로 차 두 잔." 하고 지시했다.

 옆 회의실로 안내를 받고서 얼마 지나지 않아 노인이 갈색 봉투를 들고서 들어왔다. 하야미는 약삭스럽게 그것을 발견하고는 상대가 이미 관련 자료를 제공할 마음을 먹었다고 짐작했다.
 하얀 옷을 입은 노인은 "미조로 선생님의 후임인 아리무라입니다." 하고 스스로를 소개했다. 아직 예순은 되지 않았겠지. 아리무라는 곧바로 본론으로 들어갔다.
"미조로 선생님 말고 다른 시신이 발견됐다면 그 성명을 알려 주십시오. 유족한테 연락을 해야만 하니까."
"시신이 발견된 건 아닙니다."

하야미는 실종 선고가 인정된 경위를 아리무라 교수에게 설명했다.

"다른 네 분도 각각 유가족께서 재판소에 청구하지 않는다면 사망으로 처리되지 않습니다."

"특별 실종이었다면 흔한 이야기였겠지만."

아리무라 교수는 말했다. 전쟁 중 전투 지역에서 실종된 지 1년이 경과하면 '특별 실종'으로서 사망이 인정된다.

"전 아마기 산장에서 무슨 일이 있었는지 조사하고 있습니다. 잘 풀린다면 나머지 네 분의 행적도 밝혀질지 모르죠."

하야미는 상대방에게 기대를 품게 하면서 말을 이었다.

"불명확한 점도 많아서, 미조로 박사님이 실종되셨던 시기 앞뒤로 무슨 일이 있었는지 말씀해 주실 수 있겠습니까?"

노교수는 고개를 끄덕이고서 "미조로 선생님과는 전쟁 전부터 알고 지내 왔는데……." 하고 운을 뗐다.

아리무라는 당시에 다른 대학에서 조교수로 재직 중이었다. 그리고 미조로와는 학회에서 얼굴을 여러 번 마주친 사이였다고 했다.

"내가 보기에 선생님은 패전 후에 이상해지기 시작했습니다. 전쟁 중에 무슨 일을 겪었는지는 전혀 모르겠습니다만."

하야미는 머릿속에 문득 스치는 공습당했던 기억을 쫓아내고서 질문을 이어 나갔다.

"미조로 박사님은 전시에도 줄곧 제국대학에 계셨습니까?"

"아뇨, 육군 군의관으로서 대륙에 가 있었습니다."
"현지에서 전투를 경험하시지는 않았을까요?"
"설마."
아리무라는 피식 웃었다.
"제국대학 의학부 학자는 총을 잡지 않습니다. 선생님은 전염병 예방을 연구해 달라는 군대의 요청을 받아 갔습니다."
"그럼 전쟁 후에 이상해졌다고 말씀하셨는데 구체적으로 무슨 일이 있었습니까?"
"이겁니다."
아리무라가 책상 위에 놔뒀던 갈색 봉투를 집었다. 안에서 가장자리가 노랗게 바랜 메모지가 나왔다.
"주변 사람들 몰래 미조로 선생님은 동서고금의 유령담을 수집하여 연구하고 계셨습니다. 그런데 어느 날, 내게 이런 종이를 건네주고서 설명하셨지요."
하야미는 교수가 내민 종이를 봤다. 실처럼 가느다란 필체로 '죽은 자가 유령이 되는 조건'이라는 표제가 적혀 있었다.
"한 인간이 어떻게 최후를 맞이해야 성불하지 않고 유령이 되는지 그 조건을 밝혀내려고 했다, 이 말입니다."
하야미는 호기심에 휩싸여 조목별로 적혀 있는 문장을 눈으로 좇았다.

하나. 죽은 자는 노인보다는 젊은이여야 한다. 즉 남은 기대 수명이 길어야 한다.

하나. 죽은 자는 임종을 맞이할 때 욕망·망집·미련 등 현세를 떠나지 못하는 강한 집착을 품고 있어야 한다. 전항에서 언급했던 기대 수명도 이에 포함.

하나. 시신이 발견되지 않아야 한다.

하나. 처형·고문 등 참혹한 수단으로 사망해야 한다.

하나. 또는 사망자 본인이 인지하지 못하고 갑작스럽게 사망해야 한다.

하나. 혹은 사고·재해·살인 등 이른바 비명횡사해야 한다.

그 밖에 유령이 출현하기 쉬운 환경으로는 햇빛이 들지 않는 암흑이 최적이다. 부대 조건으로는 광대한 평원보다 수목이나 인공물에 둘러싸인 협소한 공간, 물터 등 습도가 높은 입지, 관측자가 군중이 아니라 소수여야 하고 혼자가 가장 바람직하다. 이러한 조건 등을 고려해야만 한다.

하야미는 그 글을 훑어보고서 노학자의 광기를 접한 것 같은 기분이었다. 그러나 상궤를 초월한 인간 특유의 골계미도 느껴졌다. 제대 의학부 교수가 매우 진지하게 이런 내용을 논하기 시작하면 모두가 당황하겠지.

그러나 책상 너머에 있는 아리무라가 "그래서 아마기 산장 말입니다만." 하고 화제를 돌렸을 때 하야미는 등골이 으스스해졌다. 미조로 박사는 여기에 적힌 조건을 충족하는 부동산 물건을, 즉 참극의 무대가 됐던 집을 입수했던 게 아닌가.

"미조로 선생님이 심령 현상을 정점관측하자면서 제자들을 아마기산으로 데려갔습니다."

"제자들이라면?"

"당시 조교수, 강사, 조수, 학부생입니다. 당연히 그들은 회의적이라기보다 부정적이었습니다. 하지만 교수의 명령인지라 거부하지 못하고 단기간 체류할 예정으로 현지로 갔습니다. 그런데 그날이 그들을 본 마지막 날이었다고 들었습니다. 부근을 수색해 봤는데도 아무도 발견되지 않았습니다."

"문제의 그 아마기 산장 말입니다만, 애당초 어떤 사연이 있었을까요? 미조로 선생님은 어떤 풍문을 듣고서 그 산장을 구입했습니까?"

"그것도 모릅니다. 미조로 선생님이 유령을 관찰하려고 사들였다는 말밖에 듣지 못했습니다."

부동산업에 종사하는 친구가 알고 싶어 하는 산장 내력은 여전히 묻혀 있었다. 이제는 현지에 가서 조사해 보는 수밖에 없겠다고 하야미는 판단했다.

"미조로 박사님과 제자분들의 사진을 갖고 계십니까?"

"시간을 준다면 찾아 두겠습니다만."

"꼭 부탁드립니다. 그리고 모두의 성명과 당시 연락처도 알 수 있다면 좋겠습니다만."

"그 자료도 사진과 함께 갖춰 두도록 하죠."

아리무라가 승낙했다.

"선생님께서 가장 마지막에 뵀을 때 미조로 박사님의 상태는 어땠습니까?"

하야미는 표현을 잘 골라서 질문했다.

"학자로서 아직 정상적인 판단력을 갖고 계셨던 것 같았습니까? 아니면 명백히 기이한 행동을 보이셨습니까?"

"평범하게 보였습니다."

아리무라는 즉답했지만 이내 표정이 어두워졌다. 비탄인지 동정인지 분간할 수 없는 복잡한 표정이었다.

"또 뭔가 있습니까?"

하야미가 재촉했다.

"선생님이 행방불명되기 직전에 난 전보 한 통을 받았습니다. 미조로 선생님이 보냈던 겁니다. 그 종이에는 심령 현상을 관측하는 데 성공했다고 적혀 있었습니다."

"뭐라고요?"

"아마기산에 갔던 선생님이 현지에서 보낸 전보였지요. 기뻐하는 기색이 간단한 문장에서도 전해지더군요. 그 전보는 이렇게 마무리됐습니다. '나, 유령을 보았도다.'라고."

회사로 돌아간 하야미는 제국대학에서 취재한 내용을 오하라 데스크에게 보고했다. 다만 심령 현상과 얽힌 기괴한 내용은 최소한으로 줄이고서, 학자들이 집단 실종됐다는 의외의 사실을 강조했다. 사건 기자로서 이름을 떨쳤던 오하라도 이 보고에는 관심이 동한 듯했다.

하야미는 이튿날 토요일부터 휴가를 내겠다고 신청했고 예상대로 수리됐다. 자신의 책상으로 돌아와 담배를 한 개비 피우고서 기지마가 근무하는 메카마 흥산에 전화를 걸었다.

아마기산에 위치한 물건을 조사하기 시작했다고 전했더니 기지마는 기뻐하며 감사를 거듭 표했다. 하야미는 히가시이즈 지방의 지도를 펼치고서 산장의 정확한 위치를 물어본 뒤 표시했다. 그곳은 「이즈의 무희」*의 무대가 됐던 이즈반도 중앙부가 아니라 동쪽에 더 치우친 산속이었다. 지형도만 봤을 때는 침엽수 말고는 아무것도 없는 급경사였다. 좁다란 길 하나가 산 중턱의 복잡한 곡선을 따라 깔려 있었다. 기지마는 "산장에 가려면 차를 타는 수밖에 없어." 하고 말했다.

"현지에 가면 산장 안에 들어갈 수 있을까?"

하야미가 물어봤다.

"상속인인 슈도 씨가 안을 살펴보려고 자물쇠를 부숴 놔서 현관에서 그대로 들어갈 수 있어. 네가 그 산장에 간다고 슈도 씨한테 전해 둘게."

"그렇게 해 줘."

"그나저나 용기 있네."

---

* 작가 가와바타 야스나리가 1926년에 발표한 단편소설.

기지마가 감탄하며 말했다.

그 후에는 고맙게도 돌발적인 큰 사건은 벌어지지 않았다. 하야미는 밤 11시에 하숙집으로 돌아갔다.

대중목욕탕의 욕탕에 몸을 담가 하루에 쌓였던 피로를 풀었을 텐데도 어째선지 숙면을 취하지 못하고 이튿날 아침에는 일찍 이부자리에서 나왔다. 악몽이라도 꿨나 싶어서 기억을 더듬어 봤지만 아무것도 떠오르지 않았다. 라디오 뉴스를 들으면서 아침을 빠르게 먹은 뒤 자는 동안에 주름을 펴 두려고 요 아래에 넣어 뒀던 바지를 꺼냈다. 여벌옷과 세면도구 등을 보스턴백에 채운 뒤 방을 나섰다.

인근 건널목 옆에 자동차 수리공장이 있는데 자동차 대여점도 겸하고 있었다. 아마기산 속에서 엔진이 꺼지기라도 하면 난처하므로 정비가 완벽한지 집요하리만치 거듭 물어보고서 국산차를 빌렸다.

아마기 산장까지는 네 시간쯤 걸린다고 기지마가 말했다. 일단 하코네까지 갔다가 남쪽으로 방향을 바꾼 뒤 이즈반도 해안을 따라 내려가는 경로였다.

운전대를 잡으면서 불과 13년 전까지 이어졌던 전쟁을 생각했다. 어젯밤 악몽이 전쟁 중에 겪었던 체험이었음을 떠올렸다.

일본이 항복하기 몇 개월 전, 중학생이었던 하야미는 근로

봉사라는 명목으로 일하러 갔던 요코하마의 한 공장에서 공습을 당했다. 파란 하늘 아래, B29 편대가 마치 태내에서 아기라도 낳듯 몸통에서 새카만 소이탄을 우르르 투하했다. 그 아래에는 지옥도가 펼쳐졌고, 하야미는 쏟아지는 불똥을 털어내고 활활 타오르는 가옥들 사이를 누비며, 사신의 손에서 벗어나려는 듯 무작정 달렸다. 그때 하야미는 봤다. 몸뻬바지를 입은 여성의 머리 위로 소이탄이 떨어져 바로 뒤따르던 소녀가 확 퍼져 나가는 화염에 순식간에 삼켜지는 광경을. 하야미는 불덩어리가 된 그 소녀를 못 본 척하고 도망쳤다.

그런 꿈을 꾼 이유는 어제 미조로 박사와 얽힌 증언 때문이었으리라.

그 전쟁이 박사를 어떻게 바꿨을지 생각했다. 미쳐 돌아가는 세상의 한쪽 구석에서 박사의 병적인 정신은 겨우 남아 있던 이성의 끈을 싹둑 잘라 내고서 초현실의 영역으로 매몰되어 갔을까? 아니면 박사의 주장은 광인의 헛소리가 아니고, 인간은 진정 영혼이라는 걸 갖고 있는 것인가? 그렇다면 하야미의 눈앞에서 살해됐던 모녀는 영혼만 남아 천국으로 갔을까?

자동차가 아타미에 들어섰다. 눈앞에 펼쳐진 바다 풍경이 마음을 편안하게 했다. 아직 4월인데도 온천에 가는 행락객으로 붐볐다.

하야미는 창문을 열어 서늘한 바닷바람을 뺨에 쐬면서 이토까지 달렸고 경찰서 앞에서 차를 세웠다. 현지 취재를 시작할 작정이었다.

응대하러 나온 제복 경찰관에게 지도를 보여 주고서 산장 위치를 가리켰더니 상대는 "아아, 제국대학 선생님이 행방불명됐던 사건이군요." 하고 바로 반응했다.

"수색 범위가 인근 마을 관할에도 걸쳐 있었거든요. 결국 양쪽 동네에서 사람들이 다 나와서 산속을 뒤졌어요. 단서를 전혀 건지지 못했지만."

"이전에 이 산장에서 사건이 벌어진 적은 없었습니까?"

"모르겠군요."

하야미는 감사를 표한 뒤 차로 돌아가 다시 반 시간쯤 달렸다. 기지마가 일러 줬던 길을 따라 달리니 드디어 내륙부에 진입했다. 갑자기 경사가 급해졌다. 포장이 끊긴 울퉁불퉁한 길을 빌린 자동차가 엔진을 헐떡거리며 올라갔다. 앞쪽을 보니 유리창을 가득 메우듯 또렷한 원뿔 모양을 띠는 산이 서 있었다. 히가시이즈에 줄지어 늘어선 화산군의 끝자락으로 목적지 산장은 그 속에 있었다.

논이 펼쳐진 산기슭의 어느 구석에 접어들자 한 번 끊어졌던 민가가 다시 나타났다. 하야미는 민가 몇 채를 들러서 이야기를 들었지만, 딱히 새로운 정보는 없었다.

차로 돌아간 하야미는 도쿄에서 지참해 온 주먹밥과 물통에 담긴 차로 늦은 점심을 때운 뒤 손목시계의 용두를 감으면서 시각을 확인했다. 오후 3시가 지났다. 하늘에 구름이 걸려 있어서 햇빛이 가려졌다.

일단 오늘은 산장 위치만 확인하고서 이토로 되돌아가 숙소를 찾기로 했다. 산장 내부는 내일 아침부터 조사할 작정이다.

촌락을 떠나 산 뒤편으로 돌아 들어가니 도로 분기점이 나타났다. 아마기 산장 쪽으로 나뉘는 길이다. 왼쪽으로 뻗은 외길은 수해(樹海)라고 부를 만한 어두운 삼림 속으로 사라진다. 들어가는 게 꺼려질 만큼 음울한 광경이었다. 가속 페달을 밟기를 주저하고 있으니 귓가에 창문을 두드리는 소리가 들렸다. 하야미는 화들짝 놀라 그쪽을 돌아봤다. 운전석 바깥에 들일이라도 하러 나왔는지 작업복을 입은 깡마른 노인이 서 있었다.

하야미가 황급히 창문을 열자 노인이 먼저 말을 걸었다.

"이런 산골에 무슨 볼일인고?"

하야미는 차에서 내려 산속에 있는 산장을 조사하러 왔다고 밝혔다. 노인의 등 뒤, 분기된 길 반대편에 숯막처럼 생긴 초가집 한 채가 외따로 지어져 있었다. 길가에는 삼륜차가 세워져 있었다.

하야미의 설명을 듣고도 상대는 여전히 미심쩍어했다.

"지난달에도 차가 몇 번 들어가는 걸 봤는데, 당신 동료인가?"

아마도 산장 상속인인 슈도와 권리관계를 조사하러 왔던 기지마를 가리키는 듯했다. 어쨌든 시골 사람은 이방인이 드나

들면 신경이 곤두서기 마련이다. 하야미는 산장 소유자가 바뀌었음을 설명하고는 상대의 의심을 풀고자 신문사 사명이 찍힌 자신의 명함을 내밀었다. 노인은 구멍이 뚫어져라 명함을 살펴보고는 "진짜로 신문기자구먼." 하고 감탄한 듯 중얼거렸다.

하야미는 희미한 기대를 품었다. 이 노인이야말로 산장과 가장 가까운 곳에서 사는 지역민이다.

"여기에 오래전부터 사셨습니까?"

"그렇다네."

노인이 고개를 크게 끄덕였다.

"그럼 산장이 언제 지어졌는지 아십니까?"

"글쎄, 어느새 지어져 있더구먼. 도쿄의 잘난 선생이 사라져버렸던 소동이 벌어질 때까지 동네 사람들도 몰랐어. 듣고 보니 꽤 오래전에 트럭이 드나들었던 기억이 난다만."

"트럭? 언제 적인지는 모르십니까?"

"그게, 떠오르지 않는구먼. 전후인 건 틀림없는데."

그때 하야미는 지금껏 간과했던 것을 알아챘다.

"지역 도편수한테 물어보면 지어진 연대 정도는 알 수 있을까요?"

"아니, 도편수가 알 정도면 다들 알고 있었을 거야. 집 구조가 번듯했으니 외부에서 장인들을 모아다가 지었겠지. 산속에 노무자 합숙소가 설치됐다면 우리 눈에도 띄었을 테고."

하야미는 머리를 굴렸다. 장인들을 불러 모았다면 그 업무를 맡았던 사람도 있었을 것이다. 이토 시내에 있는 건축회사를 이 잡듯 뒤진다면 뭔가 알아낼 수 있을까? 그러나 다른 지역의 건축 청부업자에게 맡겼다면 조사 범위가 너무 넓어져서 감당할 수가 없게 된다. 그보다도……. 하야미는 불확실하지만 간단한 방법을 떠올렸다. 이 지역을 촬영한 항공 사진을 연대별로 살펴본다면 산장이 건설됐던 시기 정도는 추정할 수 있을지도 모르겠다. 회사로 돌아가거든 우선 자료실에 틀어박혀야겠다고 하야미는 생각했다.

노인이 차를 들고 가라고 청했지만 정중히 거절하고서 하야미는 드디어 아마기산 속으로 운전대를 틀었다. 산장까지 남은 거리는 10킬로미터 정도. 최대한 신중하게 운전했다. 포장되지 않은 가파른 산길에서 운전대를 잘못 튼다면 녹슨 가드레일을 쉽사리 뚫고서 골짜기 바닥으로 거꾸로 추락하겠지.

차를 여러 번 멈추어 지도로 위치를 확인하면서 하야미는 주의 깊게 나아갔다. 이 일대에는 민가는커녕 전봇대조차 서 있지 않았다. 그도 그럴 것이 이 주변은 택지로 삼기에는 어려운 지형이다. 아무도 삼림이 뒤덮인 경사가 급한 산중턱에 건물을 세울 엄두를 못 내겠지.

기지마가 알려 준 주소가 맞는지 의문이 들기 시작했을 차에 표식으로 삼을 만한 급한 굽잇길에 도착했다. 남향으로 이어지던 급경사가 그곳에서만 북향으로 바뀌는 지점이었다.

속도를 낮추고서 응시하던 하야미는 작게 감탄했다. 시선을 올리니 저 앞, 침엽수가 늘어서 있는 원생림 속에서 양관(洋館)의 뱃집지붕이 튀어나온 게 보였다.

이런 곳에 집이 있다는 것 자체가 별안간에 믿기 어려웠다. 이치에 맞지 않는 장소에 세워진 건물은 비석보다 더 으스스하다는 사실을 하야미는 처음 알았다. 시옷 자를 그리는 지붕에서는 눈에 보이지 않는 검은 요기가 피어오르는 것도 같았다.

한동안 하야미는 어안이 벙벙해져 산장 지붕을 바라봤다. 한 가지 마음에 걸리는 게 있었다. 하야미가 있는 차도에서 집 현관으로 올라가는 길이 보이지 않았다. 이 물건을 보러 왔던 기지마는 현관까지 갔다가 되돌아왔다고 했다. 그런데 그 후에 초목이 무성해져 통로를 막아 버린 걸까? 경우에 따라서는 낮이라도 조달해야만 할 것 같은데, 내일은 일요일이다. 이토 시내에 있는 상점들은 전부 쉬겠지.

자신의 발로 직접 확인해 두자고 생각하고서 하야미는 차에서 내렸다. 잡초가 뜸한 곳을 골라 숲속으로 발을 디뎠다. 급경사 위에 용수(湧水)가 흘러나오고 있는지 지면이 축축해서 미끄러웠다. 머리 위에 뻗어 있는 나뭇가지와 이름 모를 관목을 붙잡으면서 하야미는 산장을 향해서 올라갔다.

무릎을 몇 번 땅에 찧으면서 겨우 양관 앞으로 나왔다. 문도 담장도 없는 2층짜리 목조 건물이 수목들 사이에 조용히 놓여 있었다. 세로로 길쭉한 직사각형 건물로, 오두막이라 부르기에는 크지만 저택이라고 부르기에는 작았다. 서양풍이라는 것 말고는 딱히 공을 들인 모양새도 아니었다. 벽재로 쓰인 널빤지는 빛이 바랬고, 군데군데 떠 있었다.

이 산장이 보는 이로 하여금 위화감을 불러일으키는 이유는 각 방의 창문이 통상보다 꽤 작아서였다. 집 내부는 낮인데도 꽤 어둡겠지. 내일 다시 올 때는 숙소에서 손전등을 빌려야겠다고 하야미는 생각했다.

시야 한구석에 무언가 움직이는 것이 비쳐서 하야미는 고개를 돌렸다. 자물쇠가 망가진 현관문이 바람에 희미하게 흔들리고 있었다. 기지마에게서 전해 들었던 대로 안으로 들어가는 건 문제가 없을 듯했다. 하야미는 만족하고서 차로 돌아가려고 했다. 바로 그때, 집 안에서 사람 목소리가 들렸다.

하야미는 발을 멈추고서 돌아봤다. 놀랐다기보다 의외라는 느낌이 더 강했다. 귀로 새어든 소리는 잘못 들었다고 의심할 만큼 모호하지 않아서 사람의 목소리임을 또렷이 알 수 있었다. 현관 입구에 몸을 가까이 대고서 귀를 쫑긋 세운 하야미가 남의 대화를 엿듣는 것 같다고 켕겼을 만큼 그 목소리는 또렷이 들렸다.

산장 안에서 두 사람이 뭔가 대화를 나누고 있었다. 젊은 남녀인 것 같은데, 대화 내용까지는 알아들을 수 없었다. 이 물건은 빈집이 아니라 누군가가 살고 있는 게 아닌지 하야미는 의심했다. 부서진 자물쇠를 보고서 떠돌이 남녀가 불법으로 거주하고 있는 것 같기도 했다.
 어쨌든 이야기를 들어 보기로 정한 뒤 하야미는 목소리를 높였다.
 "실례합니다! 누구 계십니까!"
 그러자 건물 안에서 대화를 나누던 소리가 뚝 그쳤다. 그 반응은 도리어 하야미에게 틀림없다는 확신을 품게 했다. 집 안에 누군가가 있다.
 "죄송합니다. 안으로 좀 들어갈게요."
 하야미는 양해를 구하고서 현관문을 열었다. 경첩이 삐걱거리는 소리가 양관 안쪽으로 뻗어 나가는 어두운 복도에 삼켜졌다. 안에 습기가 자욱한데도 신기하게도 으스스했다. 외관과 마찬가지로 내장도 순 서양풍이었다. 마루가 깔린 바닥이 내부로 이어져 있었다. 신발을 벗는 곳이 따로 없어서 하야미는 하는 수 없이 신발을 신은 채로 산장 안으로 들어갔다. 두 발을 감싼 신발이 갑자기 무거워진 것 같았다. 배후에 있던 문이 바람에 밀려 저절로 닫혔다.
 한동안 그 자리에 우두커니 서서 눈이 어둠에 익숙해지길 기다렸다. 실내는 여전히 고요했지만, 누군가가 숨을 죽이고 있는 것 같은 희미한 기척이 느껴졌다.
 하야미는 망설였지만, 자신은 산장 소유자에게 허가를 받고 왔다고 의지를 다시 세웠다. 켕길 일은 하나도 없다. 안에 누가 있든 간에 당당히 들어가면 된다.

복도 양옆에 문이 두 개씩 늘어서 있었다. 또한 안쪽 끝에서 난간이 달린 계단이 어렴풋하게 드러났다.

아까 전에 현관과 가까운 오른쪽이나 왼쪽 방에서 목소리가 새어 나왔으리라 짐작하고서 하야미는 우선 오른쪽 문을 노크한 뒤 손잡이를 돌려 들어갔다. 안에 아무도 없었다. 방에는 책상과 의자, 그리고 조잡한 침대 등 최소한의 집기만이 있었다. 전등은 보이지 않았고, 대신에 먼지를 수북이 뒤집어쓴 탁상용 램프가 놓여 있었다. 7년 전 이곳에 머물렀던 연구자가 썼던 방인 것 같은데, 일용품이나 수기 같은 것들이 전혀 보이지 않았다.

하야미는 복도로 나가 맞은편에 있는 방도 들여다봤다. 이쪽도 앞서 들렀던 방과 마찬가지로 아무도 없었다.

고개를 갸웃거리면서 하야미는 집 안을 둘러봤다. 복도 벽에 촛대가 점점이 달려 있는 것을 알아채고서 외투 주머니에서 성냥을 꺼내 총 여섯 개의 초에 불을 켜 나갔다. 벽재로 쓰인 판자의 나뭇결이 희미하게 드러날 만큼 은은한 빛이 복도 전체를 비췄다.

하야미는 안쪽으로 나아가 좌우에 난 문을 순서대로 열어봤다. 오른쪽은 세면장과 욕실이었다. 이 양관 안에서 입욕 시설만은 일본식 목욕통이었다. 아궁이 위에 설치된 편백나무 욕조에는 흙먼지가 쌓여 있었다. 거미줄도 쳐져 있는 걸 보니 오랫동안 쓰이지 않은 듯했다.

복도를 끼고 반대편은 창고였다. 그러나 보관 중인 비품은 얼마 없었다. 양동이와 청소용구 외에 도끼와 낫, 쇠갈고리, 삽 같은 철물 류가 주였다. 하야미는 그 안에서 랜턴을 발견했다. 옆에 있는 등유통을 흔들어 봤더니 아직 연료가 남아 있었다. 랜턴에 낀 먼지를 손으로 털어낸 뒤 심이 남아 있는지 확인하고서 안에 등유를 부었다.

산장 내부가 꽤 쌀쌀해졌다. 랜턴에 불을 켜면서 빛뿐만 아니라 온기도 쬘 수 있을까 기대했지만, 실내가 오렌지빛에 휩싸였는데도 이 썰렁함은 해소되지 않았다.

하야미는 랜턴을 가슴 앞으로 가져간 뒤 산장의 가장 안쪽으로 나아갔다. 그곳은 넓은 토방이었다. 오른쪽 벽은 부엌, 중앙에는 2층으로 이어지는 계단, 왼쪽은 아마도 식당으로 쓰였겠지. 여섯 명이 앉을 수 있는 탁자와 의자가 놓여 있었다.

수도꼭지를 틀어 보니 의외로 투명한 물이 쏟아져 나왔다. 지하수를 쓰는 듯했다. 뒷문 옆에는 물을 길어 올릴 수 있는 우물까지 파여 있었다. 집 안에 충만한 습기의 원인은 이것이었다.

꼭지를 잠근 하야미는 개수대에 쌓인 먼지를 보고서 왠지 이상하다고 생각했다. 산장 안에는 사람의 모습은커녕 생활한 흔적조차 보이지 않았다. 그런데 자신은 틀림없이 남녀가 대화를 나누는 소리를 들었다.

계단 아래로 다가가 랜턴을 들어 올려 2층을 들여다봤다.

위쪽에 뚫린 난간 틈새가 새카매서 위층까지는 내다볼 수 없었다. 아무 소리도 들리지 않았다. 하야미는 조금 고집이 생겼다. 이 산장에 몰래 들어온 부랑자들이 발각될까 봐 어딘가에 숨어 있지 않을까?

하야미는 자칫 발을 세게 디뎌 널판을 뚫지 않도록 주의하면서 위층으로 향했다. 좁은 층계참에서 방향을 틀자마자 자신의 것이 아닌 다른 발소리를 귀로 들었다. 누군가가 천천히 2층을 걷고 있다. 역시 자신의 추측이 옳은 듯했다. 상대가 또 숨어 버리면 귀찮아지므로 하야미는 목소리를 내지 않고 빠른 걸음으로 계단을 올라갔다.

어두워서 잘 보이지 않았지만, 마루가 깔려 있는 널찍한 공간에 도달한 듯했다. 하야미는 랜턴 빛을 왼쪽에서 오른쪽으로 훑으면서 낡은 소파가 놓여 있는 마루 공간을 둘러봤다. 그 순간 키 크고 신사복을 입은 남자가 안쪽 복도로 스윽 들어가는 모습이 보였다. 하야미는 들고 있던 조명을 황급히 정면으로 되돌렸지만, 남자의 뒷모습은 금세 사라졌다. 하야미는 남자를 쫓아 넓은 공간을 가로질러 2층 중앙에 나 있는 복도에 들어갔다.

그곳에는 1층과 마찬가지로 좌우에 문이 두 개씩, 총 네 군데의 방이 늘어서 있었다. 모든 방은 문이 닫혀 있었다. 아까 봤던 남자는 틀림없이 그중 한 곳에 들어갔다. 하야미는 노크도 하지 않고 바로 오른편 문을 열어 젖혔다.

암흑 속에서 무언가가 흔들리고 있었다. 하야미는 랜턴을 들이밀어 빛으로 방 안을 비췄다. 흔들렸던 것은 창밖에 있는 나무의 실루엣이었다. 이제는 바깥에서 새어드는 빛이 다 사라져서 산장 전체가 어둠에 휩싸이려고 했다.

하야미는 발걸음을 돌리려다가 방금 봤던 남자가 위쪽을 신경 쓰듯 천장을 올려다봤음을 떠올렸다. 지붕 아래에 다락방이라도 있는가 싶어서 위를 살펴봤지만, 뚜껑문은 보이지 않았다.

하야미는 복도를 가로질러 반대쪽 문을 열었다. 그곳에도 사람이 없음을 확인하고서 드디어 상대를 몰아넣었다고 생각했다. 이제는 안쪽 두 방밖에 남지 않았다.

하야미는 마루를 삐걱거리며 발걸음을 재촉하여 오른쪽 문 손잡이에 손을 대고서 밀었다. 아무도 없었다. 희미하게 보였던 나무 실루엣조차 사라져서 자그마한 창문은 검은색으로만 칠해진 액자처럼 변했다. 이제 랜턴 빛만이 유일하게 의지할 데였다.

하야미는 뒤를 돌아 마지막으로 남은 문을 쳐다봤다. 가증스러운 숨바꼭질도 이제 끝이다. 하야미는 곧바로 문을 밀려고 했으나 바로 그때 불현듯, 미조로 박사의 유고(遺稿) 속 문장이 머릿속에 되살아났다.

——유령이 출현하기 쉬운 환경으로는 햇빛이 닿지 않는 암흑이 최적이다. 부대 조건으로는 광대한 평원보다 수목이나

인공물에 둘러싸인 협소한 공간, 물터 등 습도가 높은 입지, 관측자가 군중이 아니라 소수여야 하고 혼자가 가장 바람직하다.

모든 것이 지금 자신이 처한 상황에 들어맞는다는 사실을 하야미는 눈치챘다. 이곳으로 이주한 미조로 박사는 이런 밤을 여러 번이나 겪었을 것이다. 유령 저택을 찾던 박사는 유령이 출현하는 조건에 맞는 집을 물색하다가 이 산장과 우연히 맞닥뜨렸겠지. 그런데 그로부터 머지않아 미조로 박사는 제자들과 함께 사라져 버렸다.

그들 다섯 사람에게 무슨 일이 벌어졌는가.

박사는 이 집 안에서 정말로 심령 현상을 관측하는 데 성공했을까?

─나, 유령을 보았도다.

하야미는 누군가가 배후에 서 있는 것 같은 불안에 휩싸여 오싹해하면서 뒤를 돌아봤다. 그곳에는 아무도 없었다. 그러나 심장 박동은 점점 거세질 뿐이었다.

이곳에 오고 나서 처음으로 하야미는 너무 깊이 들어왔는지도 모르겠다며 후회했다. 이 세계의 것이 아닌 어떤 존재가 산장 안으로 계속 들어오라고 유인한 것 같기도 했다. 눈앞에 있는 문을 열면 자신도 미조로 박사 일행과 마찬가지로 다른 세계로 끌려가지 않을까? 그럴 리가 없다고 아무리 머리로 부정을 해 봐도 마음의 근원에서 솟아나는 강한 공포를 지워 낼 수 없었다.

산장 내부는 이미 충분히 봤다. 한시라도 빨리 이곳을 떠나자고 결단했을 때 문 너머에서 사람 목소리가 들렸다. 남자가 중얼거리는 듯한 목소리였다. 그것을 듣자마자 하야미는 빨려드는 것 같은 감각과 함께 문을 열고 있었다.

문 너머에는 암흑 공간이 기다리고 있었다. 하야미는 랜턴을 들어 올려 방 내부를 비췄다. 실내에는 세 남자가 있었다. 한 사람은 창가에 서서 바깥으로 고개를 돌리고 있었고, 다른 한 사람은 고개를 푹 숙인 채 나무 의자에 앉아 있었다. 마지막 사람은 벽 쪽에 무릎을 감싸 안은 채 웅크리고 있었다. 남자들은 서로의 모습조차 눈에 들어오지 않는 듯했다. 상체를 흐느적거리면서 이따금 천장 쪽으로 시선을 던졌다. 따분해하는 죄수 같은 모습이었다.

아까 계단 근처에서 봤던 키가 큰 인물은 창가에 서 있는 남자인 듯했다. 누군지 물어보려고 목소리를 쥐어 짜내려고 했을 때, 그 장신의 인물이 이쪽으로 몸을 돌렸다. 검은 테 안경을 낀 마흔쯤 된 남자였다. 그러고는 이내 불쾌한 소리를 내고서 남자의 온몸이 사라졌다. 현실이 어딘가 미쳐 버린 것 같은 광경은 소이탄을 정통으로 맞고서 소멸했던 여성의 모습을 떠올리게 했다. 그 공습 때처럼 하야미는 번쩍 뜬 두 눈으로 내려다봤다. 바닥에 쓰러져 있던 남자의 상반신은 말도 안 되는 두께로 찌그러져 있었다. 주변에 걸쭉한 무언가가 낭자

하게 튀어 있었다.
 한 사람이 무참한 최후를 맞이했는데도 나머지 두 사람은 자세를 전혀 바꾸지 않았다. 힘없이 의자에 앉아 있는 젊은 남자의 입에서는 아직도 중얼거림이 새어 나왔다. 그런데 그 낮은 음색에 가래 같은 것이 끼더니 이내 입에서 피가 대량으로 토해졌다. 의자에서 스르륵 무너져 내린 남자는 바닥에 엎어지고서 꼼짝도 하지 않았다.
 하야미는 이곳에서 도망치고 싶었지만 하반신에서 힘이 빠져나갔다. 격렬한 요의를 참아 내는 게 고작이었다. 떨어뜨릴 뻔한 랜턴을 곧바로 허공에서 다시 쥐었던 것은 냉정해서가 아니라 조명을 잃어버리면 암흑 속에 덩그러니 남겨진다는, 이른바 필사적인 발악이었다. 이 희미한 빛 속에서 벽에 웅크리고 있던 남자가 머리를 흐느적흐느적 흔들기 시작했다. 하얀 와이셔츠의 가슴 부분은 새빨간 액체에 젖어 있었다. 어깨 위에 얹혀 있는 남자의 머리가 몸통에서 거의 떨어져 나간 광경을 보고서 하야미의 목구멍에서 비명이 터져 나왔다. 남자의 머리는 불안정한 채로 흔들리다가 이윽고 제 무게를 견디지 못하고 바닥에 툭 떨어져 하야미의 발치로 굴러갔다. 하야미는 엉덩방아를 찧고서 복도로 기어갔다.
 참극의 방에서는 남자들의 목소리만이 쫓아왔다. 중얼거림과 비명, 그리고 착란에 빠진 아우성이었다. 그 속에 자신의 절규도 뒤섞여 구별할 수 없게 되자 하야미의 정신은 이 세계에서 유리되기 시작했다. 새카만 어둠에 갇힌 산장 안에서 홀로 빌빌 기면서 달아나려고 하는 자신의 모습을 어딘가 위에서 내려다보고 있었다. 어색한 손놀림으로 랜턴만을 감싼 채 계단을 구르다시피 내려와 토방 위를 무릎걸음으로 뒤뚱뒤뚱 나아가려는 자신의 모습은 마치 지옥에서 벗어나려는 죽은 자였다.

희미한 빛을 감지한 하야미는 네 발로 기다가 고개를 들었다. 1층 복도에 켜 뒀던 촛불이 현관으로 이어지는 도주로를 보여 주고 있었다. 이제 조금밖에 안 남았음을 깨닫고서 몸을 일으키려고 했더니 현관에서 바람이라도 불어닥쳤는지 촛불이 안쪽부터 순서대로 꺼져 갔다. 하야미는 단숨에 복도를 빠져나가려고 헐떡이면서 팔다리를 부리나케 놀렸다. 바로 그때 복도 맞은편에서 마루를 밟는 소리가 들려왔다. 어둠 속에서 빨간 코트를 입은 젊은 여성이 나타났다. 입을 반쯤 벌린 채 머리를 덜렁덜렁 흔들면서 이쪽으로 한 걸음 한 걸음 다가왔다. 그 머리는 도끼나 무언가에 찍혔는지 두 동강으로 쪼개져 있었다. 여자가 산 자일 리가 없다느니, 어째서 시체가 걸어 다니느냐는 의문 따윈 전혀 머릿속에 떠오르지 않았다. 하야미는 이미 제정신을 부지하지 못하고 토방 반대쪽으로 뛰기 시작했다. 뒷문에 머리부터 들이밀었다.

강한 충격에 나무문이 부서지더니 하야미의 목 윗부분이 산장 밖으로 불거졌다. 곧바로 구멍에서 고개를 집어넣고는 곧

이어 어깨부터 몸을 날렸다. 문이 경첩에서 빠지더니 뒷문이 열렸다. 그때 빨간 코트를 입은 여자가 바로 뒤까지 엄습하여 두 손을 흐느적흐느적 들어 올려 하야미의 어깨에 올리려고 했다. 하야미는 뭉개진 비명을 내지르고는 여자의 손을 뿌리치고서 산장 밖으로 뛰쳐나갔다.

다 저문 해가 미처 거둬들이지 못한 빛이 주변 삼림과 산장 외벽을 희미한 명암으로 구분했다. 하야미는 여러 번 휘청거리며 벽을 따라 집 정면으로 돌아 나갔다. 뒤를 돌아볼 여유 따윈 없었다. 팔로 두 눈을 보호하면서 초목이 우거진 급경사를 뛰어 내려가 세워 뒀던 차량 옆면에 매달렸다.

열쇠 구멍은 어딨어? 공포에 빠진 채로 하야미는 외투 주머니를 뒤졌다. 차 열쇠를 금세 발견했다. 그러나 비좁은 산길에서 차의 방향을 전환해야 한다는 사실을 깨닫고는 구역질이 심하게 났다. 운전석에 탑승한 뒤 시동을 자꾸 꺼뜨리면서 간신히 차를 발진시켰다. 방향을 전환하고자 하야미는 골짜기를 향해 운전대를 돌렸지만, 앞이 잘 보이지 않았다. 전조등을 켜는 걸 깜빡했다. 앗, 하고 알아차렸을 때에는 오래된 가드레일이 코앞으로 닥쳐왔다. 가까스로 늦지 않게 급브레이크를 밟아서 차가 벼랑 아래로 굴러떨어지는 사태를 모면했다. 하야미는 전조등을 켠 뒤 후진 기어를 넣고서 방향을 전환하고는 민가를 향해서 가속 페달을 맹렬히 밟았다.

아마기 산장은 뒤쪽에 깔린 어둠 속으로 멀어졌을 터였다.

그러나 두려워서 백미러를 들여다볼 수 없었다. 하야미는 오직 앞만 쳐다보며 산 자들이 사는 도시를 향해 오로지 달렸다.
　차는 아까 들렀던 촌락을 통과하여 어촌의 불빛이 반짝이는 해안 국도를 질주하여 이토 시가지에 들어설 때까지 한 번도 서지 않고 계속 달렸다. 영화관 앞을 오가는 행인들이 길을 가로막자 하야미는 비로소 브레이크 페달을 밟았다.
　백미러로 자신의 모습을 살펴보니 머리에서는 피가 났고, 머리카락은 붉게 젖어 있었다. 그러나 상처 부위는 거의 딱딱해졌다. 자신이 이렇게 살아 있는 게 신기했다. 강렬한 오한이 엉덩이부터 몸의 중심을 꿰뚫고서 치밀었다.

　하야미는 이튿날에 귀경했다. 전날 밤에 이토에 도착한 뒤로는 야간 운전을 할 마음이 생기질 않아서 눈에 띄는 온천 여관에 뛰어들었다. 여관 주인은 팔과 머리가 베인 하야미의 모습에 놀라 인근 의원으로 데려가서 치료를 받게 해 줬다. 하야미는 토요일 밤에 진찰을 해 줬던 친절한 의사에게 감사를 표하고서 "아마기산 속을 거닐다가 벼랑에서 떨어질 뻔했습니다."하고 설명해 뒀다.
　여관에서는 고맙게도 단체 손님이 밤새 연회를 벌이고 있었다. 하야미는 왁자지껄한 소음이 들려오는 로비 의자에 푹 앉아서 뜬눈으로 밤을 새웠다.
　허둥지둥 도쿄로 돌아온 하야미는 빌렸던 차량을 반납하고 하숙집으로 돌아간 뒤에 고열에 시달리며 앓아떨어졌다. 그래서 사흘쯤 결근해야만 했다. 기지마가 '아마기산에서 조사했던 건은 어떻게 됐나?' 하고 전보를 보냈지만 내버려 뒀다. 현지에서 겪었던 일을 조금이라도 떠올리려고 하면 다 떨어졌던 열이 금방 도질 것 같았다.

그 주 후반부에 드디어 직장에 얼굴을 비쳤더니 오하라 데스크가 놀란 기색으로 물었다.

"괜찮나? 아직도, 새파랗다."

"미열은 남아 있지만 괜찮습니다."

"아마기산은 어땠어?"

"아무것도 모르겠습니다만……."

하야미는 구역질을 참으며 말했다.

"문제의 산장에서 과거에 잔혹한 살인 사건이 벌어졌던 게 아닐까요?"

오하라가 몸을 앞으로 내밀었다.

"왜 그리 생각하지?"

"아니 그게……."

하야미는 말을 우물거렸다.

"박사가 그 산장을 '유령 저택'이라 불렀으니 그럴 만한 사건이 벌어지지 않았을까 싶어서."

오하라는 고개를 끄덕이다가 문득 하야미를 다시 쳐다보며 말했다.

"설마 너, 뭔가 봤냐?"

하야미는 대답하기가 궁했다. 자신은 대체 무엇을 봤던 거지?

"뭔가 봤다고 해도 신문기자로서 아무 말도 할 수 없어요."

오하라는 미간을 찡그린 채 하야미를 쳐다보며 "이상한 것에 홀렸던 거 아냐? 푸닥거리라도 받고 와라." 하고 말했다.

"어쨌든 앞으로는 산장에서 벌어졌던 사건에 초점을 좁혀야겠군."

"예."

하야미는 그렇게 대답하고서 박사의 유고에 적혀 있던 문장 하나를 또 떠올렸다.

―시신이 발견되지 않아야 한다.

살인이 벌어졌으나 시체가 발견되지 않았다면, 하고 하야미는 생각해 봤다. 아마기 산장에는 겉으로 드러나지 않은 처참한 살인 사건이 벌어졌던 게 아닐까? 그러나……. 하야미는 더 한 걸음 나아가 생각했다. 그렇다면 경찰조차 인지하지 못한 그 사건을 미조로 박사는 어떻게 알았을까?

"미조로라는 학자에 관해 이쪽에서도 조금 조사해 봤어."

오하라가 말했다.

"전쟁 중에 육군 방역급수부에 소속되어 대륙으로 넘어갔다고 하더군."

"전염병을 예방하기 위해서였겠군요?"

"그게 말이야."

오하라가 목소리를 낮췄다.

"그 부대에는 불온한 소문이 늘 나돌았어. 세균전 연구를 위해 현지인을 상대로 생체 실험을 거듭 자행했던 게 아니냐는 소문."

"그게 사실이라면 전쟁 범죄로 기소됐을 거 아닙니까?"

하야미가 묻자 오하라는 다른 질문으로 대답했다.

"진주군(進駐軍)이 연구 성과와 맞바꿔 전범 소추를 면제해 줬다면?"

하야미는 미간을 찡그렸다. 일본인과 미국인 모두 전쟁 속에서는 정의도 양심도 잃어버리고 마는 것인가?

"확증은 없는 얘기이니 밖에 누설하지 마."

오하라는 말을 계속했다.

"포로를 산 채로 해부했던 것으로 보이는 학자들이 미국한테서 거액의 보수를 받고서 당당히 학회로 복귀했다더라."

"설마. 그런 짓을 벌였다면 양심의 가책을 느끼고 연구를 제대로 수행할 수 없을 텐데."

"그럼에도 태연하게 살아갈 수 있는 게 바로 인간이야."

오하라는 말했다.

"자신한테 불리한 과거는 없던 것으로 애써 덮어 버리는 거지."

"하지만 그런 일이……."

하야미는 말을 하려다가 다물었다. 자기 자신도 불덩어리가 됐던 소녀를 못 본 척하고서 도망쳤음에도 신문기자의 특권을 내세우며 살아가고 있지 않은가.

하야미는 암담한 심정으로 13년 전의 세계 대전을 회고했다. 사람들이 아침에 깨어나 낮에 일하고 밤에는 잠자리에 드는 평범한 삶의 터전 위로 폭격기 편대가 날아들었다. 인근에 있던 학교와 민가, 채소 가게와 담배 가게에 거대한 소이탄이 싸라기처럼 퍼부어져 노인부터 갓난아기까지 사람들을 몰살했다. 일본인이 수많은 인간을 죽이고, 또 수많은 일본인이 살해됐던 그 전쟁. 미쳐 버린 인간 세상에서는 무슨 일이 벌어져도 이상하지 않다. 그리고 참사의 전모도, 그것을 초래했던 광기의 총량도 헤아려 보지 않은 채 인간 세상은 다음 그다음 계속해서 나아가다가 언젠가는 또 같은 곳으로 되돌아간다.

"미조로 박사는 전쟁터에 가서 무슨 생각을 했을까?"

오하라는 말했다.

자료실로 가면서 하야미는 오하라가 마지막에 뱉었던 물음을 생각했다. 전쟁터에서 엽기적인 실험에 종사하면서 죽음을 무수히 접하면 인간의 정신은 어떻게 바뀔까? 둔감해질까, 아니면 예민해질까.

미조로 박사가 어렸을 적부터 영혼에 이상하리만치 관심을 품었다고 할지라도 연구라는 형태로 푹 빠졌던 때는 전후였다. 역시나 박사의 경우에는 전쟁 중에 겪은 체험 때문에 병적인 흥미가 한없이 악화됐으리라 판단하는 게 자연스럽겠지. 그런 박사 앞에 처참한 살인이 벌어졌던 산장이 나타났으니 무슨 수를 써서라도 손에 넣으려고 했겠지.

하야미는 자료실 관리자에게 도움을 청하여, 쭉 늘어선 서고들 안에서 시즈오카현 항공사진을 찾아냈다. 국가 지리 조사소가 촬영했던 것으로 히가시이즈 지방의 사진을 두 장 찾아냈다. 표제에는 각각 '1950년(쇼와 25년)'과 '1955년(쇼와 30년)'이라고 적혀 있었다.

미조로 박사가 산장으로 이주한 뒤 행방불명됐던 때는 1951년이다. 하야미는 항공사진 두 장을 책상 위에 나란히 두고서 아마기산 속에 나 있는 가느다란 도로를 손가락으로 더듬으며 산장을 찾았다. 그러자 특징적인 급커브 바깥쪽에 있는 인공 건조물을 발견했다. 1955년 사진에는 숲 한편을 개간하고서 지은 산장이 작은 직사각형 모양으로 또렷이 찍혀 있었다. 그러나 5년 전 1950년에 그곳에는 숲만 펼쳐져 있을 뿐 건물의 윤곽은 보이지 않았다.

그 산장은 의외로 지어진 지 얼마 안 됐다고 하야미는 결론을 내렸다. 아무리 길게 잡아도 건설되고서 1년 반 뒤에 박사에게 넘어간 셈이었다. 다시 말해 산장에서 벌어졌던 참사를 밝혀내려면 그 짧은 기간에만 초점을 맞춰 조사하면 된다.

하야미는 새로운 단서가 자신의 등을 미는 것 같은 느낌이 들었다. 다 시들어 가던 마음에 채찍질을 하고서 다음 행보를 고민하기 시작했을 때, 사회부 아르바이트 학생이 하야미를 찾아 자료실에 들어왔다.
"아리무라 씨라는 분께서 전화를 거셨습니다."
학생이 건넨 전언 메모를 보니 '사진과 명부 건, 재방문 요망'이라고 적혀 있었다.
하야미는 자신의 부서로 돌아가 외출 채비를 마친 뒤 총총걸음으로 혼고에 위치한 대학교로 향했다.

지난번과 마찬가지로 아리무라 교수는 갈색 봉투를 들고서 회의실에 들어왔다. 그러나 이번 봉투는 노랗게 바래지 않은 새것이었다.
"수고를 끼쳐서 죄송합니다."
하야미가 감사를 표하자 교수는 "당시 주소록은 연구실 상자 안에서 금방 찾았어요." 하고 미소를 지었다. 그리고 봉투 내용물을 탁자 위에 꺼내며 말했다.
"우선은 이게 모든 행방불명자의 명부입니다."
그곳에는 '미조로 세이시로'를 비롯하여 연구자 다섯 명의 성명과 주소에 더해 연령과 직책이 적혀 있었다. 제자 중 최연장자는 마흔다섯 살 조교수이고, 최연소자는 스물두 살 학부생이었다.
"이 명부를 가져가도 되겠습니까?"
"부담 없이 가져가십시오."

아리무라는 계속해서 작은 단체 사진을 가리켰다. 그곳에는 연구자 열 명쯤이 나란히 찍혀 있었다.

"이 사진은 옆 생리학 교실에서 찾았습니다. 두 교실이 신년회나 어떤 행사 때문에 모였을 때 찍은 사진입니다."

아리무라는 그렇게 말하고서 사진을 뒤집었다. 그곳에는 만년필로 '미조로 박사 찍음'이라고 적혀 있었다.

"미조로 선생님이 직접 촬영했던 사진입니다."

하야미는 사진을 앞면으로 되돌린 뒤 거기에 찍혀 있는 사람들을 유심히 살펴봤다.

"해부학 교실의 면면들은 우측 절반에 찍혀 있습니다. 한가운데부터 나이순으로……."

아리무라가 손가락으로 가리키려고 하자 하야미는 "앗." 하고 외치며 사진을 떨어뜨렸다.

"왜 그럽니까?"

노교수가 물었는데도 하야미는 대답하지 못했다. 들고 있던 사진 속에는 아마기 산장에서 목격한 유령들이 찍혀 있었다.

2층 복도에서 봤던 장신의 남자도, 피를 토하고서 의자에서 무너져 내렸던 인물도, 참수당하여 숨이 끊어졌던 젊은이도, 머리가 쪼개진 처참한 모습으로 헤매고 돌아다녔던 빨간 코트 여자도 모두 작은 흑백사진 속에서 딱딱한 미소를 지은 채 이쪽을 보고 있었다.

반사적으로 느낀 공포 속에서 왜냐는 물음이 솟아올랐다.

이윽고 하야미의 두 팔은 마치 용수철이라도 삽입된 것처럼 의사에 반하여 덜덜 떨리기 시작했다. 발끝부터 머리에 걸쳐 모든 털이 꼿꼿이 곤두서는 느낌도 들었다. 미조로 박사의 유고가, 그리고 죽은 자들의 모습이 하야미에게 참극의 진상을 말하기 시작했다.

─시신이 발견되지 않아야 한다.

그리고 하나같이 천장을 올려다보고 있던 망자들.

하야미의 입속에서 중얼거림이 흘러나왔다.

"큰일이야."

아리무라는 걱정스레 하야미의 얼굴을 들여다보고 물었다.

"대체 뭐가 큰일이라는 겁니까?"

어서 산장으로 돌아가야 한다고 하야미는 생각했다. 마음 밑바닥에서 솟아오르는 이 공포를 억누르고서 아마기 산장으로 돌아가 증거를 확보해야만 한다.

─나, 유령을 보았도다.

"이 근처에 자동차를 빌릴 수 있는 곳이 있습니까?"

"혼고로(路)를 따라 내려가면 있어요."

"죄송합니다만, 오늘은 이만 실례하겠습니다. 무례를 용서해 주십시오."

하야미는 그렇게 말하자마자 탁자 위에 있던 사진을 움켜쥐고서 달려 나갔다.

차가 하코네에 접어들었을 즈음부터 하늘에는 먹구름이 퍼져 나갔다. 이즈 지방에 들어서면 비가 올지도 모르겠다.

사고만은 내지 않도록 주의하면서 하야미는 속도를 한계까지 올렸다. 이토를 지날 때까지 결정하지 못한 게 있었다. 아마기산 기슭에 정차하여 숯막 노인을 찾아가느냐, 아니면 산장으로 곧장 가느냐. 어디를 먼저 가느냐는 선택이었다. 숙고한 끝에 하야미는 후자를 택했다. 한시라도 빨리 자신이 세운 추론의 증거를 확보하고 싶기도 했지만, 그보다도 해가 지기 전에 산장에서 할 일을 끝내 두고 싶었다. 시각은 이미 오후 3시가 지났다. 최후의 취재는 시간과의 싸움이 될 듯했다.

아마기산으로 이어지는 분기점에 도달하여 그 음울한 산길에 들어가려고 하니, 역시나 망설임이 싹텄다. 그러나 죽은 자들의 목소리를 듣는 건 기자로서의 의무라고 스스로를 타이른 뒤 산장을 향해 운전대를 꺾었다.

꼬불꼬불하고 가느다란 길을 반 시간쯤 달리자 맞배지붕이 빚어내는 삼각형이 보이기 시작했다. 산장 꼭대기가 우중충한 하늘을 배경 삼아 검은 윤곽을 드러내고 있었다.

브레이크 페달을 밟은 하야미는 지난번과 똑같은 전철을 밟지 않도록 차량을 유턴시키고서 정차했다. 그러고는 결심을 굳히고서 차 밖으로 나간 뒤 나뭇가지와 잡초를 잡고서 산장으로 이어지는 급경사를 올랐다.

자물쇠가 부서진 현관문이 숲에서 불어오는 바람에 희미하게 흔들렸다. 하야미는 그곳이 아닌 외벽을 따라 뒷문으로 향했다. 지난번에 도망치면서 떨어뜨렸던 랜턴이 어딘가에 남아 있을 터였다. 그 물건은 하야미가 뚫어 버린 뒷문 아래, 토방 입구 부근에 있었다. 다행히도 유리 등피는 깨지지 않아서 안에 담겨 있는 연료도 새지 않았다.

하야미는 랜턴에 불을 붙인 뒤 토방에서 욕실, 그리고 침대가 놓여 있는 작은 방을 순서대로 돌아다녔다. 그는 지하 입구를 찾고 있었다. 자신들이 죽어 가는 모습을 거듭하여 보여 줬던 유령들. 그들은 지하에 갇혀 버린 인간들이 그러고 있기에 늘 천장을 올려다보고 있었던 게 아닐까? 발견되지 않았던 시신도 아마 그곳에 있으리라.

발치를 비추면서 마루판을 일일이 살펴보다가 하야미는 사람이 속삭이는 목소리를 여러 번 들었다. 2층 복도를 돌아다니고 있는 발소리도 들었다. 그때마다 모골이 송연해지는 기분을 맛보면서도 조금만 더 기다려 달라고 마음속으로 애원했다. 나는 당신들을 엄습했던 참극의 진상을 밝혀내려 왔다고. 한동안은 방해하지 말아 줘.

마지막으로 들어간 창고에서 하야미는 드디어 지하 입구를 찾아냈다. 방치되어 있던 둥그스름한 난로를 치우고서 아래에 깔려 있던 마루판을 하나씩 흔들어 나가니 그중 하나가 살짝 움직였다. 그것을 뜯어 내자 이번에는 반원형을 띠는 금속 고리를 발견했다. 하야미는 옆에 놓여 있던 갈고리를 걸고는 두 발로 단단히 버티면서 끌어올려 봤다. 그러자 바닥 콘크리트가 들리더니 한 변이 90센티미터쯤 되는 구멍이 열렸다.

하야미는 그 근처에 몸을 굽혀 랜턴을 집어넣고서 지하를 들여다봤다. 그 순간, 구역질을 일으키는 이상한 악취가 코를 찔렀다. 무슨 냄새인지는 모르겠다. 오랫동안 지하에 유폐됐던 죽은 자들의 원한이 타고 남은 연기일지도 모르겠다.

외투 소매로 코를 막으면서 하야미는 다시금 개구부를 들여다봤다. 목제 계단이 지하 바닥을 향해 설치되어 있었다.

바깥에서 창고에 새어드는 빛은 이제 미약해졌다. 하야미는 왼손으로 랜턴을 들고서 오른손으로는 계단 가장자리를 더듬으며 한 칸씩 신중히 내려갔다.

지하 공간은 상상 이상으로 깊어서 계단이 영원히 이어지는 게 아닌지 불안할 정도였다. 3미터는 내려갔을까, 드디어 바닥에 도달한 하야미는 신발 밑창에 전해지는 콘크리트 감촉을 확인하고서 몸을 서서히 한 바퀴 돌리며 주변을 꼼꼼히 둘러봤다.

넓은 지하실 안에서 가장 눈에 띈 것은 계단 근처에 놓여 있던 모양새가 튼튼한 나무 의자와 등받이에 축 늘어져 있는 가죽제 구속구였다. 그 아래에는 찢겨서 넝마가 된 의복, 그리고 두개골 두 개가 굴러다녔다.

하야미는 뒤이어 안쪽 벽으로 걸어가다가 검붉게 변색된 빨간 코트를 발견했다. 그곳에 있는 작은 머리뼈 윗부분에는 쪼개진 흔적이 있었다. 창고에 있던 도끼가 흉기로 쓰였으리라고 하야미는 추측했다.

마지막으로 지하실 중앙으로 돌아가서 바닥에 널브러진 신사복 한 벌과 어지럽게 흩어져 있는 하얀 뼛조각을 살펴봤다. 쓰러져 있는 사람의 뼈는 가슴 윗부분이 자잘하게 깨져 있었다.

이 신사복을 입었던 인물의 몸에 무슨 일이 벌어졌는지 한동안은 알아채지 못했다. 그런데 검은 테 안경의 잔해를 발견했더니 비로소 참사의 상황이 보이는 듯했다.

2층의 그 방에서 순식간에 꺼진 것처럼 상반신이 찌부러진 채 쓰러졌던 중년 남성의 유령. 그리고 미조로 박사의 유고에 적혀 있던 문장. '사망자 본인이 인지하지 못하고 갑작스럽게 사망해야 한다.'

하야미는 그곳에 선 채로 바로 위를 올려다봤다. 금속제 기둥에 굵은 쇠사슬이 축 늘어져 있는데, 거기에 달린 거대한 추가 살짝 흔들리고 있었다.

하야미는 자신의 추론이 맞았음을 확신했다. 그때 산장 위에서 지하로 이어지는 계단을 내려오는 발소리가 희미하게 들렸다. 하야미의 뺨에 난 털이 쭈뼛쭈뼛 곤두섰다. 이런 상황을 예상했어야 했다며 하야미는 후회했다. 어째서 아무런 대비도 하지 않고 이곳으로 훌쩍 와 버렸던가.

발소리는 서서히 커졌다. 한쪽 다리부터 양다리, 몸통, 그리고 머리까지 인간의 전신상이 서서히 드러났다. 숯막지기 노인은 하야미가 갖고 있는 것과 동일한 랜턴을 들고서 살육의 방으로 내려왔다.

"꼼짝 마."

노인이 말했다. 그의 오른손에는 거멓게 빛나는 무언가가 들려 있었다. 하야미가 전후 암시장에서 몇 번 본 적이 있는 자동식 피스톨이었다.

상대의 의표를 찌른다면 살 수 있을지도 모른다고 마음을 다잡고서 하야미는 달려가려고 발을 내디뎠다. 그 모습을 보고서 노인이 곧바로 발포했다. 주저하는 기색은 터럭만큼도 보이지 않았다. 총성이 지하 공간을 뒤흔들더니 하야미의 귓가에 바람을 날카롭게 가르는 소리를 남기고서 탄환이 날아갔다. 상대에게 위협을 주고자 일부러 빗맞혔는지, 아니면 진심으로 하야미의 머리를 뚫어 버리려고 했는지는 모르겠다.

하야미는 귀울림이 멎기를 기다리고서 말했다.

"숯막에서 여길 드나들며 심령 현상을 계속 관측하고 있었나?"

미조로 박사가 대답했다.

"그렇다, 용케도 알아챘군."

유령이 출현할 수 있는 환경 조건을 완전히 충족한 기묘한 산장. 그곳에서 행방불명된 연구원은 다섯 사람, 그리고 하야미가 본 유령은 네 사람이었다. 유령으로 변한 이는 모두가 미조로 박사와 동행한 사람들이었고, 그 이외에 사망자는 없었다.

"당신은 유령 저택을 손에 넣으려고 했던 게 아냐. 유령 저택을 만들려고 했지."

"그 말대로야. 건물을 짓기만 해서는 유령 저택이 될 수 없으니까. 그 안에는 유령이 될 사망자가 필요해."

미조로는 화려한 장식을 과시하듯 랜턴을 돌리면서 백골 유해가 흩어져 있는 지하실을 비췄다.

"난 그들의 육체에서 영혼만을 뽑아 줬어."

"살해된 사람들한테 미안하지도 않나?"

"미안하기는. 과학적 탐구 앞에서 인간의 생명 따윈 아무렇든 상관없어. 페스트균에 감염된 인간이 어떻게 죽어 가는지, 살아 있는 임산부의 태내가 어떻게 되어 있는지, 핵폭발로 인간을 얼마나 죽일 수 있는지, 의문이 생기거든 뭐든지 실험하면 그만이야. 영혼이 있는지 없는지 연구하고 싶다면 실제로 사람을 죽여 보는 게 제일이지. 그것도 되도록 처참한 방법으로 말이야."

인간이라는 존재에 대한 혐오와 전율이 하야미의 온몸을 떨리게 했다. 그러나 미조로는 괘념치 않고 득의양양하게 계속 떠들었다.

"그리고 실험은 대성공이었다. 자네도 이 산장에서 봤겠지. 상식으로는 헤아릴 수 없는 수많은 초자연 현상을. 죽었는데도 이 세상을 방황하는 괴물들의 모습을."

"괴물은, 너야."

"마음대로 지껄여. 어쨌든 이 산장은 내 것이야. 아무한테도 못 넘겨줘."

랜턴 빛에 드러난 미조로의 얼굴이 요사스럽게 일그러졌다.

"자, 실험 재개. 자네의 육체에서 영혼을 뽑아내 주지. 자네는 영혼뿐인 존재로 이 세상에 머무르는 거야."

미조로는 하야미에게 총을 들이댄 채 노인답지 않은 매끈한 몸놀림으로 계단 뒤편으로 팔을 뻗었다. 하야미는 박사가 그곳에 숨겨져 있던 어떤 레버를 당기는 모습까지만 봤다. 그 직후에 머리가 쪼개졌던 여자가 섬광처럼 눈앞에 나타났다. 기겁하여 펄쩍 물러선 하야미의 바로 앞에 천장에 달려 있던 추가 굉음과 함께 낙하했다.

무슨 일이 벌어졌는지 두 산 자들이 인식하기까지 한순간 시간이 걸렸다. 살아남은 하야미는 도망칠 기회가 지금밖에 없다는 걸 직감하고서 계단을 향해 맹렬히 뛰어 나갔다. 요격하는 것 같은 위치에 서 있는 미조로는 피실험체를 놓칠세라 총을 난사하기 시작했다.

귀청을 찢는 총성이 이어지는 와중에 하야미는 들고 있던 랜턴을 내던졌다. 등화구가 빙글빙글 회전하며 지하실을 비추면서 미조로에게 곧장 날아갔다. 거의 동시에 발사된 탄환이 등유 탱크를 뚫었고, 공중에 확 번진 화염이 미조로의 머리 위로 쏟아졌다.

"아악, 뜨거워!"

어깨 윗부분이 불에 타오르자 미조로는 망측하게도 두 팔을 마구 휘두르며 외쳤다.

하야미는 이쪽으로 쓰러지며 덮치려는 미조로를 발로 차 버리고 지상으로 도망치려고 했다. 그러나 상대는 불에 휩싸였으면서도 두 팔로 하야미의 종아리에 매달렸다. 화염은 하야미의 바짓자락뿐만 아니라 나무 계단에도 옮겨붙기 시작했다. 계단이 불에 타서 떨어진다면 유일한 탈출로가 막히고 만다. 하야미는 피부를 태우는 고열을 견디며 사력을 쥐어 짜냈다. 그러나 단말마의 고통에 겨워하면서도 미조로는 그보다 억세게 매달렸다.

아무리 발악을 해도 광기에 찬 학자를 뿌리칠 수 없었다. 나는 죽는구나, 하고 하야미는 각오했다. 미조로와 함께 지옥 같은 땅속에 갇힌 채 작열하는 화염에 몸부림을 치면서 죽어 가겠구나.

그때 갑자기 두 다리를 짓누르고 있던 힘이 느슨해졌다. 발치를 보니 지하실 바닥에서 윤곽이 모호한 네 명의 실루엣이 일어서서 미조로의 윗몸을 덮치려는 참이었다. 계단에서 떼어진 미조로는 의미를 알 수 없는 말로 절규하면서 마룻바닥에 쓰러졌다. 이미 계단 아래에서는 검은 연기가 피어오르고 있었다. 하야미는 미쳐 버린 학자의 최후를 끝까지 지켜볼 겨를도 없이 지상으로 뛰어 올라갔다.

창고로 기어 올라간 하야미는 외투를 벗어 두 다리를 감싸

서 지글거리는 불을 껐다. 지하실을 들여다보니 더욱 거세진 화염이 계단을 따라 뒤를 쫓아왔다. 하야미는 저주받은 산장을 모조리 태워 버리자며 등유통에 든 기름을 바닥에 마구 뿌리고서 밖으로 뛰쳐나갔다.

목조 가옥은 안에서 덮친 업화(業火)에 잠시도 버텨 내지 못했다. 화염의 기세는 하야미의 예상을 훌쩍 뛰어넘었다. 1층 창문에서 연기가 뿜어지더니 순식간에 불길이 외벽을 뒤덮어 나갔다. 불기둥이 맞배지붕에까지 다다랐을 때 하야미는 산불이 벌어질까 우려하여 지역 소방서에 알리려고 차로 달려갔다.

그때 비가 내리기 시작했다. 앞유리창 너머로 하늘을 올려다보고서 하야미는 은혜로운 비라고 생각했다. 아마기산에 쏟아지는 봄비가 불이 숲에 번지지 않도록 틀어막았다.

머지않아 활활 타오르던 아마기 산장은 포효와도 같은 엄청난 소리를 내면서 무너졌고, 산림을 뻘겋게 비추던 빛도 사라졌다.

하야미는 차에서 내려 진화된 것을 확인하고자 어스름이 되돌아온 급경사를 다시 올랐다. 산장은 벽 밑 부분 외에는 흔적도 없었다. 콘크리트 기초 위에 무참한 잔해만이 드러났다.

하야미는 숨을 휴우, 내뱉고서 차로 돌아가려고 했다. 그런데 그때 화염이 꺼진 잿더미에서 하얀 연기 네 줄기가 피어올랐다. 길게 뻗친 새하얀 연기는 바람이 부는데도 꺼지지 않고 하늘로 천천히 올라갔다. 그 후에 땅속에서 어둠보다도 더 시커먼 연기가 뿜어졌다. 그러나 새카만 기체는 주변을 기어 다니다가 빨려들듯 땅속으로 사라졌다.

그것이 하야미가 본 유령 저택의 최후였다.

세간의 열기가 식었을 즈음에 하야미는 비로소 시간을 짜내어 옛 친구와 재회했다.

모든 것의 출발점이었던 요리점에서 얼굴을 마주하자 기지마가 하야미의 노고를 위로했다.

"고생 많았네. 우리 사장도, 슈도 씨도 네가 해 준 일에 감사하고 있어."

"정말? 산장을 잿더미로 만들었는데도 화를 내지 않았어?"

"아니, 아니. 아무튼 그런 사건이 벌어졌던 건물이잖나. 철거할 수고를 덜었다며 기뻐하더라. 게다가 택지로 삼을 수 없는 땅이어서 자산 가치도 거의 없었고."

기지마는 하야미의 잔에 술을 따르고서 말했다.

"너도 무사해서 다행이야."

"그래. 그 후에 뒷수습하느라 조금 고생했지만."

하야미는 아마기산에서 내려온 뒤 지역 파출소로 달려가 사건을 전했다. 산장이 불타서 무너졌다고 말하자 경찰은 방화 혐의로 하야미를 조사했다. 그러나 결국 죄를 묻지는 않았다. 수사에 나섰던 시즈오카 현경이 하야미의 주장을 뒷받침하는 여러 물증을 발견했기 때문이었다.

산장 잿더미에서 나온 불에 탄 시체 한 구와 네 사람의 인골. 모든 시신의 치형(齒形)을 조회했더니 행방불명된 연구자 다섯 명으로 판정됐다. 같은 장소에서 발견된 여러 무시무시한 고문 도구는 하야미의 행위를 정당방위로 인정하기에 충분한 증거였다. 그리고 현장에서 10킬로미터 떨어진 숯막에는 미조로 박사가 적은 일지도 남아 있었다.

그 수기에 따르면 박사는 하야미가 예측했던 대로 제자들을 산장에 모은 뒤 한 사람씩 지하실로 꾀어내어 학살을 거듭했다. 그 후에는 스스로도 실종된 것처럼 꾸미기 위해 전후에 시행된 본적 재생 절차를 악용하여 타인의 호적을 취득했다. 그리고 다른 사람인 척 행세하면서 숯막에 은거했다.

일지에는 제자들이 사망한 뒤 무려 7년에 걸친 '관찰 기록'도 포함되어 있을 텐데, 끝끝내 공표되지 않았다. 취재진이 캐묻자 수사 책임자는 '광인의 망상을 언급하는 건 바람직하지 않다.'라는 말로 넘어갔다.

박사가 계속 관측했던 심령 현상은 결국 한 번도 세상에 공개되지 않았다.

"그러고 보니 내가 들은 그 속삭임은 뭐였을까?"

기지마는 고개를 갸웃거렸다.

"넌 유령을 못 봤어?"

하야미는 주저하다가 "지금은 말하지 않겠어."라고 대답했다.

"뭘 그리 애태우는 거야? 기사로 나올 때까지는 비밀이야?"
"뭐, 쓸 수 있는 데까지 써 보기야 할 테지만."
하야미는 그러고 나서 말을 끊었다. 자신이 겪은 체험의 자초지종을 막 구입한 외국산 만년필로 집필하려고 마음먹었지만, 그 원고가 기사로 게재될 가능성은 거의 없으리라.
"이제 유령이니 뭐니, 그런 이야기에는 눈길도 주지 않겠지. 세상은 바뀌었어."
"그러게. 이 요리점도 이제 곧 간판을 내린다는군."
기지마는 노포 요리점의 객실을 둘러봤다. 샤미센을 연주하는 소리가 어디선가 들렸다.
"이 나라는 바뀌어 가겠지. 풍경부터 시작해서 모든 게."
"맞아."
하야미는 수긍한 뒤 술잔을 입으로 옮기면서 시간의 저편으로 사라져 가는 이매망량을 골똘히 생각했다.
사람의 모습을 띤 괴물들이 시대와 이름을 바꾸어 언제 다시 이 나라에 발호할지, 그걸 감시하는 것이 펜을 쥔 자의 소임이리라는 생각이 들었다.

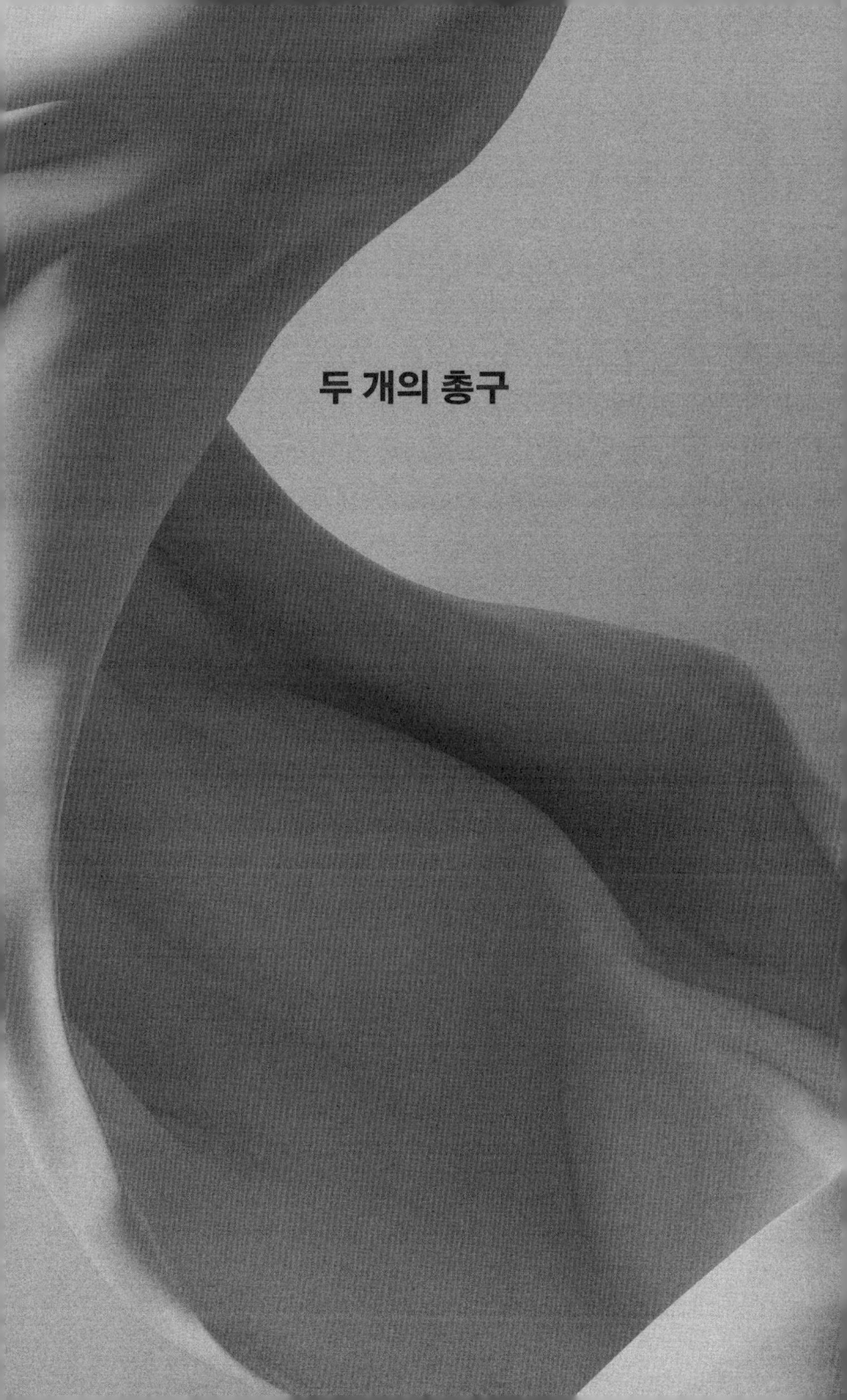
두 개의 총구

탕, 하는 나직한 파열음을 듣고 이시야마 겐타는 생각했다.
설마 총성인가?
자동차에서 나는 백파이어 소리와는 명백히 달랐다. 뱃속을 뒤흔들어 쩔쩔매게 하는 폭발음. DVD로 자주 보는 할리우드 액션 영화에서 익숙한 사운드였다. 더욱이 그것은 단발이 아니라 몇 차례 간헐적으로 울렸다.
이시야마는 들고 있던 대걸레를 벽에 세우고서 4층 창문 밖으로 몸을 내밀었다. 골든위크 연휴 중이라서 도쿄도 안은 한산했다. 늦은 오후인데도 왁자지껄했던 평일이 거짓말인 듯했다. 이시야마는 소리가 들린 방향을 눈으로 좇았다. 트럭들이 늘어서 있는 운송 회사의 낮은 건물. 그 맞은편에는 관공서 같은 어떤 시설이 있었다. 귓속에 남은 느낌으로 미루어 보건

대 소리는 더 멀리서 들렸다. 고속도로 고가교가 지나는 저 부근이 아닐까?

사람들의 비명이나 경찰차의 사이렌 소리도 들리지 않았다. 범죄가 만연한 로스앤젤레스도 아니고 말이야, 하고 이시야마는 창가에서 떨어졌다. 잘못 들었겠지. 단조로운 일을 하다가 한숨을 돌리기에는 딱 좋았다.

바닥에 왁스를 칠하는 작업에 복귀하려고 했더니 "이시야마!" 하고 외치는 아저씨의 목소리가 아래층에서 울렸다. 1층에서 5층에 걸쳐 설치된 비좁은 계단 공간에 되울렸다.

"예!"

이시야마는 대답하면서 4층을 떠났다. 엘리베이터가 없는 현장은 이래서 싫다. 좁은 계단을 한 칸씩 내려갔다. 열 칸쯤 내려가면 나오는 층계참에서 방향을 튼 뒤 다시 그만큼 내려가면 아래층에 도착한다. 곧바로 오른쪽으로 꺾어야만 하므로 3층, 2층, 그리고 1층에 다다랐을 즈음에는 눈이 핑핑 도는 기분이었다.

아저씨는 계단 아래 좁은 공간에 있었다. 방화 셔터가 닫혀 있어서 1층은 두 평밖에 되지 않았다.

"이제 4층이랑 5층만 남았군."

아저씨가 말했다. 이시야마와 동일한 작업복으로 작은 몸집을 감싸고 있었다. 가슴에는 '교와 빌딩 메인터넌스'라는 상호가 수놓아져 있고, 팔에는 이 학교를 출입하는 업자임을 나타내는 완장이 둘러져 있었다.

이시야마는 고개를 끄덕였다. 위쪽 두 층 바닥에 왁스를 바르면 이 지긋지긋한 현장은 끝난다. 6년 동안 일관 교육*을 실시하는 사립학교. 1500명의 학생들이 이용하는 제3교사 재단장 공사를 모두가 놀고 있는 연휴 중에 끝마쳐야만 한다.

"잠깐 회사에 얼굴 좀 비치고 올게. 남은 일 좀 하고 있어."

"예."

"한 시간이면 돌아올 거야."

아저씨는 그렇게 말하고서 방화 셔터에 설치된 금속제 문을 열었다. 그러고는 난감해하며 돌아봤다.

"열쇠를 어떻게 해야 하나?"

작업 현장 열쇠는 책임자가 관리하도록 되어 있었다. 아르바이트생으로서 일한 지 얼마 안 된 이시야마에게 맡겨도 될지 고민하는 거겠지.

"잠그고 가세요."

이시야마는 말했다.

"나중에 무슨 일이 생기면 귀찮아지니까요."

"알겠다."

아저씨는 열쇠를 쥐고서 문밖으로 나갔다.

문 맞은편에서 잠그는 소리가 들렸다. 셔터 자체는 전동식

---

* 중학교와 고등학교를 통합하여 6년제로 운영하는 교육 시스템.

으로 열리고 닫히지만, 스위치는 맞은편에 있다. 이시야마는 5층짜리 학교 건물에 갇힌 셈이었다.

사람 하나 없는 학교는 을씨년스러웠다. 이시야마는 작업복 가슴 주머니를 뒤져서 넣어 뒀던 이어폰을 꺼냈다. 카드형 FM 라디오만이 작업의 지루함을 달래 주는 유일한 도구였다. 두 귀를 막는 포터블 오디오는 사용하지 말라고 고용주가 금지했다.

FM 방송국의 주파수에 맞췄다. 옛날 시대에 유행했던 팝송이 들렸다. 리듬에 맞춰 발장단을 치면서 이시야마는 생각했다. 1층에서 3층 바닥에 발랐던 왁스는 이미 말랐을 것이다. 지금 세 개 층의 창문을 닫고서 불을 꺼 두자. 그러면 아저씨가 돌아오자마자 바로 철수할 수 있다.

1층은 좁은 계단 공간 말고는 아무것도 없다. 학생식당과 매점이 동일한 층에 있지만, 방화 셔터 밖에 있었다.

이시야마는 2층으로 올라갔다. 실내화 수납장이 늘어선 짧은 복도와 막다른 곳에 있는 널찍한 검도장. 복도 반대편에는 화장실.

운동화를 벗고서 60평쯤 되는 넓은 도장에 오른 뒤 새시를 하나씩 닫아 나갔다. 도장 정면에는 넓은 도코노마*가 있고, 좌우 벽에는 문이 하나씩 있다. 탈의실과 교원 준비실인 듯했

---

* 일본식 방에 한층 높게 만들어 둔 곳. 벽에는 족자를 걸고 바닥에는 장식물을 놓아둔다.

다. 양쪽 내부를 다 들여다보고서 창문이 닫혔는지 확인했다.

마찬가지로 3층도 복도에 발랐던 왁스가 말랐는지 확인하고서 막다른 곳에 있는 유도장에 들어갔다. 이곳에는 다다미가 펼쳐져 있어서 가장자리에 깔린 마루에만 왁스를 칠했다. 탈의실과 교원 준비실과 창문을 확인한 뒤 도장을 나오면서 벽 스위치를 찾아 불을 껐다. 유도장이 예상보다 더 짙은 어둠에 휩싸였다. 해가 거의 다 저물었다. 이시야마는 아저씨가 얼른 돌아왔으면 좋겠다고 생각하면서 조금 불안해졌다. 밤이 드리운 학교는 꽤 무섭지 않은가.

4층으로 돌아온 이시야마는 대걸레를 들고서 왁스칠을 재개했다. 복도 옆에 있는 음악실과 끝에 있는 미술실. 양쪽 모두 넓이가 30평쯤 됐다. 마루 재질이 각각 달라서 수성과 유성 왁스를 구분해서 사용해야만 한다. 적당량을 타일 위에 떨어뜨린 뒤 대걸레로 퍼뜨려 나갔다.

이렇게 교실을 청소하고 있으니 불과 몇 년 전이지만 고등학생이었던 시절이 그리워졌다. 이름도 없는 대학에 진학하여 졸업한 뒤 프리터*가 되리라 꿈에도 생각하지 않았던 시절.

두 교실과 복도를 칠한 뒤 4층 작업을 종료했다. 여기까지 했으니 이제는 수월하다. 라디오에서 10대 시절에 인기를 끌었던 곡이 흘러나왔다. 이시야마는 음악에 푹 빠진 채 바로 위

---

* 프리(free)와 아르바이터(Arbeiter)의 합성어로, 일본에서 정규직 이외의 취업 형태로 생계를 유지하는 사람을 말한다.

인 최상층으로 올라갔다.
 5층은 좁다. 2평쯤 되는 비품창고뿐이었다. 안쪽에 있는 철문은 아마도 옥상으로 이어지는 출입구이리라. 얼른 끝내 버리자며 왁스를 바닥에 뿌리고 있으니 금속이 삐걱거리는 소리가 희미하게 들렸다. 이시야마는 내려가는 계단 쪽을 돌아봤다. 형광등 불빛이 음울하게 깜빡이고 있었다. 금속음은 저 멀리서 울리는 듯했다.
 무슨 소리일까 싶어서 고개를 갸웃거리다가 비로소 알아챘다. 1층 방화 셔터가 올라가는 소리였다. 아저씨가 돌아온 게 틀림없다. 그런데 어째서 금속문이 아니라 셔터를 통째로 열고 있는 거지? 문 열쇠를 갖고 갔을 텐데.
 이시야마는 계단 가까이에 가서 라디오 이어폰을 빼고는 아래층을 향해 외쳤다.
 "아저씨! 이쪽은 곧 끝납니다!"
 대답이 없었다. 난간 틈새로 몸을 내밀어 1층까지 확 트여 있는 공간을 들여다봤다. 그러나 아저씨의 모습은 보이지 않았다.
 언젠가 이리로 올라오겠지. 내일 시공주에게 현장을 인도하기 전에 아저씨가 자신의 눈으로 작업 상태를 확인해 둬야만 하니까.
 비품창고로 돌아가려고 했던 이시야마는 멀리서 경찰차 사이렌 소리가 들려오자 발걸음을 멈췄다. 창밖, 아까 총성 같은 파열음이 울렸던 부근이었다. 이제야 알아챘는데 상당히 전부터 사이렌 소리가 울렸던 듯했다.

"아저씨! 밖에 무슨 일 있습니까!" 하고 아래를 내려다보며 물었지만, 역시나 대답은 없었다. 작업을 어서 끝마치자고 마음먹고서 대걸레로 바닥을 닦기 시작했다.

이어폰을 귀에 다시 꽂자 추억의 노래가 갑자기 끊어지더니 아나운서의 목소리가 끼어들었다.

"……음악이 나오던 도중입니다만, 무차별 살상 사건이 발생했다는 뉴스를 전해 드립니다. 방금 전 오후 4시 50분경에 메구로구 대교 위에서 엽총 두 자루를 소지한 남자가 행인을 향해서 발포했습니다. 네 명을 사살, 다섯 명에게 중경상을 입힌 뒤 도주했습니다."

이시야마는 대걸레를 움직이던 손을 멈췄다. 아까 들었던 폭발음은 역시나 총성이었나?

"현장 주변에 많은 학교와 도서관이 있어서 범인이 안으로 도주할 우려가 있으니 인근 주민께서는 주의해 주십시오. 자세한 정보가 들어오는 대로 수시로 전해 드리겠습니다."

중간에 끊어졌던 음악이 다시 서서히 흘러나왔다. 이시야마는 한동안 멍하니 서 있었다.

현장 주변에 많은 학교와 도서관이 있어서 범인이 안으로 도주할 우려가 있으니…….

이시야마는 이어폰을 홱 빼내고서 귀를 기울였다. 이쪽으로 다가오는 발소리가…… 누군가가 한 칸, 한 칸씩 계단을 오르는 발소리가 들렸다.

이시야마는 비품창고를 나와 계단 가장자리에서 아래를 엿봤다. 거친 숨소리가 났다. 그 낮은 목소리는 명백히 아저씨의 것이 아니었다.

설마, 하고 머릿속에서 떠오른 공상을 필사적으로 떨쳐 내려고 했다. 그러나 의지와는 정반대로 싸늘한 냉기가 등골을 훑고 지나갔다. 발소리는 2층에서 3층 사이에서 들리는 듯했다. 멈추지 않고 이쪽으로 올라오고 있었다. 대체 누구지? 누가 이 건물에 침입한 거지?

앗, 하고 나올 뻔했던 목소리를 이시야마는 황급히 삼켰다. 엿보고 있는 계단 아래, 여러 겹이나 겹쳐진 난간 사이로 검은 원통이 어른거렸다. 총구다. 엽총을 소지한 남자가 이시야마가 있는 최상층을 향해 올라오고 있었다.

숨이 턱 막혔다. 아까 셔터를 연 사람이 아저씨인 줄 알고 크게 부르고 말았다. 왜 쓸데없는 짓을 저질렀느냐고 자책했다. 침입자는 이 건물에 다른 사람이 있다는 걸 알고 있다.

난간 틈새로 보이는 총구가 3층에서 4층으로 향하고 있었다. 이시야마가 있는 5층에 곧 도착하리라.

이시야마는 숨을 고르며 굳어 버린 두 다리를 억지로 바닥에서 떼어 냈다. 조금이라도 소리가 날까 발을 살금살금 내딛으며 비품창고 안쪽으로 가서 옥상으로 이어지는 철문을 밀어 열려고 했다. 손잡이를 돌렸을 때 희미한 소리가 들렸다. 순간 가슴이 철렁했지만, 이 정도는 듣지 못했으리라 애써 믿었다. 그대로 상체로 밀어서 문을 열려고 했다. 그런데 열리지 않았다. 잠겨 있었다.

 아래에서 들리는 발소리가 바로 아래인 4층에 도달했다. 이제 도망칠 데가 없다고 생각하자마자 요의가 맹렬히 밀려들었다. 어쩌지? 어쩌면 좋지? 이 좁은 비품창고에 몸을 숨길 만한 곳은 어디에도…… 바닥에 펼쳐져 있던 파란색 비닐 덮개가 눈에 꽂혔다. 이거다. 이거밖에 없다. 덮개 끝을 살며시 들어 올리고는 바닥에 놓여 있는 페인트통과 접사다리 사이에 몸을 비집고 들어갔다.

 누군가가 최상층까지 왔다. 귀가 바닥에 닿아 있어서 발소리가 생각보다 더 크게 울렸다. 비닐 덮개와 타일의 좁은 틈새로 남자가 신은 스니커즈가 보였다. 한 걸음 한 걸음, 이시야마를 향해 다가왔다. 이미 발각된 게 아닐까? 상대는 자신이 덮개 아래에 몸을 숨겼음을 알아챈 게 아닐까?

 발이 멈췄다. 바닥에 납작 누워 있는 이시야마의 머리맡이었다. 부스럭, 하는 소리가 들리더니 머리에 가벼운 압력이 느껴졌다. 이시야마는 모골이 송연해졌다. 침입자가 총 끝으로 비닐 덮개를 찌르고 있었다. 누군가가 숨어 있지 않은지 찾고 있었다.

 부스럭.

덮개를 누르는 소리가 더 가까워졌다.

부스럭.

침입자의 두 발이 또 한 걸음 이리로 다가왔다.

부스럭.

다음에 찌른다면 틀림없이 자신의 머리를 건드릴 것이다.

이제는 버티는 수밖에 없었다. 이시야마의 입에서 공포의 비명이 터져 나오려고 했다.

"여긴 메구로 경찰서 공보 차량입니다."

확성기에 대고 말하는 여성의 목소리가 교사 안에 흘러들었다. 경찰차가 아래에 있는 도로를 달리고 있는 듯했다.

숨을 헉, 삼키는 소리가 들리더니 발소리가 비품창고에서 계단실 쪽으로 나갔다.

"아까 이 부근에서 발생한 무차별 살상 사건의 범인이 현재도 도주 중입니다. 범인이 부근에 잠복해 있을 가능성이 있으니 문단속에 각별히 유념해 주시고, 외출은 되도록 삼가십시오."

이시야마는 청각에만 의존하여 침입자의 동태를 살피고 있었다. 확성기 음성이 멀어지자 발소리가 창가에서 벗어났다. 다시 비품창고로 돌아올까 싶어서 두려웠지만, 신발의 고무 밑창이 바닥을 스치는 소리가 아래층으로 내려갔다.

그러나 아직 안심할 수는 없었다. 언젠가 저 남자가 돌아온다면 이번에야말로 틀림없이 발각되겠지. 여기에 계속 머무는 건 위험하다. 경찰에 도움을 요청할 수 있으면 좋으련만,

휴대전화는 다른 개인 소지품과 함께 작업용 차량에 놔두고 와 버렸다.

초조한 마음을 억누르고서 필사적으로 머리를 굴리다가 '그래, 바로 셔터야.' 하고 깨달았다. 엽총을 소지한 남자는 1층 방화 셔터의 개폐 버튼을 누르고서 안으로 들어왔다. 그렇다면 지금도 셔터는 여전히 열려 있지 않은가.

이시야마는 머릿속으로 건물 구조를 떠올렸다. 계단이 있는 공간은 건물 측면에 위치한다. 침입자가 복도나 교실, 도장 안에 있다면 계단은 사각지대일 것이다. 적의 눈을 따돌리고 1층까지 내려간다면 살 수 있을지도 모르겠다. 아니, 건물에서 나갈 수 있는 방법은 오직 그뿐이다.

겁먹지 마. 이시야마는 스스로를 북돋았다. 이곳에 틀어박혀 있다가는 엽총의 먹잇감에 될 게 뻔하다.

귀를 기울였다. 발소리는 들리지 않았다. 아마도 침입자는 계단이 아니라 4층 이하 아래층 어딘가에 있지 않을까?

이시야마는 비닐 덮개를 살며시 들어 올리고서 주변을 둘러봤다. 5층에는 자신밖에 없었다. 누운 상태로 몸을 한 바퀴 굴러서 덮개 밖으로 나왔다. 몸을 일으키니 가볍게 현기증이 났다. 시야가 또렷해지기를 기다렸다가 계단실 입구로 갔다. 아무도 없었다. 불현듯 5층 창문에서 밖을 향해 도움을 요청하면 어떨까, 하고 생각했다. 목소리를 낼 수는 없지만, 몸짓으로 위험한 상황에 처했음을 알릴 수 있다면…… 그러나 밤이 돼서 현재 학교와 인접한 운송회사 부지에서는 사람을 찾아볼 수가 없었다.

상황이 이렇다면 어쩔 수 없다. 이시야마는 귀에 온 신경을 집중시키며 계단을 서서히 내려가기 시작했다. 반쯤 내려와 층계참에 서니 벌써 침입자의 위치를 알아챘다. 4층 복도였다. 거친 숨소리가 들려왔다. 아마도 남자는 음악실과 미술실 앞을 서성이고 있는 듯했다.

틈을 보아 아래로 내려가는 수밖에 없다. 체온이 올랐는지 날씨가 덥지 않은데도 이시야마의 관자놀이를 타고서 땀이 흘렀다. 등을 벽에 붙인 채로 발소리가 안쪽 미술실로 향하기를 기다렸다.

이쪽으로 다가오던 인기척이 복도 가장자리에서 발걸음을 돌려 반대쪽으로 되돌아가기 시작했다. 지금이다. 이시야마는 침을 삼키고는 난간을 가볍게 짚고서 한 칸 한 칸 신중히 내려갔다.

4층에 도착했다. 계단실 입구 앞을 복도가 가로지르는 구조를 띠고 있어서 남자의 모습은 보이지 않았다. 발각될 우려는 없다는 뜻이었다. 의연하게 발소리가 멀어지는지 확인한 뒤 이시야마는 4층 계단실 입구를 지나서 내려갔다.

잘 풀렸다. 반 층 아래에 있는 층계참에서 4층을 엿봤지만, 알아차린 낌새는 없었다. 뛰고 싶은 마음을 필사적으로 억눌렀다. 어쨌든 발소리가 나지 않도록 주의하면서 3층, 2층을 통과했다. 이제 반 층만 내려가면 1층이 나온다. 그러나 층계참에서 아래를 내려다보고 이시야마는 탄식을 흘렸다.

 방화 셔터가 닫혀 있었다.

 이래서야 밖으로 나갈 수가 없다.

 한 단씩 건너뛰며 계단을 내려간 뒤 셔터에 달린 금속문이 열리길 바라며 밀어 봤다.

 덜커덩. 예상치 못했던 커다란 소리가 건물 전체에 울려 퍼졌다.

 이시야마는 화들짝 놀라 눈을 치떴다. 4층에서 발소리가 내려오고 있었다. 발각됐다. 무차별 살인범이 자신이 1층에 있음을 알아챘다. 이시야마는 반사적으로 계단을 뛰어올랐다. 1층에는 몸을 숨길 만한 데가 전혀 없어서였다. 숨으려면 2층으로 올라가는 수밖에 없다. 전속력으로 위층으로 올라갔더니 위에서 들려오던 발소리가 바로 근처까지 다가왔다. 2층 복도로 나간 이시야마는 오른쪽 검도장과 왼쪽 화장실을 재빨리 견주어 본 뒤 화장실 안으로 뛰어들었다. 곧이어 발소리가 바로 뒤쪽에 있는 계단을 뛰어 내려갔다.

 적은 1층으로 내려갔다. 이시야마는 좁은 화장실을 나와 다시 위층으로 향했다. 4층에는 음악실과 미술실이 있다. 그곳에는 모두 교원 준비실이 갖춰져 있으니 로커나 수납장도 비치되어 있겠지. 그만큼 숨을 수 있는 곳은 많다.

 그러나 이시야마는 4층에 도착하고서 즉시 계획을 변경했다. 열려 있는 창밖, 인접한 운송회사 쪽에서 사람 목소리가 작게 들렸다. 어둠을 뚫고 지상을 내려다보니, 퇴근하려는지 두 남자가 차고 밖을 걸어가는 모습이 보였다.

목소리는 낼 수 없다. 이시야마는 두 손을 크게 휘저으며 두 사람의 관심을 끌어 봤다.

제발 알아차려 줘!

두 중년 남자는 담소를 나누며 운송회사 사무소로 향하고 있었다.

옆 학교 건물 좀 올려다보라니까!

이시야마는 정신이 팔린 나머지 발소리가 아래층에서 위로 되돌아오고 있음을 알아채지 못했다. 접근해 오는 인기척을 감지했을 때 발소리는 이미 3층을 지나 속도를 높여 이리로 향하고 있었다.

이시야마는 섬뜩해하며 뒤를 돌아봤다. 반 층 아래 층계참에서 온몸에 피를 뒤집어쓴 남자가 모습을 드러냈다. 달아날 여유도 없었다. 40대 후반으로 보이는 깡마른 남자가 층계참에서 단숨에 뛰어올라 바로 눈앞에 섰다.

다혈질일 것 같은 눈이 이쪽을 지그시 노려보고 있었다. 피해자의 피인지 남자가 입은 셔츠 앞면이 붉게 흠뻑 젖어 있었다. 그리고 남자의 손에는 총이, 거무스름한 윤기가 흐르는 산탄총이 쥐어져 있었다.

목소리가 나오지 않았다. 두 다리에서 힘이 빠져나가 주저

앉을 뻔했다. 목숨을 구걸하고자 할 말을 필사적으로 찾고 있자니 상대가 먼저 입을 열었다.
"걱정 마십시오. 아무 짓도 하지 않을 테니까."
뭐라고 대꾸해야 할지도 모르겠다. 총을 소지한 남자가 대체 무슨 말을 하는 건지 오히려 혼란스러울 따름이었다.
남자는 이시야마를 안심시키려는지 들고 있던 총을 내렸다. 그러고는 나직이 말했다.
"겁을 줘서 미안합니다. 하지만 안심해요. 지금부터 사정을 설명할 테니까."
이시야마는 겨우 목소리가 나왔다.
"사정?"
"지금 바깥이 아주 소란스러운데……."
남자가 잠시 창밖으로 시선을 돌렸다.
"이 부근에서 벌어진 사건을 아십니까?"
이시야마는 고개를 끄덕이고서 떨리는 목소리로 말했다.
"엽총을 이용한 무차별 살상 사건."
"예. 그 범인이 이 건물에 숨어들었습니다."
"범인이?"
이시야마는 되묻고서 비로소 남자를 똑바로 쳐다봤다.
"범인이라고 하시면……."
"아뇨, 난 범인이 아닙니다."
남자가 얼굴에 온화한 웃음을 띠었다.

"그저 지인이죠. 범인과 같은 사격 클럽에 소속되어 있거든요. 이걸 보세요."

남자가 피에 물든 셔츠 단추를 풀고서 안에 받쳐 입은 티셔츠를 보였다. 가슴팍에 '사가미 슈팅 클럽'이라고 프린트되어 있었다.

이시야마는 잠자코 남자가 말하기를 기다렸다.

이따금 계단 아래를 들여다보면서 남자는 말을 이었다.

"오늘 사격장에 갔다가 돌아가는 길에 그놈을 차에 태워 집까지 바래다주는 길이었습니다. 근데 신호를 기다리는 동안에 느닷없이 밖으로 뛰쳐나가 발포했어요. 원체 이상한 면이 있던 놈이었는데…… 어쩌면 마약이라도 했던 게 아닐까 싶어요."

이시야마는 뒷말을 재촉했다.

"발포한 뒤에, 어떻게 됐습니까?"

"나도 차에서 내려 녀석을 만류하려고 했습니다. 그때 피해자의 피가 내 몸에 튀었습니다. 보시다시피. 그뿐만 아니라 나도 하마터면 살해될 뻔했지요."

"그렇다면."

이시야마는 결례를 아랑곳하지 않고 다시금 확인했다.

"당신은, 무차별 사건의 범인이 아니라는 말이죠?"

"물론입니다."

남자가 웃었다.

"나도 총이 있어서 그놈의 뒤를 쫓아 이리로 왔습니다."

이시야마는 숨을 크게 내쉬었다. 목숨의 위기는 사라졌다. 그러나 안도했던 것도 잠시, 새로운 불안감이 치밀었다.

"그럼 범인은 지금도 이 건물 어딘가에?"

"안심해요. 이 안으로 들어와 금세 총으로 제압하고서 화장실 배관에 묶어 뒀습니다. 몇 층이었더라?"

이 건물에는 화장실이 한 군데에만 있다. 검도장 앞이다. 더욱이 남학교라서 남녀 구별 없이 하나뿐이다.

"화장실은 2층에 있는데."

"그래요. 그놈은 거기 있습니다."

이시야마는 소름이 끼쳤다. 아까 이 남자를 1층으로 보내기 위해 잠시 뛰어들었던 비좁은 공간. 그 안에 범인이 있었단 말인가? 누군가가 있는 것 같은 기척은 느끼지 못했는데…….

"개인 칸에 밀어 넣고서 밧줄로 묶었습니다. 한 발자국도 나가지 못할 겁니다."

그래, 개인 칸 안에 묶어 놨구나. 납득하자마자 심장 박동이 가라앉는 듯했다.

"살았다."

무심코 입에서 그런 중얼거림이 튀어나왔다.

남자도 지쳤는지 두 무릎을 땅에 대고서 주저앉았다.

"이 건물 안에는 당신뿐입니까?"

"예."

"어떻게 나가면 됩니까? 아까 밖에 나가려고 했더니 셔터 옆에 달린 문이 열리지 않던데요."

"열쇠가 없어요."

이시야마는 대답했다.

"제 상사가 갖고 나가서."

"셔터 그 자체는 열 수 없습니까?"

"전동 개폐 스위치도 바깥 벽에 달려 있습니다."

"그렇군요. 그놈은 그걸 눌러서 안으로 들어왔던 건가?"

불현듯 이시야마의 머릿속에 의문이 떠올랐다. 그렇다면 셔터를 닫은 사람은 누구인가?

남자가 말했다.

"내가 달려갔을 때는…… 셔터가 저절로 닫히려는 참이었습니다. 아마도 범인이 농성을 벌이기 위해 '닫음' 스위치를 눌러 놨겠죠."

이시야마는 납득했다.

남자는 "근데 난감하게 됐네." 하고 4층 계단 공간을 둘러봤다.

"한동안 여기에 갇혀 있어야겠군요."

"휴대전화는 안 갖고 있습니까?"

상대가 고개를 절레절레 저었다.

"밖에 도움을 요청해 볼까요?"

그렇게 말하고서 이시야마가 창밖을 보니 인접한 운송회사의 불빛이 모두 꺼져 있었다. 영업시간이 지났나 보다. 사람이 지나다닐 만한 곳은 저 너머에 있는 도로뿐인데 아무리 소리를 질러도 목소리가 닿을 것 같지 않았다. 이시야마도 남자 옆에 주저앉고는 손목시계를 힐끗 보고서 말했다.

"기다리는 수밖에 없겠네요. 열쇠를 소지한 상사가 30분 안에 돌아올 겁니다."

"30분?"

남자가 초조해하며 되물었다.

"그렇게 오래 걸린다고요? 다른 방법은 없을까…… 맞아, 2층 창문에서 뛰어내릴 수는 없을까요?"

"이 건물은 천장이 높아요. 5미터 높이에서 콘크리트 지면에 떨어질걸요."

"자칫하면 죽겠네."

남자가 말했다.

이시야마는 '어째서 이 사람은 이리도 초조해하는 거지?' 하고 생각했다. 그리고 불현듯 눈을 돌려 남자의 발치를 봤다.

스니커즈.

화들짝 놀라 엉덩이를 뗄 뻔했다. 최상층 비품창고에 몸을 숨겼을 때 덮개 주변을 어슬렁거렸던 신발과 똑같았다. 그렇다면 이 남자가 총 끝으로 위에서 덮개를 찔렀다는 말인가? 그런데 뭘 위해서? 누군가가 숨어 있지 않은지 확인할 필요는 없었을 텐데.

이시야마는 소름이 돋았다. 눈앞에 있는 남자가 무차별 사건의 범인이라면 앞뒤가 맞는다. 셔터 스위치를 잘못 누른 바람에 스스로 도주로를 차단하고 말았다. 이시야마를 죽이지 않은 이유는 밖으로 나갈 방법을 묻기 위해서가 아닐까?
이시야마가 무심코 눈을 동그랗게 뜨자 남자가 물었다.
"왜 그럽니까?"
"아뇨."
이시야마는 애써 평온한 척 대답했다. 이 추측이 맞는다면 탈출로가 열린 순간에 사살되지 않을까? 아니면 도주하기 위한 인질로 잡힐지도 모른다. 아마도 그때는 30분 이내에 닥쳐오겠지. 아저씨가 돌아와 셔터에 달린 문을 여는 순간 말이다.
"하는 수 없지."
남자는 한숨을 내쉬며 말했다.
"여기서 나란히 앉아 기다릴까요?"
의혹을 얼굴에 내비쳐서는 안 된다. 이시야마는 스스로를 타이르며 싹싹하게 웃었다. 낯선 사람과 서로 침묵하고 있는 이 거북한 분위기가 이시야마를 더욱 초조케 했다. 뭐라도 말을 해. 무던한 화제를 찾아내. 상대를 자극해서는 안 된다. 어쨌든 우호적인 태도를 유지해야만 한다. 이시야마는 간신히 입을 열었다.
"아직 자기 소개를 안 했네요. 전 이시야마라고 합니다."
상대는 "이시야마 씨군요?" 하고 말하고는 미소만 지었다.

그래서 계속 물었다.

"실례가 안 된다면 이름을……."

"쉿!"

남자가 갑자기 말을 막았다.

무슨 일인가 싶어 이시야마는 목을 움츠렸다.

남자가 일어서서 계단 난간으로 다가가 귀를 세웠다.

"아래에서 무슨 소리가 났습니다."

"예?"

이시야마도 엉덩이를 띄웠다. 아래층에서 들려온 소리. 아저씨가 돌아왔나? 아니면…….

남자는 지금 이시야마에게서 등을 돌린 채 오로지 아래만을 엿보고 있었다. 만약에 이 남자가 범인이라면 지금이야말로 뒤에서 덮칠 기회다. 총을 빼앗을 수 있을지도 모른다. 그런데 왜 아래에서 소리가 난 거지? 망설이다가 이시야마는 결심을 굳히고서 남자에게 살며시 다가가려고 했다.

"녀석이 밧줄을 풀었나!"

그러면서 남자가 뒤를 돌아봤다.

이시야마는 동작을 멈췄다. 곧바로 상대의 표정을 살폈으나 미심쩍어하는 기색은 없었다.

"녀석이요?"

"예. 누가 돌아다니는 발소리가 난 것 같군요."

"잠깐만요."

이시야마는 냉정을 되찾으려고 했다.

"셔터를 흔드는 소리가 아니라요?"

"아닙니다. 2층 부근에서 발소리가……."

상사가 돌아온 건 아니라고 이시야마는 확신했다. 아저씨가 돌아왔다면 곧바로 "이시야마!" 하고 불렀겠지.

그렇다면 남자의 말이 사실인가? 역시나 범인은 따로 있고, 2층을 배회하고 있나? 이시야마는 계단 난간 너머에서 들려오는 소리를 포착하려고 했지만, 아무것도 들리지 않았다.

"잠깐 상태를 보고 오겠습니다. 당신은 여기에 있어요."

"예."

이시야마는 고개를 끄덕이는 수밖에 없었다.

남자가 산탄총 개머리판을 오른쪽 어깨에 붙이고서 왼손으로 총신을 받쳤다. 총구만 살짝 들어 올렸을 뿐 언제든지 쏠 수 있는 자세였다. 이시야마는 긴장했지만, 남자는 총구를 이쪽으로 돌리지 않고 발소리를 죽인 채 계단을 내려갔다.

이쯤 되니 이시야마는 자신의 추측이 잘못된 게 아닌가 싶었다. 저 남자를 신용해도 되지 않을까? 왜냐면 굳이 연기를 할 필요가 없기 때문이었다. 만약에 저 남자가 범인이라면 가공의 범인을 2층에 가둬 뒀다고 둘러대고서 탈출로가 열리기를 기다리기만 하면 된다. 그런데 이시야마를 두고 홀로 아래층으로 내려갔다. 역시나 이 건물 안에는 이시야마와 저 남자, 그리고 무차별로 엽총을 난사한 흉악범 세 사람이 갇혀 있는 게 아닐까? 딱 하나, 스니커즈가 마음에 걸리긴 하지만, 티셔츠와 마찬가지로 사격 클럽의 유니폼이라고 생각하면 납득이 된다.

2층으로 내려갔던 남자가 갑자기 걱정됐다. 이건 인간 사냥이다. 도시 한가운데, 좁은 건물 안에서 펼쳐지는 생사가 걸린 싸움. 만약에 남자가 범인에게 역습을 당하여 사살된다면 어떻게 하지? 이시야마는 무기를 전혀 갖고 있지 않다. 이 틈에 몸을 숨길 만한 장소를 찾아 두는 게 상책 아닐까?

그때 시야 한구석에 붉은빛이 비쳤다. 화들짝 놀라 창문에서 지상을 내려다보니 회전등을 밝힌 경찰차가 먼 도로를 달리는 모습이 보였다. 경찰은 범인의 행방을 어디까지 좁혔을까? 대체 언제쯤에야 이 건물로 달려와 줄까.

무슨 새로운 정보가 없을까 싶어서 이시야마는 라디오 이어폰을 귀에 꽂았다. FM 방송국에서는 여전히 음악을 틀어 주고 있었다. 주파수를 AM 방송국으로 돌리니 뉴스 방송이 나왔다.

"……이상, 무차별 살상 사건의 피해자 신원을 말씀드렸습니다. 또한 최신 정보에 따르면 엽총을 난사했던 범인의 신원이 밝혀진 것 같습니다."

이시야마는 귀를 누르며 아나운서의 목소리에 집중했다.

"도쿄도에 거주하는 회사 경영자로 가나가와현에 소재한 사격 클럽에 소속되어 있습니다. 자택에 엽총을 여러 정을 보유하고 있었습니다. 또한 작년에 심리 상담을 받은 사실이 있어 경찰이 사건과의 관련성을 조사하는 중입니다."

심리 상담? 이시야마는 고개를 갸웃거렸다.

"현재 전문가와 전화가 연결되어 있습니다. 임상심리사 가토 선생님?"

"예, 가토입니다."

전화 회선을 통하여 차분한 목소리가 들렸다.

"범인의 증상이 '교대 인격을 수반하는 반사회성 인격 장애'라고 하는데, 정확히 무슨 뜻일까요?"

"꽤 특이한 증례입니다. 오해를 피하기 위해 미리 말씀드리자면 이건 정신병과는 다른 인격 장애입니다. 흉악한 범죄자 중 상당수가 반사회성 인격 장애라는 카테고리에 속해 있습니다만, 이번 케이스는 인격 변화도 더해진 것 같습니다."

"조금 더 알기 쉽게 설명해 주시겠습니까?"

"간단히 말하면 '지킬 앤드 하이드'라고 할 수 있어요. 신사적인 인격과 흉포한 인격이 짧은 주기로 교체됩니다."

총성이 울렸다.

이시야마의 심장이 하마터면 터질 뻔했다.

아래층에서 아까 그 남자가 지르는 노성이 들렸다.

"이제 포기해! 도망칠 데는 없어!"

그러자 누군가가 흉포하게 으르렁거리며 뻗댔다. 그 소리는 언어가 아니었다. 의미를 알 수 없는 음성이, 숨이 격렬하게 헐떡이는 사이에서 새어 나왔다.
 이시야마의 반대쪽 귀에서는 라디오 해설이 계속 흘러나오고 있었다.
 "이런 케이스는 두 인격이 서로를 별개의 인간으로 여기는 경우가 많습니다. 굳이 말하자면 1인 2역이라고 할 수 있겠군요."
 소름을 돋게 할 만큼 앙칼진 웃음이 들렸다.
 다른 남자의 목소리는 끊어졌다.
 이시야마의 두 다리에서 또다시 힘이 빠져나갔다.
 두 인격이 서로를 별개의 인간으로……
 굳이 말하자면 1인 2역……
 아래층에서 음침한 웃음과 "총 버려!" 하고 외치는 남자의 목소리가 짧은 간격으로 번갈아 들려왔다.
 위기는 해소되지 않았다. 해소되기는커녕 사태는 생각했던 것보다 훨씬 심각했다. 이름을 밝히지 않은 그 남자는 산탄총을 갖고 있는 지킬과 하이드다.
 잇달아 두 발의 총성이 일었다. 소리의 질이 약간 다른 걸로 보아 두 정의 총을 갖고 있는 듯했다.
 "사격 클럽에서 활동했던 범인이 늘 총 두 정을 갖고 다녔다는 증언이 있습니다만."
 "지킬 역할과 하이드 역할이 각각 준비했던 게 아닐까요? 인격이 교대되면 다루는 도구도 달라질 테니까요."
 "그렇군요. 감사합니다. 여기서 도주 중인 범인의 행방을 확인해 보겠습니다…….”

이시야마는 안절부절못하며 아무 생각도 없이 계단을 오르기 시작했다. 조금이라도 저 아래에 있는 남자에게서 멀어지고 싶었다.

"경시청 기자 클럽의 하라다 씨?"

"예."

기자의 목소리가 들렸다.

"현재 경찰에서는 특별수사본부를 설치하여 총력을 기울여 현장 부근을 수색하고 있습니다만, 범인의 도주 경로를 여전히 파악하지 못한 것 같습니다."

이시야마는 5층에 있는 비좁은 비품창고에 도착했다. 또 비닐 덮개 속에 숨어야 하나? 아니면 4층으로 돌아가 음악실이나 미술실에 몸을 숨겨야 더 안전한가?

"골든위크 연휴 마지막 날에 벌어진 큰 사건, 대체 어떻게 흘러갈까요?"

라디오 방송이 광고로 넘어가서 이시야마는 이어폰을 뺐다. 아래층이 고요해졌음을 깨달았다. 정적 속에서 발소리가 올라오고 있었다.

제발 그만, 하고 이시야마는 속으로 외쳤다. 이제 그만해!

"이시야마 씨, 이시야마 씨."

그렇게 이름을 부르는 목소리가 들렸다. 온화한 목소리. 그 온순해 보이는 남자가 4층 복도에서 자신을 찾고 있었다.

어쩌지? 이시야마는 생각했다. 이대로 5층에 계속 숨어야 하나? 그러나 발소리가 이쪽으로 다가오기에 체념했다. 상대를 섣불리 자극하지 않는 편이 낫다. 적당히 맞춰 주다가 틈을 보아 총을 빼앗자.
"이런 데에 있었습니까?"
남자가 계단을 올라온 뒤 말했다.
"무서워져서요."
이시야마는 말했다.
"예?"
남자가 큰 목소리로 되묻더니 휘둥그레진 눈으로 이시야마에게 말했다.
"실례. 귀마개도 없이 총을 쐈더니 귀울림이 나서."
이시야마는 미소를 지어 보였다.
"범인은 지금 검도장에 틀어박혀 있습니다. 끝장을 내려고 했지만 그러질 못했습니다."
남자가 눈빛을 날카롭게 번뜩였다.
"사람을 쏘는 데 거부감이 있어서."
이시야마는 고개를 끄덕이다가 남자의 바지 주머니 밖으로 삐져나온 플라스틱제 붉은 카트리지를 보고서 철렁했다. 영화에서 본 적이 있다. 산탄총의 탄이다. 직경이 2센티미터쯤 될까? 안에 무수히 많은 납탄이 들어 있어서 발포되자마자 앞으로 퍼져 나간다. 저런 탄이 발사된다면 몸 어디에 맞든 즉사하지 않을까 싶었다.

"나와 함께 있으면 안전해요."

남자가 카트리지를 총에 장전하면서 말했다.

"이시야마 씨를 지켜 내겠습니다."

"감사합니다."

이시야마는 목소리 떨림을 억누르며 감사를 표했다. 남자는 지금 총을 한 정밖에 갖고 있지 않다. 나머지 하나, 하이드 씨가 애용하는 총은 아래에 남겨 두고 온 듯했다. 그렇다면······. 이시야마는 일말의 희망을 품었다. 다른 총을 들지 않는 한 남자는 지킬 박사인 채로 있어 주지 않을까?

지금 이 건물 안에는 서로 정반대를 겨누는 두 개의 총구가 있다. 하나는 이시야마를 지키려고 하고, 다른 하나는 죽이려고 한다.

"조금 쉽시다."

그렇게 말한 남자가 벽 쪽에 앉았다. 나란히 앉고서 이시야마는 계단 쪽에 앉을걸 하고 후회했다. 무슨 일이 벌어졌을 때 바로 달아날 수 있었는데.

남자는 이시야마의 반대쪽 벽에 총을 기댔다. 잠시 입을 다물었다가 자문하듯 말했다.

"어째서 그 남자는 행인을 쐈을까."

이시야마는 대답을 할 수가 없었다.

"마치 피에 굶주렸던 늑대처럼······ 지나가던 사람들을 가

차 없이, 잇달아.”
 남자의 표정에 고뇌하는 기색이 번졌다. 어쩌면 자신이 벌인 짓을 알아챈 게 아닌가, 하고 이시야마는 느꼈다. 옆얼굴을 들여다보고 있으니 남자의 몸이 서서히 앞으로 기울어졌다. 등과 벽 사이에 틈이 생겼다. 그 너머로 벽에 기대어져 있는 총이 보였다.
 "마가 끼었다는 말밖에 안 나오는군. 갑자기 사람이 돌변해서 총을 쏘다니.”
 이시야마의 심장이 세차게 뛰기 시작했다. 옷이 스치지 않도록 주의하면서 오른팔을 살며시 뻗어 남자의 등 뒤로 돌렸다. 괜찮다, 아직 알아채지 못했다. 온 신경을 팔에 집중하여 신중히 총을 향해 뻗었다. 천천히 천천히, 소리를 내지 않고, 바짝 다가붙었음을 알아채지 못하도록. 조금만 더, 손가락 끝이 묵직한 산탄총에 걸렸다. 단숨에 집어 들면……
 “이게 무슨 소리죠!”
 남자가 이시야마의 얼굴을 쳐다봤다.
 이시야마는 경악하고서 튕기듯 남자에게서 몸을 뗐다.
 남자가 이시야마를 빤히 쳐다보다가 이윽고 웃었다.
 “깜짝 놀랐습니까?”
 “아뇨.”
 이시야마는 말을 우물거리다가 행운임을 알아챘다. 몸이 통째로 반응했던 바람에 자신의 꿍꿍이를 눈치채지 못한 듯했다.

"무슨 음악 같은 소리가 희미하게 들려서요."
"음악?"
고개를 갸웃거리다가 이시야마는 가슴 주머니에서 얇은 라디오를 꺼냈다.
"아아, 이거군요."
전원을 여전히 켜 뒀던지라 이어폰에서 음성이 새어 나오고 있었다.
"라디오였습니까?"
그렇게 말한 남자의 얼굴에서 웃음기가 싹 사라졌다.
"사건에 관해, 뭐라고 언급하던가요?"
"예?"
이시야마는 시치미를 뗐다.
"예를 들어 범인상이라든가."
이시야마는 곧바로 거짓말을 했다.
"아뇨, 전혀요."
"전혀요? 그럴 리가……."
"진짜예요. 아까부터 이따금 라디오를 들었는데, 아무것도."
남자가 처음으로 의심하듯 이시야마를 쳐다봤다. 그런 시선으로 똑바로 쳐다보니 이시야마는 견딜 수 없을 만큼 긴장했다. 아까 들었던, 광기가 담긴 앙칼진 웃음소리가 귓속에서 되살아났다. 지금 이 순간 눈앞에 있는 남자가 웃기 시작한다면, 즉 흉포한 인격으로 전환된다면 자신은 지근거리에서 산탄을 뒤집어쓰고 살해되리라.
 그렇다면 차라리……. 이시야마는 온몸에 힘을 줬다. 남자의 성정이 아직 온건할 때 완력으로 총을 빼앗아 버릴까?
 "왜 그럽니까?"
 남자가 천천히 물었다.
 이시야마는 자신의 표정이 공격적으로 변했음을 깨달았다.
 남자가 팔을 벽 쪽으로 뻗어 총을 들었다.
 "왜 그리 무서운 표정을 짓고 있는 겁니까?"
 "아무것도 아닙니다."
 이시야마는 이제 자신의 얼굴이 미소를 짓고 있는지, 울고 있는지 모를 지경이었다. 머리 한구석에서는 오직 이 생각만이 떠올랐다. 이대로 저 남자와 함께 있으면 언젠가 자신은 공포를 견디지 못할 거라고.
 "설마 내가 총으로 아홉 명을 쏜 범인이라고 믿는 건 아니겠죠?"
 "당신은 아니에요."
 남자는 고개를 끄덕였다.
 "그렇게 생각하고 있다면 됐습니다. 탄을 조사해 보면 알아요. 내가 이 총으로 행인을 쏘지 않았다는 사실을 말이죠."
 "예, 그 총은 아니죠."
 이시야마는 말했다. 더는 이곳에 있을 수 없었다.
 "잠시 실례."

이시야마가 어디론가 걸어가자 남자가 미심쩍게 쳐다봤다.
"어디 갑니까?"
"화장실에 다녀오겠습니다."
"혼자서는 위험해요. 내가 같이……."
"괜찮습니다! 괜찮아요!"
이시야마가 애원하는 투로 말했다.
"무슨 일이 벌어지면 큰 소리로 외칠게요. 여기 계세요!"
이시야마는 뒤를 돌아보지 않고 뛰었다. 계단을 내려가기 시작했을 때 남자가 등에 찰싹 달라붙어 있는 기분이 들었다. 그러나 그건 공포가 빚어낸 착각이었다. 층계참에서 확인했지만, 남자는 여전히 5층에 남아 있었다.

이시야마는 4층에서 3층으로 내려가면서 어느 층에 몸을 숨겨야 가장 찾아내기 어려울지 생각했다. 1층에는 숨을 만한 곳이 없었다. 2층 검도장은 출구와 가장 가깝긴 하지만, 남자가 자신을 찾으러 나선다면 역시나 거길 가장 먼저 노리지 않을까? 허를 찔러 4층에 숨는 수도 있지만, 지상에서 너무 멀어서 불안했다. 결국 몸을 감출 만한 곳은 지금 있는 3층밖에 없다는 결론을 내렸다.

계단에서 벗어나 실내화 수납장이 늘어서 있는 짧은 복도를 나아가 어두컴컴한 유도장에 들어갔다. 채광창에서 가로등 불빛이 희미하게 새어들었다. 그러나 응시하지 않으면 거의 아무것도 보이지 않는 암흑이었다. 다다미에 오르면 스프

링이 들어간 바닥이 삐걱거린다는 걸 알기에 이시야마는 마루가 깔린 가장자리를 걸어서 우측 안쪽에 있는 탈의실에 들어갔다.

그곳은 4평쯤 되는 작은 방이었다. 한쪽 벽을 따라 봉 하나가 부착되어 있고, 유도복과 띠가 옷걸이에 쭉 걸려 있었다. 기대하지 않은 절호의 은신처를 찾아냈다. 쭉 늘어선 유도복 뒤편에 숨어서 꼿꼿이 서 있으면 얼핏 봐서는 사람이 숨어 있는지 모를 것이다.

히히히, 음침한 웃음이 들렸다.

이시야마는 얼어붙었다. 광기를 머금은 앙칼진 웃음. 청각에 의지하여 거리를 짐작했다. 의외로 가까웠다. 남자가 지킬에서 하이드로 변모한 뒤 유도장 입구까지 왔다.

설마 미행을 했나 싶어서 온몸의 털이 곤두섰다. 아니, 그럴 리는 없다. 이곳으로 내려오는 동안에 몇 번이나 위에 인기척이 없는지 확인했다. 더욱이 자신은 발소리를 죽인 채 계단을 내려왔다. 그러나 만약에 상대도 마찬가지로 발소리를 죽였다면?

이런저런 생각할 때가 아니었다. 이렇게 된 이상 달리 도망칠 길은 없다. 이시야마는 유도복 뒤편에 들어갔다. 몸에 닿아서 유도복 몇 벌이 한들한들 흔들렸다. 손을 뻗어 흔들리지 않도록 잡으려다가 이번에는 옷걸이에 걸려 있는 유도복 아래가 훤히 노출되어 있음을 깨달았다. 이 방에 들어온 사람이 몸을 조금이라도 숙이면 서 있는 자신의 다리를 보게 되겠지.
　탈의실 문밖은 조용했다. 두 다리가 떨렸다. 살아 있다는 기분이 전혀 들지 않았다. 엽총을 소지한 남자는 지금 이러는 동안에도 한 걸음 한 걸음, 이쪽으로 다가오고 있지 않을까?
　귀를 기울였다. 발소리는 들리지 않았다. 시간 감각을 잃어버렸음을 알아채고서 이시야마는 손목시계를 봤다. 형광 도료가 칠해져 희미하게 발광하는 초침이 1초씩 시간을 새겨 나가고 있었다. 10초가 지났다. 20초가 경과했다. 시간의 흐름은 예상 밖으로 느렸다. 이 작은 방의 문이 열리면 아마도 자신은 사살될 것이다. 격하게 뛰는 심장 소리가 방 밖에 들리지 않을까 걱정됐다. 1분이 지나고, 초침이 두 바퀴 돌았을 즈음에 적이 지나친 게 아닐까 하고 생각했다. 2분이면 그 남자는 이 탈의실에 도착할 수 있었다.
　괜찮다. 당면한 위기가 떠나갔다 여기고 숨을 가냘프게 내뱉었을 때 사람의 목소리가 들렸다.
　이시야마는 고개를 들어 멀리서 울리는 그 목소리에 귀를 기울였다.
　희미하지만 어떤 단어를 인식했다.
　"……이시야마……이시야마……."
　자신의 이름을 부르는 목소리.
　이시야마는 가슴이 철렁했다. 아저씨다. 아저씨가 돌아왔다.
　이 학교 건물 안에 산탄총을 든 지킬과 하이드가 숨어 있음을 아저씨는 모른다. 천진할 만큼 크게 외치면서 계단을 오르고 있었다.

이시야마는 주저했다. 살인귀가 도사리고 있는 이 작은 방 밖으로 나가야 하나?

"이시야마! 어디 있냐?"

가까워졌던 목소리가 다시 멀어졌다. 아저씨는 유도장이 있는 3층을 통과하여 더 위로 향하고 있었다.

이시야마는 결심하고서 유도복을 밀어 헤치며 밖으로 나갔다. 탈의실 문을 연 순간, 그 남자가 유도장 안에 잠복하고 있지 않을까 두려웠지만, 암흑 속에서 사람의 실루엣은 보이지 않았다.

다다미를 밟으며 최단 거리로 출구로 향했다. 위층에서 아저씨의 목소리가 또렷이 들렸다.

"이시야마! 뭐 하고……."

탕, 하는 총성이 그 목소리를 지워 버렸다.

이시야마는 엉겁결에 몸을 움츠렸다.

탕 탕, 요란한 폭발음이 건물 전체를 뒤흔들었다. 뒤이어서 광기로 점철된 득의양양해하는 웃음이 울려 퍼졌다.

이시야마는 유도장을 뛰쳐나갔다. 총성은 4층에서 울렸다. 계단이 시작되는 지점에서 발을 한 번 멈추고서 위를 엿본 뒤 그러고는 서서히 올라갔다.

반 층 위에 있는 층계참에 접어들었을 때 건물 내부는 또다시 정적에 휩싸였다. 4층까지 얼마 남지 않은 지점에서 귀를 기울이니 그 남자의 목소리가 들렸다.

"젠장!"

이성이 깃들어 있는 낮은 목소리.

계단실 입구에서 복도를 몰래 들여다보고서 이시야마는 처참한 광경을 목도했다. 타일 위에 피바다가 펼쳐져 있었다. 아저씨가 쓰러져 있었다. 산탄을 정면으로 맞았는지 복부에서 목에 걸쳐 선혈로 물들어 있었다. 찢긴 것처럼 보이는 건 옷이 아니라 피부였다. 그 상처를 보자마자 숨이 끊어졌음을 알았다.

눈이 휘둥그레진 이시야마의 마음 밑바닥에서 무언가가 꿈틀거렸다. 친한 사람이 죽임을 당했다. 자신이 더 일찍 달려갔더라면 아저씨가 순순히 살해되지는 않았을 텐데.

시체 옆에는 본 적 없는 총이 내던져져 있었다. 틀림없이 아저씨의 목숨을 빼앗은 흉기였다. 이시야마는 눈을 홉뜨고서 가만히 서 있는 남자를 봤다. 이쪽으로 등을 돌린 채 시체를 내려다보고 있었다. 남자의 손에는 눈에 익은 산탄총이 쥐어져 있었다.

총 두 정을 번갈아 보고서 이시야마는 확신했다. 지금이라면 안전하다.

남자가 인기척을 느꼈는지 이쪽을 홱 돌아봤다. 이시야마는 상대를 안심시키기 위해 두 팔을 올리며 다가갔다.

남자가 들고 있던 총을 내리고서 말했다.

"이시야마 씨? 어딜 갔던 겁니까?"

"화장실이요."

이시야마는 냉담하게 말했다.

"보다시피 한 사람이 살해됐어요."

그렇게 말한 남자의 얼굴에는 비통한 기색마저 서려 있었다.

이시야마는 발치로 눈길을 돌렸지만, 차마 똑바로 보지 못하고 시선을 돌렸다.

남자가 말을 계속했다.

"총성이 들려서 곧바로 달려갔습니다만 늦었습니다. 그나저나 이 사람은 누구일까요?"

"기억 안 납니까?"

이시야마는 분노를 간신히 억눌렀다.

"아까 말했죠. 제 상사가 돌아올 예정이었다고."

"그게 이 사람이군요?"

이시야마는 그 자리에 몸을 웅크리고서 바닥 위에 떨어진 산탄총을 집어 들었다.

"그 총은 그 남자의 겁니다."

남자가 설명했다.

"모든 탄을 다 쏘고서 버리고 갔습니다."

"탄을 다 썼다고요?"

이시야마는 고개를 들었다.

"그럼 이제 안전하다는 뜻인가요?"

"아뇨."

남자는 고개를 가로저었다.

"이시야마 씨는 몰랐습니까? 그 남자, 총을 두 정 갖고 있어요."

"두 정."

이시야마는 되뇌고서 남자가 든 엽총을 힐끗 쳐다봤다.

남자가 손을 뻗었다.

"잠깐만 빌려줘요. 탄을 보충해 두죠."

이시야마는 상대의 얼굴을 주의 깊게 쳐다봤다. 이 총을 건네준다면 상대는 피에 굶주린 하이드로 변모할지도 모른다. 그러나 지금이 천재일우의 기회라고 고쳐 생각했다. 이시야마는 미소를 머금고서 총을 건넸다.

그것을 받아든 남자는 총신 아래에 달린 손잡이를 펌프질을 하듯이 움직여 잔탄이 없는지 확인했다. 그러고는 바지 주머니를 뒤져서 붉은 카트리지를 하나만 꺼내 장전했다. 이제 수중에는 한 발밖에 남아 있지 않은 듯했다. 마지막으로 다시 한번 펌프 부분을 앞뒤로 움직였다. 이제 저 산탄총은 탄을 발사할 수 있겠지.

그 과정을 지켜본 뒤 이시야마는 재빨리 팔을 뻗어 총을 낚아챘다.

남자는 어리둥절해하다가 총구가 자신에게로 향하자 낯빛이 바뀌었다.

"무슨 짓이야!"

"네 총도 이리로 넘겨!"

"무슨 소리야?"

남자가 중얼거리면서 뒷걸음질을 쳤다.

"꼼짝 마!"

이시야마는 남자를 견제했다. 이미 손가락을 방아쇠에 걸어 뒀다. 아래로 내려간 남자의 총구가 조금이라도 들린다면 곧바로 발포하겠노라 각오를 굳혔다.

"내가 시키는 대로 해!"

"내가 사람을 죽였다고 생각하나!"

"그래. 사람들을 죽인 범인은 또 하나의 너야!"

"무슨 소리야! 내가 아냐!"

"이 지킬과 하이드 같으니!"

"아냐! 범인은…… 범인은…….'

남자가 우물거렸다. 바닥을 향하는 총구가 덜덜 떨리기 시작했다. 동시에 이시야마를 쳐다보는 남자의 두 눈에 흉악한 빛이 삽시간에 깃들어 갔다.

"날 죽일 셈이냐?"

이시야마는 토악질이 날 만큼 긴장했다. 이제 곧 녀석이 나타난다. 앙칼진 목소리로 음침하게 웃는, 피에 굶주린 살인귀가……

히히히, 웃음소리가 귀에 들어왔다. 남자가 총구를 서서히 들었다. 그 직후에 이시야마의 두 팔이 떨어져 나갈 것 같은 기세로 뒤로 튕겨졌다. 탄을 발사한 산탄총의 반동은 엄청났다. 굉음이 귀청을 찢은 뒤 수많은 산탄이 가슴에 퍼부어진 남자가 뒤로 세차게 넘어졌다.

이시야마는 심한 귀울림 때문에 아무것도 들리지 않았다. 뒤로 떨어뜨린 총을 다시 집어들 여유도 없었다. 거친 숨을 헉헉, 몰아쉬면서 제자리에 멍하니 서 있었다.

여기가 어디이고, 자신이 누구인지도 한동안 떠오르지 않았다. 악몽에서 깨어나길 기다리는 것처럼, 불편한 부유감이 온몸을 가득 채우고 있었다. 흥분이 가라앉자 자신이 지금 뭘 했는지 알았다. 사람을 쏘아 죽였다. 그래. 나는 산탄총을 발사해 사람의 목숨을 빼앗았다. 죄책감이 가슴을 쑤셨지만 그것은 일말일 뿐이었다. 아저씨의 원수를 갚은 거라고 이시야마는 스스로를 타일렀다. 더욱이 자신이 쏘지 않았다면 되레 살해됐겠지. 정당방위다.

총을 발사했을 때 느꼈던 감촉이 손목 통증과 함께 아직 남아 있었다. 지근거리에서 산탄 세례를 맞고서 소리도 내지 못하고 날아가 버렸던 남자의 모습이 뇌리에 되살아났다. 이시야마는 자신이 정신줄을 놓지 않았다는 사실에 충격을 받았다. 그는 제정신을 유지하고 있었다. 아저씨가 총격을 당했음을 알았을 때 마음 밑바닥에서 무언가가 바뀌었다. 스위치가 켜진 것 같은 감각. 분출되는 야만스러운 충동을 억누를 수 없었다.
 청각은 아직 돌아오지 않았다. 소리 없는 세계 속에서 이시야마는 눈을 감고, 쓰러져 있는 남자를 시야에서 지웠다. 저 남자를 나무랄 수 없다고 생각했다. 인간은 누구나 이성으로는 어쩌지 못하는 흉악한 일면을 품고 있다. 평범하게 살아가는 한 존재조차 알 수 없는 하이드 씨가 모두의 마음속에 숨어 있다.
 히히히, 웃음소리가 들렸다.
 그래, 저 웃음이다. 지금도 자신의 내면에서 남자를 쏴서 죽였던 또 다른 자신이 웃고 있었다.
 히히히.
 음침하고 앙칼진 웃음이 계속 들리자 자신의 의식이 통째로 빼앗길까 봐 이시야마는 두려웠다. 그러고는 문득 미간을 찡그렸다. 창밖, 먼 저편에서 경찰차 사이렌 소리가……
 이상하게 여기며 고개를 갸웃거렸다. 어느새 귓속에서 잔향(殘響)이 사라졌다. 귀울림이 가라앉았다. 웃음소리를 내고 있는 사람은 자신이 아니었다. 정상으로 되돌아온 청각이 앙칼진 웃음을 포착했다.
 히히히, 히히히.
 대체, 누가 웃고 있는 거지?
 불현듯 알아챘다.
 남자는 죽지 않았다.

심장이 멎을 뻔했다. 이시야마는 휘둥그레진 눈으로 쓰러져 있는 남자를 쳐다봤다. 가슴 전체에 퍼져 있는 혈흔, 감기지 않은 흐리멍덩한 눈, 미동조차 하지 않는 팔다리.

히히히, 히히히.

시체를 쳐다보는 동안에도 목소리는 끊이지 않고 계속 울렸다.

온몸이 덜덜 떨렸다. 이시야마는 고개를 서서히 돌려 웃음이 들리는 뒤쪽을 돌아봤다.

복도 끝에 있는 미술실 문이 느닷없이 열리더니 본 적도 없는 젊은 남자가 뛰쳐나왔다. 얼굴을 일그러뜨린 채 웃으며 산탄총으로 겨누고 있었다.

이시야마는 절규하며 뛰기 시작했다. 후방에서 폭발음이 쩌렁쩌렁 울렸다. 귀 바로 옆 공기가 찢기고, 순식간에 앞에 있는 벽에 무수히 많은 구멍이 뚫렸다. 뭐가 뭔지 모르겠다. 계단실 입구로 뛰쳐나갔을 때 귓속에서 사람이 호통치는 소리가 들렸다.

내가 사람을 죽였다고 생각하나!

내가 아냐!

범인은…… 범인은……

이시야마는 계단에서 굴러떨어졌다. 4층에서 층계참으로, 그리고 3층으로. 고통이 온몸을 엄습하자 동시에 공포에 빠져들었던 의식이 조금 또렷해졌다. 1층에 내려가도 도망칠 길은 없다. 뒤얽힌 다리를 필사적으로 놀려 유도장으로 뛰어들었다. 아까 몸을 숨겼던 탈의실. 그곳 말고는 숨을 만한 데가 떠오르지 않았다.

도장 안을 일직선으로 가로지른 뒤 안쪽 문을 열었다. 일단 바닥에 엎드려 벽에 나란히 걸려 있는 유도복 뒤로 들어갔다. 이대로 일어서서 몸을 숨겨야겠다고 생각했는데, 가슴 주머니에 넣어 뒀던 라디오가 바닥에 떨어졌음을 깨달았다. 팔을 뻗어서 주우려고 할 차에 탈의실 문이 바깥쪽에서 열렸다.

이시야마는 얼어붙었다. 뭉개진 웃음이 들려왔다. 산탄총을 든 살인귀가 탈의실 안을 엿보고 있었다. 이시야마는 몸을 일으키지도 못한 채 엉거주춤한 자세로 이 상황을 넘기려고 했다. 그러나 바닥에 떨어진 라디오 이어폰에서 음성이 희미하게 새어 나오고 있음을 알아챘다. 이대로는 들킨다. 이시야마는 집어넣으려다가 만 팔을 다시금 뻗어 손가락 끝으로 이어폰을 집었다. 그대로 서서히 라디오와 함께 끌어당겼다. 바닥을 밟는 소리가 방 안으로 들어왔다. 당황하지 마. 천천히, 천천히.

시야 구석에 남자의 발이 훅 들어오더니 스니커즈 끝으로 떨어져 있던 라디오를 찼다. 이어폰이 빠지더니 뜬금없이 밝은 음악이 탈의실에 울렸다.

이시야마는 숨을 삼켰다. 곧바로 머리 위에서 총성이 울렸다. 유도복 여러 벌이 폭풍에 휘말린 것처럼 휘날렸다. 이시야마는 비명을 내지르며 몸을 굴려서 남자의 발치로 나갔다. 눈을 치뜨니 초연(硝煙)이 스멀스멀 피어오르는 총구가 자신의 코앞을 겨누고 있었다. 달콤한 향이 풍기는 그 총신을 이시야마는 무아지경으로 붙잡았다. 남자가 으르렁거렸다. 힘으로 산탄총 총신을 그의 얼굴 쪽으로 되돌리려고 했다. 이시야마는 죽을 둥 살 둥 저항했지만, 두 팔로 총을 쥐고 있는 남자의 힘이 웃돌았다. 남자가 이시야마의 눈앞에 총구를 들이대더니 방아쇠를 당겼다.

그러나 탕, 하는 폭발음은 들리지 않았다. 가벼운 금속이 튕기는 엉성한 소리만 났다. 남자가 뒤로 펄쩍 물러나더니 황급히 빈 탄창에 카트리지를 장전하기 시작했다. 주저앉아 있던 이시야마는 팔다리를 부리나케 놀려서 그곳에서 뛰쳐나갔다.

4층이다. 4층으로 가. 머릿속에는 오직 그 생각뿐이었다. 1층 문을 열었던 열쇠가 아저씨의 주머니에 들어 있다. 더욱이 두 시체가 널브러져 있는 복도에는 자신이 쏴서 죽였던 남자의 엽총이, 탄이 든 상태로 남아 있을 것이다.

철컥, 하는 펌프 액션 소리를 듣고 이시야마의 등줄기가 오싹해졌다. 탈의실에 남아 있는 남자가 장전을 마쳤다. 뒤를 돌아볼 여유는 없었다. 말 그대로 난사가 시작됐을 때 이시야마는 유도장을 뛰쳐나갔다. 방금 밟았던 나무 발판이 탄에 맞은 충격으로 터져 버렸다. 복도 창문이 산산이 깨졌다. 이리로 날아든 산탄 몇 발이 이시야마의 팔을 스쳤지만, 치명상을 입지는 않았다. 이시야마는 계단을 단숨에 뛰어올라 4층 복도로 뛰어들었다.

발사가 가능한 또 하나의 총이 쓰러져 있는 남자의 손 부근에 떨어져 있었다. 그것을 주워서 들었더니 3층에서 올라오는 발소리가 들렸다. 아저씨의 옷을 뒤져서 열쇠를 찾아야만 했지만 이제 그럴 겨를은 없었다. 남자가 바로 근처까지 쫓아왔다. 놈을 쓰러뜨리지 않는 한 살아남을 수 없다.

이시야마는 총을 들고서 복도 안쪽 미술실로 뛰어들었다. 창가에 늘어서 있는 책상 뒤로 돌아 들어간 뒤 그것을 총좌(銃座)로 삼고서 산탄총으로 입구를 겨눴다.

그 웃음소리가 다가왔다.

이시야마는 어둠 속을 응시하며 문을 향해 조준했다. 그러고는 발사 반동을 떠올리고는 개머리판을 우측 어깨에 단단히 붙였다.

사람 실루엣이 열려 있는 문 틈새로 쓰으 들어왔다. 이미 이시야마의 위치를 파악했는지 총구를 일직선으로 들고 있었다. 이시야마는 방아쇠를 당겼다. 굉음과 함께 탈구될 것 같은 충격이 어깨에 파고들더니 남자의 바로 옆에 있던 석고상이 흔적도 없이 날아갔다. 그러나 남자는 겁을 먹은 기색 없이 냅다 달려들면서 총을 허리춤에 붙이고서 겨냥했다.

이시야마는 두 번째 탄을 쐈다. 신기하게도 명중했다는 감촉이 느껴졌다. 튀어 올랐던 총구를 원래대로 되돌렸더니 남자가 교실 가운데에서 허물어지는 모습이 보였다.

귀울림이 극심하여 청각이 완전히 마비됐다. 이시야마는 한동안 총으로 겨눈 채로 상황을 살폈다. 남자는 오른손으로 아직도 산탄총을 쥐고 있었지만, 온몸에서 힘이 완전히 빠져나간 건 명백했다. 이따금 팔다리가 부르르 떨렸다. 일어설 기미는 없었다.

귀가 트이기를 기다렸다가 이시야마는 책상 뒤에서 나왔다. 언제든 발포할 수 있도록 여전히 총으로 겨누고 있었다. 천천히 다가가니 가냘픈 목소리가 들렸다.

"······아파······아파······."

이시야마는 미간을 찡그리고서 발치에 쓰러져 있는 젊은 남자를 내려다봤다. 잔혹한 웃음은 자취를 감췄고, 고통에 겨워 심약한 듯 보이는 하얀 얼굴을 일그러뜨렸다.

"이게 어찌된 일이지?"

신음을 흘리며 남자는 말했다. 그러고는 이시야마에게 시선을 돌리고서 물었다.

"무슨 일이 있었던 겁니까······. 당신은 누구?"

이시야마는 아연실색했다. 사람이 완전히 딴판으로 바뀐 듯했다. 역시나 이 남자가 진짜 지킬과 하이드였다. 이시야마는 총구로 겨눈 채로 어떻게 할지 생각했다. 위협이 사라졌다고 판단해도 될까? 만약에 남자가 정말로 움직이지 못한다면 이대로 밖으로 나가 경찰을 부를까?

아니, 그럴 수는 없다고 이시야마는 황급히 생각을 떨쳐 냈다. 나는 이 남자를 쫓아 학교 건물에 들어왔던 다른 남자를 쏴서 죽이고 말았다. 경찰을 부른다면 체포된다. 그렇다면……. 이시야마의 머릿속에서 스스로도 모골이 송연해질 만한 계책이 떠올랐다. 지금 이 자리에서 저 남자를 사살하고서 죄를 뒤집어씌우자. 이 남자가 아저씨와 또 다른 남자 하나를 살해했고, 나는 정당방위로 범인을 죽였다. 그래, 그게 좋겠다. 경찰은 이미 무차별 살상 사건의 범인이 누군지 밝혀냈다. 이 남자가 무차별 살인을 저질렀다고 판정해 주겠지. 논리가 말끔하게 통한다. 그러나……

정말로 그런 짓을 해도 되느냐는 물음이 이시야마의 머릿속 한편에 떠올랐다. 그러나 또 다른 한편에는 남자를 죽여 버리라고 속삭이는 또 하나의 자신이 있었다.

히히히, 앙칼진 웃음이 들렸다. 그것은 나의 웃음인가, 아니면 다른 남자의 목소리인가.

숨을 삼키고서 시선을 돌리니 쓰러져 있던 남자의 얼굴이 잔인하게 일그러지기 시작했다.

이시야마는 뒤로 펄쩍 물러나 남자의 머리통에 총구를 겨누고서 방아쇠에 건 손가락에 힘을 줬다.

두 발의 총성이, 거의 동시에 울렸다.

미술실 입구로 달려갔던 두 제복 경찰관은 막 발사한 권총을 내렸다. 간발의 차이였다. 발포를 한순간이라도 망설였다면 무차별 살상 사건은 새로운 희생자를 만들었겠지. 순찰 중에 총성을 듣고서 곧바로 학교 건물 안으로 들어오길 잘했다.

중년 경찰관이 권총을 홀스터에 되돌린 뒤 고통에 겨워 신음을 지르는 남자에게 달려갔다.

"괜찮습니까!"

"어깨를 맞았습니다."

남자는 대답했다.

젊은 경찰관은 탄환 두 발을 맞고서 쓰러진 살인마 곁으로 다가갔다. 목에 손가락을 대어 맥박이 뛰는지 확인했지만 이미 죽었다. 무전기를 통해 범인을 사살했다고 보고하려다가 이상한 점을 깨달았다.

목격 증언과 다르다.

사살된 범인은 어째서 '교와 빌딩 메인터넌스'라는 상호가 수놓인 작업복을 착용하고 있는 거지?

설마 오인 사살인가? 경찰관이 경악했을 때 등 뒤에서 음침한 웃음이 들려왔다.

뒤로 돈 경찰관은 봤다. 자신들이 방금 구해 준 남자가 팔을 뻗어 동료의 홀스터에서 권총을 뽑는 모습을……

연이어 두 발의 총성이 울렸다.

경찰관은 흐려지는 의식 속에서 득의양양하게 웃는 앙칼진 웃음소리를 들었다.

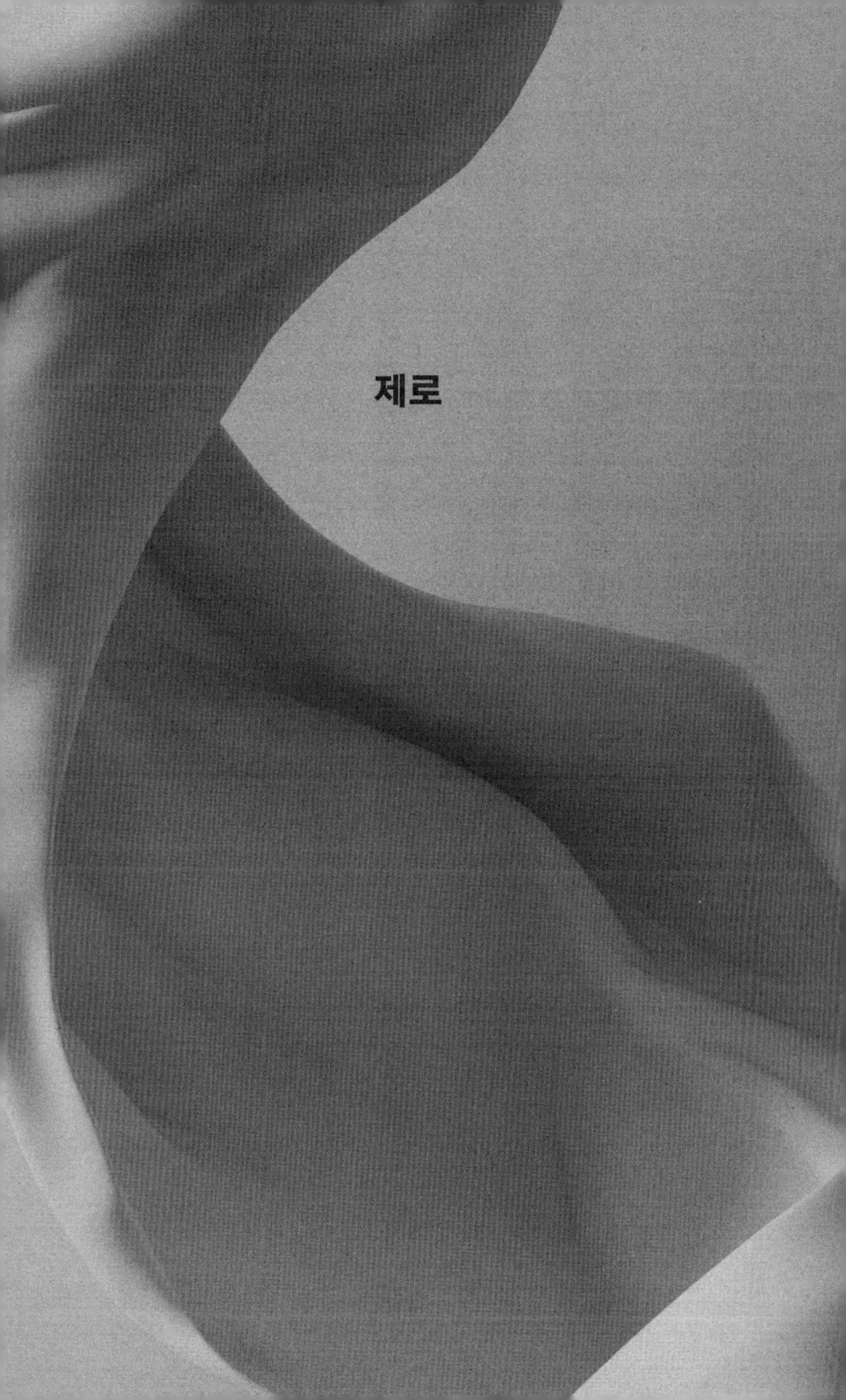
제로

내 안에서, 나 자신이 나타나고, 내가 각성한다.

눈을 뜬다.

빛이 시야에 온통 넘쳐흐른다.

까끌거리는 감촉이 불쾌해 입속에 있던 모래알을 뱉어 낸다.

되풀이되는 저 소리는, 그래, 파도 소리다. 이곳은 바닷가다.

몸을 일으키려고 하니 입에서 절로 신음이 새어 나온다. 몸을 움직이는 게 왜 이리도 어려울까.

태양이 해변을 붉게 물들이며 떠 있다. 쏟아지는 햇빛이 워낙 강렬해서 두 눈을 뜰 수가 없다. 고개를 돌리고는 손바닥으로 관자놀이를 두드려 시야를 또렷하게 밝힌다.

쭉 이어지는 해변 저편에서 두 사람이 다가오는 모습이 보인다. 몸집이 상당히 다르다. 그래, 남자와 여자구나. 모두 같은 옷을 입고 있다. 선글라스를 끼고서 딱딱해 보이는 모자도 쓰고 있다.

남자가 가까이 다가오더니 묻는다.

"괜찮습니까?"

뭐라 말해야 좋을지 모르겠다.

"다친 데는?"

나는 파도가 밀려드는 곳에 앉아 몸 여기저기를 살핀다.

"당신이 쓰러져 있다는 신고가 들어와서."

두 사람은 내 뒤를 보고 있다. 야트막한 사구(砂丘)에 인간이 굴러떨어진 흔적이 남아 있다. 의외도 뭣도 아니다. 내가 저 사구 위에서 굴러떨어졌던 것은 기억한다.

두 사람이 양옆에서 내 팔을 잡고는 자리에서 일으킨다.

"어디 아픈 데는 없습니까?"

여자가 이맛살을 찌푸리며 묻는다. 그 표정은 무슨 뜻이지? 걱정이다.

"팔이나 다리는 괜찮나요?"

"어어."

내 입에서 드디어 말이 나온다. 말을 할 수 있다는 사실에 스스로 놀란다.

"성함을 말씀해 주시겠습니까?"

나는 고개를 가로젓는다. 남자와 여자가 얼굴을 서로 마주 본다.

"당신의 이름은?"

남자가 같은 질문을 반복한다.

"몰라."

"모른다니요? 떠오르지 않는다는 뜻입니까?"

"맞아. 난 아무것도 떠오르질 않아."

여자가 묻는다.

"여기가 어딘지 압니까?"

"그것도 몰라."

"잠시 실례 좀 하겠습니다."

남자가 내 몸을 위아래로 살피고 셔츠와 바지 주머니를 뒤진다. 아무것도 없다.

남자와 여자가 소리 없이 눈빛만 주고받으며 의논을 벌인 뒤 다시 나를 쳐다본다.

"당신을 보호하기 위해 경찰서로 모시고 가려 하는데, 괜찮겠습니까?"

'경찰서'라는 단어를 듣고서 같은 제복을 입은 두 사람이 경찰관임을 깨닫는다. 마음에 안도감이 살짝 싹트더니 나를 에워싸고 있는 이 세상이 꼭 적(敵)은 아니라는 사실을 이해한다.

"부탁해."

"그럼 가시죠."

경관들에게 연행되다가 무언가 중요한 것을 묻지 않았음을 깨닫는다. 나는 고개를 돌리고서 간신히 묻는다.

"여긴 어디?"

"말리부 비치 변두리. 로스앤젤레스 교외."

그런 지명이 있었던 것 같기도 하다. 나는 이 지역 주민인가?

"지금 몇 시지?"

여자 경관이 손목시계를 보고서 대답한다.

"오전 7시 5분."

"날짜는?"

"2054년 10월 4일입니다."

흑백으로 칠해진 차에 태워져 나는 경찰서로 향한다. 눈에 비치는 모든 것이 기시감과 함께 드러난다. 자동차, 도로, 가로수, 건물. 그런 것은 알고 있다. 내가 있던 세계다. 그러나 그 모든 것이 추상적이다. 나와 구체적으로 연관이 있는 것은 찾을 수 없다.

경찰서에 들어간다. 비좁고 살풍경한 방으로 안내를 받는다. 정장을 차려입은 두 남자가 나에게 여러 질문을 쏟아 낸다. 내가 대답할 수 있는 것은 그 해변의 사구에서 굴러떨어졌다는 사실뿐이다.

지문, DNA, 얼굴 사진 데이터를 조회해 봤더니 '기록 없음'이라는 결과가 나와서 전과가 없다는 것 빼고는 나의 모든 것을 추정하는 수밖에 없다. 백인, 남성, 나이는 서른다섯 살 전후, 억양을 들어 보니 서부 출신. 즉 토박이 미국인.

"해안가 사고 현장에 수상한 점이 있더군."

형사 중 하나가 올라온 보고서를 훑어보면서 말한다.

"당신은 어떤 범죄에 휘말렸던 것 같아."

그 말이 나를 놀라게 하는 동시에 호기심을 간질인다.

형사가 말을 계속한다.

"우선 인근을 조사해 봤는데, 방치된 차량이나 바이크, 자전거는 보이지 않았어. 그렇다면 누군가가 당신을 그 해안으로 데리고 갔다는 뜻이지."

나는 납득하고는 고개를 끄덕인다. 그런데 누가 나를 그리로 데려갔단 말인가?

"또 여러 사람이 당신을 사구 위에서 던져 버린 것 같아. 이걸 봐 봐."

형사가 현장을 촬영한 여러 사진을 보여 준다.

"비탈면에 남은, 굴러떨어졌던 이 흔적 말인데, 가장 윗부분이 무척 큰 데다가 깊이 패어 있어. 단순히 발이 미끄러졌다면 이렇게 큰 구멍은 생기지 않아. 다시 말해 누군가가 당신을 한 번 공중으로 높이 내던졌던 거야. 더군다나 범인들은 주도면밀하게도 현장 인근에 찍힌 모든 발자국을 지우고 떠났어. 사구 표면을 평평하게 고른 걸 알 수 있지."

현장사진이 형사가 말한 내용을 방증하고 있다. 나는 미간을 찡그리고서 기억을 더듬어 본다.

"어때? 뭔가 떠오르나?"

"확실히, 비탈에 굴러떨어지기 전에 허공에 붕 떠올랐던 것 같기도 하군요."

나는 관자놀이가 욱신거리는 통증을 견뎌 내며 말한다.

"하지만 떠오르는 건 그뿐입니다."

몸을 앞으로 내밀던 두 형사가 다시 등받이에 몸을 기댄다.

"실종신고서에도 당신과 부합되는 인물은 없었어. 이제는 상황을 지켜보는 수밖에 없겠군."

해변에서 의식을 되찾았을 적 불안감이 홀연히 되돌아온다.

"앞으로 난 어쩌면 좋습니까?"

"우선은 의사한테 진찰부터 받아야겠군." 하고 형사가 말한다.

진찰한 경찰 촉탁의가 '전생활사건망(全生活史健忘)'이라는 진단을 내렸다. 그러나 기질 검사도 받아 보라고 권하기에 나는 주립대학 의학부에 가게 된다. 비침습적 검사 장치는 아무런 자극도 없이 내 머릿속을 정밀하게 검사한다. 디스플레이에 나의 뇌를 나타내는 3차원 사진이 띄워져 있는 동안에 나는 한 가지를 깨닫는다. 이 장치의 원리를 알고 있다. 공학적으로 어떤 구조인지 손에 잡힐 듯 안다. 나는 아마도 과학자나 엔지니어, 그런 쪽에 몸담았던 듯하다.

"기억을 담당하는 부위, 해마에 이상이 발견됐습니다."

뇌신경과 의사가 당혹해하며 보고한다.

"하지만 외상이나 병변에서 비롯된 게 아닌 처음 보는 증례입니다."

"무슨 말씀이죠?"

"뉴런 세포는 산 채로 존재하고 있지만, 시냅스 결합의 일부가 기능하지 않습니다. 원래는 이어져 있어야 하는 신경세포가 뿔뿔이 분리된 상태입니다. 아마도 그 부분에 환자분의 개인 기억이 축적되어 있었겠지요."

내게 의학 지식은 없는 듯하다.

"왜 그 지경이 된 거죠?"

"모릅니다. 해변에서 굴러떨어진 것도 원인은 아닌 듯합니다."

"분리된 신경은 다시 이어질 수 있겠습니까?"

"아뇨, 현재의 의료 기술로는 어렵습니다. 앞으로 기억을 되찾을 가능성은 없군요. 환자분은 제로의 상태에서 인생을 다시 시작하셔야 합니다."

신기하게도 슬프지는 않다. 내가 무얼 잃었는지도 모르기 때문이겠지. 그러나 과거에서 몸을 돌려 미래를 다시 바라보니 불안하기 그지없다.

의사가 내 상태를 유심히 엿보고 있다. 저 신중한 눈빛 속에 무엇이 숨겨져 있나.

"환자분을 도울 수 있을지도 모르겠습니다."

의사가 입을 연다.

"기억을 잃어버린 환자가 발생하면 보고하도록 정부로부터 통보를 받았습니다."

"어째서요?"

"복지 정책의 일환이겠지요. 환자분 같은 분에게 직업을 알선하여 사회에 복귀할 수 있도록 돕는 겁니다. 기억상실자를 전문으로 고용하는 국가기관이 있다고 하던데."

"기억상실자를 전문으로?"

그것이 흔한 이야기인지, 얼토당토않은 권유인지 나는 판단이 서지 않는다.

"어찌시겠습니까? 모집에 응하시겠습니까?"

따질 계제가 아니다. 의사가 발급해 준 진단서를 제출하자 이내 정부에서 파견한 공무원이 면접을 실시한다. 소형 제트기와 밴을 잇달아 타고서 뉴멕시코주 중앙부로 향한다.

시가지를 벗어난 뒤 다섯 시간 동안 드라이브를 한다. 그동안에 차량은 사막을 일직선으로 관통하는 도로를 오로지 달린다. 나는 바깥 풍경에 스스로를 겹쳐 본다. 깔려 있는 루트를 따라서 움직일 수밖에 없다. 미리 정해진 전개대로 나아가고 있는 것 같은 묘한 기분이다.

앞 유리창 너머로 도시가 덩그러니 떠오른다. 놀랍게도 펜스가 도시 전체를 에워싸고 있다. 몇 에이커*나 되는지 짐작도

---

* 1에이커는 약 4046제곱미터다.

되지 않는다. 도시 입구로 보이는 게이트에는 전투복을 입고 서 소총을 소지한 병사 네 명이 보초로 서 있다

 차량을 운전하던 정부 측 인사가 개인 식별 체크를 받고서 별일 없이 도시 안으로 진입했다.

 "첨단 기술을 연구하는 기관이죠."

 공무원이 비로소 설명한다.

 "레스토랑, 바, 슈퍼마켓에다가 영화관까지 도시의 기능은 얼추 갖춰져 있죠. 이런 데서 일할 수 있다니 운이 좋군요."

 '그런가?' 하고 나는 생각한다.

 주거동이 늘어선 어느 구역에 하차한 뒤 내 신병은 연구소 직원에게 인도된다. 마사라는 중년 여성의 안내를 받아 배정된 주거지에 들어간다. 넓고 청결한 원 베드룸. 욕실과 에어컨 등을 사용하는 법을 나에게 알려 준 뒤 마사는 떠난다.

 마음을 가라앉힐 새도 없이 노크 소리가 들리더니 누군가 방문한다. 백의를 입은 젊은 여성으로 린이라고 이름을 밝힌다. 그녀는 키친 테이블 맞은편에 앉고는 랩톱형 컴퓨터 화면에 떠 있는 질문에 대답하도록 지시한다. 내가 마지막 물음에 답을 입력할 때까지 기다리다가 "이건 당신의 성격과 직업 적성을 진단하는 심리 테스트예요." 하고 취지를 밝힌다. 기계가 나에 관한 어떤 진단을 내려 주는 듯하다. 결과를 보고서 린의 표정이 환해진다.

 "수학이나 기계를 다루는 재능이 있는 것 같네요."

나는 고개를 끄덕인다. 스스로도 어렴풋하게나마 짐작은 하고 있다.

"그리고 당신의 성격 말인데."

그녀가 아까처럼 환한 눈동자로 나를 본다.

"이런 사람이랑 만난 건 처음이에요. 성격에 삐뚤어진 데가 전혀 없어요. 완전히 중립적인, 순수한 인간이라고 할 수 있을까요. 아마도 과거가 전혀 없기 때문이겠네요."

"그건 좋은 일인가요?"

나는 묻는다.

"적어도 당신을 괴롭히는 기억은 하나도 없어요."

더 직설적으로 대답해 주지 않는다면 나는 의미를 수용할 수가 없다.

"지금 당신은 갓난아기 같은 사람이에요. 따뜻한 환경에서 자란다면 훌륭한 사람이 되겠죠."

따뜻한 환경이 무엇인지 상상이 되지 않는다. 그러나 추측건대 눈앞의 여성은 친절한 사람인 듯하다.

"당신의 이름을 정하죠."

린이 제안한다.

"뭐든지 좋아요. 스스로 정해요."

"제로."

나는 말한다.

"제로? 그걸 당신 이름으로 하겠다고요?"

린이 웃자 덩달아서 나는 웃음을 짓는 기능을 되찾는다. 기분이 좋다. 한동안 둘이서 서로 마주 보며 미소를 짓고 싶은 기분이다.

"알겠어요, 제로. 또 보죠."

그녀가 환한 분위기를 남긴 채 떠난다.

닫힌 문이 곧바로 열리더니 린과 엇갈리듯 키가 큰 노인이 나타난다. 이쪽도 백의를 입고 있다.

"제로라고 했지?"

노인이 또박또박 말한다.

"우리 연구소에 온 것을 환영하네. 난 이곳 책임자인 리처즈 박사일세."

눈앞에 내밀어진 손을 보고서 그 의미를 생각한다. 리처즈 박사가 내 오른손을 잡아 자신의 손을 쥐게 한다.

"자네는 이제 두려워할 게 전혀 없어. 여기서 쾌적한 나날을 보내게. 일을 하는 한 급여도 지급되네."

"무슨 일을 하면 됩니까?"

"우선은 연수를 받게 될 걸세. 가정교사한테서 수업을 듣는다고 생각하게."

그 상황이 머릿속에 떠오르기까지 시간이 조금 걸린다.

"수업 내용은요?"

"적성검사 결과를 보니, 그래, 전자공학이 좋겠지."

전자공학이 무엇인지 머릿속에 불러낸다. 괜찮다, 나는 잘

할 수 있을 것 같다.

"달리 질문이 있나?"

"어째서 기억상실자를 전문으로 고용하는 겁니까?"

리처즈 박사의 표정이 딱딱해지더니 시선을 이리저리 헤맨다. 나는 기다린다.

"언젠가 알게 될 걸세."

늙은 과학자가 대답한다.

"다만 자네가 불안해할 필요는 전혀 없어. 그것만은 믿어 주게."

믿는다?

"뭔가 애로 사항이 생기거든 자넬 이리로 안내했던 마사한테 말하게. 마사가 편의를 봐줄 테니까."

짧은 인사를 마치고서 리처즈 박사가 방을 나간다. 나는 방 안에서 가져다준 식사를 먹고, 욕실을 이용한 뒤 침대에 누워 잠에 든다.

시간이 시시각각 흘러간다.

매일 과학자들이 내 방을 번갈아 찾아와 수학이나 물리, 프로그래밍 언어를 강의한다. 나는 모든 것을 알고 있다. 과거에 어딘가에서 교육을 받은 적이 있다. 뇌 안에 담겼던 보편적 과학 진리는 나의 생활사와는 별개의 장소에 격납되어 있고, 신경세포가 아직 이어져 있기 때문이겠지. 언어 능력이 보존되어 있던 것과 동일한 이유다. 그러나 나는 초학자(初學者)인 척 잠자코 강의에 귀를 기울인다. 이 연수를 마치면 직업이 주어진다. 그때까지는 잠시 유예 기간이 필요하다.

저녁에 강의가 끝나면 나는 '거리'로 나간다. 담당자인 마사가 전자 화폐를 쓰는 법을 비롯하여 도시에서 생활하는 법을 알려 준다. 나는 서서히 혼자서도 행동할 수 있게 돼서 내키는 대로 영화를 관람하거나 물건을 사기도 한다. 카페테리아에서 점심을 먹고 있으면 "잘 지냈어, 제로?" 하고 허물없이 말을 걸어 주는 사람들이 있다. 한 달, 두 달, 세 달, 시간이 흘러 가니 교제하는 인간들이 늘어간다. 모두들 상냥하게 웃어 주고 친절하게 대해 준다.

마음씨가 따뜻한 사람들에게 둘러싸여 있어서 나는 대단히 행복하다. 매일 밤 만족스러운 기분으로 침대에 눕고, 아침에는 앞으로 시작될 하루를 기대하면서 눈을 뜬다. 직원 주택에서 개최되는 홈파티에 초대받는 기회도 늘어서 어디를 가도 환영받는다는 사실을 안다. 그러한 모임에서 여성들이 대화를 나누는 틈틈이 던지는 시선은, 사교나 친구 관계에서는 결코 얻을 수 없는 특별한 열기를 내 가슴속에 일깨워 준다.

여성의 존재를 의식하기 시작하자 나는 당황한다. 모든 사람의 호의를 다 받아들일 수 없다. 내 마음속에 있는 여성은 린이다. 그녀밖에 없음을 깨닫는다.

"스트레스 반응이 있어."

주마다 한 번 심리를 검사하는 자리에서 백의를 입은 린이 내 정신 상태를 살피면서 말한다.
"무슨 애로 사항이라도 있어?"
나는 솔직히 대답한다.
"내 앞에 있는 심리학자가, 함께 식사를 해 줄지 어떨지 생각하고 있었어."
린이 환한 웃음을 지으며 응답한다.
"스트레스를 해소하는 데 협력해 줄까?"
데이트는 순조롭게 풀려 간다. 맛있는 저녁. 린을 바래다주면서 즐기는 산책. 작별이 아쉬워서 그녀가 이끄는 대로 집 안으로 들어가고, 대화를 나누면서 손과 가슴, 입술을 접촉한다. 두 사람이 하나가 되는 방법을 그녀의 리드에 힘입어 떠올려 낸다. 살을 맞대는 동안에 서로의 가슴속에 따뜻한 불꽃이 피어오르고 있음을 느낀다. 이 시간이 영원히 이어지기를 나는 바란다.
"모두들 당신을 좋아해."
내 팔에 안긴 채 린이 말한다.
"어째서?"
나는 묻는다.
"타인을 향한 악의를 품고 있지 않으니까. 타인한테 상처를 받은 기억이 없어서 누군가에게 상처를 주려고도 하지 않아."
그런 말을 들어 본들 상처를 준다는 행위가 잘 와닿지 않는다.

"게다가 욕심에 홀려 남의 다리를 잡아채지도 않고."

갑자기 의문이 솟아난다. 그것이 나라는 인간인가? 모두들 그런 나를 좋아하나? 뭔가 이상하다. 나를 둘러싼 모든 것이 왠지 허구 같은 느낌이 든다. 나는 혼란스러워하면서 린에게 묻는다.

"만약에 기억을 잃지 않았다면 나는 어떤 인간이었을까?"

"기억을 잃지 않은 사람도 같은 생각을 해."

나는 그 뜻을 이해하지 못한 채 린을 바라본다.

"다시 말해서 다들 과거를 돌아보며 생각하는 거지. 만약에 다른 집에서 태어났다면, 만약에 다른 직업을 택했다면, 같은 생각들. 하지만 생각해 본들 하는 수 없어. 우린 단 하나의 과거밖에 택할 수 없었고, 단 하나의 현재만을 살아갈 수가 있어. 지금의 자기 자신을 받아들이는 수밖에 없어. 오직 현재만이 존재할 뿐."

그러나 나는 납득할 수 없다. 이야기를 딴 데로 돌리는 것 같은 느낌도 든다.

"기억을 잃기 전에 난 모두한테 호감을 사는 인간이었을까?"

"몰라."

"만약에 내가 기억을 잃지 않았다면, 그래도 당신은 날 사랑해 줬을까?"

린이 미간을 찡그리며 나를 쳐다본다. 나는 그녀의 마음이 어떻게 움직이지는 열심히 읽어 내려고 한다. 질문에 대한 답은 부정인가 긍정인가. 그러나 그녀는 어느 쪽도 아닌 애처로운 표정을 짓는다. 어째서지? 나는 단지 의문을 밝혔을 뿐인데.
"미안해. 이런 대화는 그만하자."
그녀는 그렇게 말하고서 내 가슴에 머리를 맡긴다.
"대답해 주지 않을래?"
"대답 못 해. 당신이 어떤 사람이었는지, 모르니까."
"그렇다면……."
나는 말을 더 이으려다가 입을 다문다. '당신이 사랑하고 있는 남자는 누구지?'라는 의문은 스스로에게 던져야 마땅하다. 나는 누구인가? 그러나 대답을 찾을 수 없다.
나는 오로지 인간, 인간이라는 추상적인 존재가 되고 만 것 같은 허전함을 느낀다. 제로라는 인간은, 존재하지 않는 것이나 마찬가지 아닌가?

기억을 아무리 뒤져봐도 나의 과거는 되살아나지 않는다.
의문이 부풀어 오른다.
나는 누구인가? 나는 어디에서 와서 어디로 가는가. 아니, 지금 내가 어디에 있는지조차 수수께끼다. 린이 말하는 '순수한 인간'이란, 스스로가 누구인지도 모른 채 주어진 세계에 우두커니 서 있기만 하는 존재인가?
"이번에도 스트레스 반응이 있어."
심리 검사를 하고서 린이 말한다.

"이번에는 뭐야?"

"나도 모르겠어."

나는 거짓말을 하는 법을 익힌다.

카페테리아에서 점심을 먹을 때 주변 직원들의 대화에 귀를 쫑긋 기울이는 척한다. 편향전자석, 삽입광원, 전자 빔, 힉스 입자. 새어 나오는 용어를 통하여 적어도 내가 어디에 있는지 알 것 같다. 이곳은 소립자 물리학 실험 시설이다. 우리가 사는 도시 지하에는 반경이 수 마일이나 되는 거대한 원형 가속기가 가동되고 있는 게 틀림없다.

그런데 이 연구소는 어째서 기억상실자를 필요로 하는 거지? 의문이 의문을 부른다. 나를 둘러싼 사람들의 웃음 뒤에 꿍꿍이가 숨겨져 있는 것 같은 기분마저 든다. 그들은 모호한 존재다. 친구이기도 하고 적이기도 하다. 그런 자들이 앞에 있으니 짜증과 함께 불쾌함이 가슴에 응어리진다. 이것이 악의라는 감정인가?

연구소에서 사육당하기만 하는 나날이 지나간다. 매일 실시되는 연수에는 아마 아무런 의미도 없겠지. 나를 이곳에 붙들어 두기 위한 방편일 따름이다.

어느 더운 여름날, 내 스트레스가 정점에 달했음을 린이 간파한다.

"무슨 일 있어?"

결국 나는 속마음을 털어놓는다.

"여기서 나가고 싶어."

린이 뜻밖이라는 표정으로 묻는다.

"어째서?"

"내가 누군지 알고 싶어."

"그럴 필요는 없어. 당신은 지금 행복해. 알잖아? 여기에는 당신을 도와주려는 사람뿐이야. 생활을 불안케 하는 요인도 없을뿐더러 가정이 망가졌던 고통스러운 기억도 없어. 당신은 따뜻한 환경에 있다고."

"그건 자연스럽지 않다고 난 생각해."

나는 이곳에 와서 처음으로 의견을 표명한다. 그래서 지금껏 사람들이 나를 좋아했나?

"아마도 순수한 인간이란, 순수하지 않은 인간일 거야."

"무슨 뜻이야?"

"인간다운 인간은 누군가에게 상처를 받거나 주기도 해. 욕심에 홀려 실패도 하지. 그런 괴로운 기억을 질질 끌면서 살아가는 게 인간 아닐까?"

"그럴지도 모르지."

심리학자 린이 말한다.

"그래서 내가 일할 수 있는 거야."

"어쨌든 난 여길 나가고 싶어. 그게 안 된다면 날 이 연구소로 데려온 진정한 이유를 설명해 줬으면 좋겠군."

"리처즈 박사한테 물어봐."

"당신은 몰라?"

나는 추궁한다. 질문 속에 악의를 숨겨 두는 재주는 있다.

"다 알면서도 입을 다물고 있는 거야?"

린의 눈에서 눈물이 어른거리는 걸 보고서 나는 그녀가 상처를 입었음을 안다. 단 하나, 후회해야만 하는 과거가 마음속에서 생겨난다. 나는, 순수함에서 멀어져 간다.

"설명을 늦게 해서 미안하네."

리처즈 박사가 차분하게 말한다.

"연구 진척 상황과 균형을 맞출 필요가 있었지."

처음으로 출입이 허용된 실험동의 한 방. 11층짜리 건물이지만 바깥에서는 보이지 않는다. 지하를 향해서 지어졌기 때문이다.

나는 그곳에 입회한 멤버들을 본다. 백의를 입은 과학자들. 파티에 초대해 줬던 친구, 그리고 린도 있다. 걱정스레 바라보는 사람은 린뿐이다. 다른 자들은 무슨 생각을 하는지 알 수 없는 그 선량해 보이는 웃음을 짓고 있다.

"우선은 저걸 보게."

리처즈 박사가 투명한 폴리카보네이트가 박힌 창 너머, 어떤 실험 시설을 가리킨다. 기자재인 로봇 암(arm)이 움직이고 있고, 금속제 입방체가 작은 대좌(臺座)에 놓여 있다.

리처즈 박사가 고개를 끄덕이자 다른 연구원이 장치 스위치를 누른다. 그러자 갑자기 입방체가 거뭇한 연기로 변하더니 공간에서 소멸한다.

대체 무슨 일이 벌어졌는지 생각하는 동안에 사라졌던 입방체가 동일한 위치에 나타난다. 나는 눈을 의심한다. 이것이 있을 수 없는 현상이라는 건 나도 안다.

"방금 그건 아주 기초에 불과하네."

리처즈 박사가 만족스러운 얼굴로 말한다.

"물질을 소립자 단위로 분해했다가 다시 원래대로 되돌리는 기술일세."

"즉 물질들의 연결을 뿔뿔이 분리한다?"

"그렇다네."

나는 불현듯 묻는다.

"방금 전에는 무기물에 실험을 했는데, 유기물에도 적용할 수 있습니까? 예를 들어 신경세포도?"

"물질이라면 뭐든지."

나는 충격을 받고서 박사가 무언가를 숨기지 않았는지 살피면서 묻는다.

"이 기술은 언제 개발됐습니까?"

"2년 전이네."

내가 해안에 쓰러진 채 발견된 때가 10개월 전이다. 지금 이 기술을 사용한다면 뇌세포의 결합을 풀어서 내 기억을 없앨 수도 있었을 것이다.

이곳에 있는 자들이 나를 사구 위에서 던져 버렸을까?

"옆방으로 이동하지. 실험의 하이라이트야. 재미난 쇼를 함께 보도록 하지."

우리는 별다른 게 없는 실험실로 이동한다. 적어도 수상쩍은 기기류는 놓여 있지 않다. 그 대신에 처음 보는 남자들이 있다. 군복을 입은 세 명. 리처즈 박사가 그중 한 사람만 나에게 소개한다. 계급은 합중국 육군 중장.

커다란 원형 테이블에 앉아 있는 사람들에게 고글과 방음용 헤드폰이 지급된다. 지금부터 무엇이 시작되려는가?

"앞으로 2분."

벽에 걸려 있는 시계의 문자반을 올려다보고는 리처즈 박사가 말한다. 디지털 시계는 시각을 표시하고 있는 게 아니라 10분의 1초 단위로 카운트다운을 하고 있다. 무엇을 위한 초 읽기인지 설명을 듣지 못한 채 남은 시간이 60초에 접어들자 모두에게 고글과 헤드폰을 착용하라는 지시가 내려진다. 30, 20, 10, 앞자리 숫자가 점점 바뀌더니 이윽고 모든 자리의 숫자가 제로가 된다. 그 순간, 눈에 보이지 않는 압력에 휩쓸린 참가자 모두가 뒤쪽으로 날아가지 않으려고 테이블 가장자리를 쥔다. 나는 충격파인가, 하고 생각한다. 그 발생원을 더듬던 내 눈이 믿기 어려운 현상을 포착한다. 테이블 중심에서 약간 벗어난 위치에 주먹만 한 검은 구름이 떠 있다. 색깔과 형상이 상상 속의 전자운과 비슷하다. 이윽고 그것이 순식간에 응축되는 것 같은 움직임을 보이더니 쥐 한 마리로 변모한다.

쥐는 살아 있다. 수염을 부르르 떨면서 주변 냄새를 부지런히 맡고 있다.

세 군인, 린과 마찬가지로 나도 경악한다. 놀라지 않은 자는 과학자들뿐이다.

"위치는 조금 틀어졌지만, 성공이라고 할 수 있겠지."

리처즈 박사가 말하자 과학자들이 고개를 끄덕인다.

"방금 그건 대체······."

내가 말을 꺼내려고 하는데 그전에 박사가 몸을 돌리고서 묻는다.

"웜홀이라는 걸 아는가?"

"다른 시공간으로 이어지는 터널."

나는 대답한다.

"그래. 그 터널을 이용해 시간여행을 하는 이론은 이미 지난 세기 후반에 나왔네. 하지만 그 크기가 걸림돌이었지. 웜홀이 너무 작아서 인간을 옮길 수 있는 크기로는 확대할 수 없어."

나는 이곳에서 근무하는 과학자들이 무엇을 연구했고, 무엇을 실현시켰는지 알게 된다.

"그래서 처음에 보여 줬던 그 기술을 개발했지. 물체를 소립자 단위로 분해하여 확장된 웜홀에 통과시킨 뒤 다시 결합한다. 생물은 어차피 소립자의 집합에 불과해. 뿔뿔이 분리된 입자들을 원래대로 조립하면 전과 동일한 생물이 만들어지지."

그것이 눈앞에 있는 쥐에게 벌어졌던 일이겠지.

"즉 이 쥐는 시공간을 뛰어넘었다?"

"바로 그거야. 우린 3개월 전에 이 쥐를 미래로 보낸 뒤 오늘 이 시간을 기다리고 있었네. 허나 쥐의 입장에서는 순식간에 3개월 후 미래로 이동한 셈이지."

모두가 한동안 입을 다문다. 침묵을 견디지 못하고 나는 묻는다.

"그래서 날 왜 이 연구소로 불러들인 겁니까?"

리처즈 박사가 우물거리면서 대답한다.

"자네에게 과거의 기억이 없기 때문이지."

"무슨 의미인지 모르겠습니다만."

그때 합중국 육군 중장이 낮게 까는 목소리로 나에게 말을 내뱉는다.

"자넨 이른바 미지의 세계에 도전하는 테스트 파일럿이야. 인류 최초로 초음속 비행을 성공시켰던 척 예거와 동일한 영예를 짊어지게 됐어. 자네가 미래로 가 줬으면 하네."

"과거가 아니라요?"

그렇게 되물었지만 용의주도한 계획이 서서히 내게 보이기 시작한다.

"과거로 비행하는 것도 동일한 원리로 가능하네."

리처즈 박사가 대답한다.

"허나 현 물리학으로는 시간축을 역행하면 무슨 일이 벌어질지 알 수 없어. 타임 패러독스나 호킹의 시간 순서 보호설 등 기괴한 가설이 많지. 사람이 과거로 날아가면 평행세계라는, 아주 흡사한 별개의 세계가 생성될 우려도 있네. 또한 이 기술이 실증됐던 때보다 과거로 간다면 자네는 현재로 돌아올 수가 없어. 그 시점에는 미래로 되돌아가는 기술이 아직 완성되지 않았기 때문이지. 현 단계에서 자네는 미래로 날아가는 수밖에 없어."

"하지만 언젠가는 과거로 날아가는 실험도 계획되어 있겠지요? 그래서 나 같은 기억상실자를 택했을 테니. 개인적인 사정으로 이 기술을 악용하지 않도록."

"우선은 미래다."

중장이 조바심이 배어 있는 목소리로 말한다.

"자네는 1년 뒤 미래로 날아간다. 실험이 성공한다면 1000만 달러의 보상금이 지급된다. 나쁜 이야기는 아니라고 생각한다만."

내 대답을 기다리지 않고 리처즈 박사가 끼어든다.

"실험에 따르는 리스크는 전부 자네한테 설명함세. 허나 사소한 일이야. 확률론으로 말하자면 치명적인 문제는 벌어지지 않을 걸세."

"사소한 리스크요?"

"쥐 실험은 지금껏 여러 번이나 성공했네. 허나 딱 하나 신기한 현상이 보고됐네. 3개월 후 미래로 날아갔던 쥐의 세포는 마찬가지로 딱 3개월만 노화됐네. 즉 자네가 1년 뒤 미래로 날아간다면 순식간에 딱 1년만 나이를 먹게 되겠지."

나의 추정 나이는 서른다섯 살이다. 확실히 사소한 문제라고 할 수 있겠지.

"다른 하나는 공간을 설정하는 과정에서 오차가 다소 발생하네. 불과 5퍼센트 확률이네만, 1년 뒤에 자네는 이 연구소 밖에서 나타날 수도 있지. 그 경우에 실험은 오전 0시에 실시될 예정이니 거리를 밝히는 불빛들에 의지하여 걸어서 돌아와야 하네."

나는 빈정거리며 말한다.

"도시에 들어가려면 엄중한 경계를 통과해야만 하는데요."

"단순한 암호를 정해 두지. 그래, '제로'가 좋겠군. 게이트 보초한테 '제로'라고 댄다면 자넨 영웅으로서 환영을 받고서 1000만 달러를 손에 넣는다. 어떤가?"

"만약에 거절한다면?"

육군 중장은 떨떠름한 표정을 짓고, 리처즈 박사는 얼굴에서 웃음기가 사라진다. 박사가 당혹해하는 모습이 모든 것을 말한다. 이 연구소 책임자이긴 하지만 군인들에게는 거역할 수 없겠지. 아무 말 없이 지켜보고 있는 린도 내 몸을 걱정해 주고 있음을 안다. 나는 선택할 수 있는 여지가 없다.

"좋지요."

나는 말한다.

"다만 조건이 있습니다. 실험하기 전에 시스템의 안전성을 눈으로 직접 확인하고 싶습니다. 장치 최종 점검을 내게 맡겨 줄 수 없겠습니까?"

"그거라면 상관없네."

리처즈 박사는 즉답하고서 황급히 군인을 돌아보며 최종 확인을 청한다.

"허가한다."

합중국 육군 중장이 딱딱한 어조로 말한다.

나는 나의 가설을 검증한다. 소립자 분해 기술을 이용한다면 신경세포 결합을 풀 수 있다. 인간의 기억을 잃게 할 수도 있다. 어떤 이유로 내가 선발되어 기억이 지워진 뒤 정해진 계획대로 이 연구소로 옮겨진 것은 틀림이 없는 듯하다. 시간여행의 피실험체로 이용하기 위해. 그러나 어째서 내가 뽑혔는지 생각하려는 시점에 모든 단서가 사라진다. 이전의 내가 어떤 인간이었는지 모르기 때문이다.

나는 행복했던 시절을 떠올린다. 이 연구소에 오고서 3개월. 인간들의 선의만으로 채워졌던 나의 세계. 돌아가고 싶어도 돌아갈 수 없다. 이미 그들의 웃음을 믿을 수 없다. 다시 한번 시작할 수 있다면, 하고 나는 생각한다. 타인의 악의를 눈치채지 못하고 제로인 채로 있을 수 있다면, 인간은 얼마나 행복할까.

그리고 린.

지금 나는 그녀도 의심하고 있다. 그런 의혹이 전염됐는지 그녀의 마음도 나에게서 멀어진 것 같은 느낌이다.

왠지 싱숭생숭한 시간이 흘러가고 실험 날이 다가온다.

나는 참지 못하고 묻는다.

"당신은 어디까지 알고 있지?"

"뭘?"

"내 과거 말이야. 내가 어디에 사는 누구이고, 어째서 피실험체로 뽑혔는지 알고 있는 거 아냐?"

린은 상처를 입은 표정으로 고개를 가로젓는다.

"몰라."

"아니, 알잖아. 당신뿐만이 아냐. 다른 사람들도 다 알아."

"왜 그렇게 생각해?"

"날 좋아하기 때문이야. 과학자들한테 난 귀중한 피실험체였어. 여러 여자들이 왜 내게 관심을 보냈는지도 알겠어. 난 인류 최초의 시간여행에 도전하는 영웅이고 경제적 성공도 약속되어 있으니까."

린이 분노를 드러내며 말한다.

"나도 그런 여자들 중 하나였다는 말이야?"

"아니야?"

"아니야. 예전에도 말했잖아? 당신이 호감을 샀던 이유는 악의가 없기 때문이라고."

"그렇지 않아. 어수룩한 호인이었기 때문이야. 이 세계에서는 남의 말대로 잘 따르는 편리한 사람만을 좋아해."

린의 얼굴에 슬픔이 스친다.

"제로, 당신, 변했네."

"어째서 나만 나무라는 거지? 갓난아기인 채로 변하지 않는 인간이 있어? 게다가 원래 난 이런 인간이었을지도 몰라. 어쨌든 난 내가 누군지 알고 싶어."

"그런 건 몰라. 당신뿐만이 아니라 다른 사람들도 몰라. 자신이 누구인지 계속 생각하다가 사람은 평생을 끝마쳐. 그저 현재를 살아가는 수밖에 없다고."

"하지만 다른 사람들은 나와 달리 과거가 있어."

"그런 건 없는 편이 더 행복한걸. 과거 따윈 돌이켜보지 않는 게 좋은데도 돌이켜보곤 해. 미래 따윈 두려워할 필요가 없는데도 두려워해. 지금 당신이라면 이 의미를 알기 시작했을 거야."

그 말이 맞다. 나는 점점 제로가 아닌 존재가 되어 간다. 그리고 나는 갑자기 깨닫는다. 1년이 채 되지 않는 짧은 기간이긴 하지만, 이미 내겐 바꿀 수 없는 과거가 있다.

아직 의심하는 마음을 갖지 않았던 그날 밤. 품에 안겨 있던 린의 옆모습이 눈에 떠오른다. 내가 안았던 것은 단지 아름답기만 한 존재. 달콤하고 씁쓸한, 린과의 하룻밤이 마음속에 되살아난다. 마음을 옥죄는 추억 속에 내 영혼을 가둬 버려도 좋겠다는 생각마저 든다.

나는 스스로가 과거를 애틋하게 여긴다는 사실에 놀란다. 그 소중한 과거를 준 사람은 린이다. 그녀가 나를 제로가 아닌 인간으로 만들어 줬다. 그리고 지금 린과 마주하고 있는 내가 돌이킬 수 없는 실패를 저질렀음을 안다. 두 사람의 사랑을 스스로 파멸로 이끌고 있다. 나의 정체를 모른다는 이유만으로.
"내가 심리학을 공부한 이유는 내 문제를 해결하고 싶어서야."
린이 눈물을 보이며 말을 잇는다.
"내 지독한 과거를 매듭짓지 않고는 살아갈 수가 없었어. 난 제로가 되고 싶었어. 그래서 당신한테 끌렸던 거야."
그것이 나를 사랑했던 이유.
"지금은 어떻지?"
나는 묻는다.
"지금도 날 사랑하고 있나?"
"지금?"
린이 되묻는다.
"몰라. 글쎄, 난 지금이라는 시간이 무슨 의미인지도 모를지도. 제로, 당신은? 지금도 날 사랑하고 있어?"
'나는 이제 제로가 아니다.'라는 대답을 삼킨다. 제로가 아닌 나를, 그녀는 사랑해 주지 않을 테니까.
"우리한테는 시간이 필요하다고 생각해."
나는 고개를 끄덕인다.

"실험이 성공하길 빌게. 1년 뒤에 만나."
"알겠어."
린은 망설이다가 나에게 키스를 한 뒤 실웃음을 지으며 방을 나간다. 그 미소가 모든 것을 말하고 있다. 윤곽을 잃어버린 사랑은 모호한 웃음만을 남기고 사라져 가겠지.

결국 그날이 다가온다. 2055년 10월 3일. 실험은 심야 0시, 날짜가 이튿날로 바뀌자마자 실시된다.

실험동 최하층, 지하 11층에는 세 개 층을 뚫어서 설치한 거대한 장치가 있다. 저녁에 나는 그 안으로 들어가 장치 최종 점검을 홀로 진행한다. 머신의 심장부, 메인 제어 시스템을 점검하는 데 시간을 쏟는다. 컴퓨터 프로그램을 화면에 불러낸 뒤 공간 좌표 수치, 이동시간축의 연산자를 플러스에서 마이너스로 고친다. 실험이 종료된 후에 수치를 원래대로 되돌리고서 자동으로 소멸하는 프로그램도 삽입해 둔다. 나는 그 정밀한 작업을 남몰래 수행해 낸다. 시스템이 변경됐음을 알아차린 자는 없다.

나는 'T 플러스 1년'이 아니라 'T 마이너스 1년'으로 날아간다. 다시 말해 1년 뒤 미래가 아닌 1년 전 과거다. 장소는 로스앤젤레스 교외, 말리부 비치 변두리. 무슨 일이 벌어질지 모르겠다. 그러나 나는 그곳으로 가야만 한다.

최종 점검을 마친 뒤 목사에게서 축복을 받는다. 23시 30분,

주변과 격리된 장치 안에 홀로 앉는다. 기기류의 전원이 전부 ON으로 바뀌자 전자적 중저음이 뱃속에 울리기 시작한다.

나는 때를 기다리면서 내 계획에 실수가 없는지 확인한다. 우선은 1년 전 과거로 날아간다. 기억을 잃기 직전으로 돌아가 그전까지 내가 어떤 인간이었는지, 그리고 그 해안에서 무슨 일이 벌어졌는지를 알아낸다. 무사히 그 상황을 헤쳐 나온 뒤 로스앤젤레스에서 직업을 구하여 2년을 보낸다. 그리고 지금부터 1년 뒤인 2056년 10월 4일 오전 0시가 지나면 이 연구소로 돌아와 보초에게 '제로'라고 댄다. 과학자들은 공간 좌표의 오차 때문에 내가 연구소 부지 밖에서 출현했다고 생각할 게 틀림없다. 미래로 날아갔던 실험용 쥐는 이동한 시간만큼 노화했다. 내가 지금보다 나이를 조금 더 먹을지라도 의심을 살 걱정은 없다. 그리고 나는 성공 보수로 1000만 달러를 손에 넣는다.

그래, '제로'다. 그것이 린과 재회할 수 있는 키워드다.

린의 사랑을 의심했던 과거를 후회한다. 그녀가 음모에 가담했다니 말도 안 된다. 나는 미래에 기대를 건다. 언젠가 린과 사심 없이 사랑을 나눌 수 있는 시간을 되찾는다. 1년 전으로 날아가서 내가 누구인지 밝혀낸 뒤에.

"제로, 들려?"

컨트롤실에서 린이 묻는 목소리가 스피커를 통해 들려온다.

"마지막으로 이 말을 들어 줘. 당신은 특별한 인간이 아냐.

인간은 모두 정신을 차려 보니 이 세계에 있는 존재야. 모두가 제로의 상태에서 태어나. 그리고 목적지를 알 수 없는 미래를 향해서 계속 살아가. 그게 인간의 일생이야."

나는 생각하지 않고 린의 말을 그저 마음에 스며들게 한다.

"이 세계도, 현재라는 시간도 결코 쾌적하다고는 할 수 없지만, 다들 살아가고 있어. 당신도 지금의 자기 자신을 받아들여. 자신이 누구냐는 답이 없는 문제에 현혹되지 말아 줘."

그러나 나는 자기 자신을 알고 싶다. 이 욕구만은 억누를 수가 없다.

"제로?"

린의 목소리가 기계가 가동하는 소리에 삼켜져 사라진다.

이별의 슬픔이 치밀면서도 나는 제정신을 차린다. 눈앞에 있는 디지털 카운트가 앞으로 2분 후에 실험이 실시된다고 알려 준다. 1000분의 1초 단위로 수치가 어지럽게 변해 간다. 드디어. 1밀리세컨드라는 눈에 담을 수도 없는 작은 시간들의 축적이 나를 조금씩 미래로 밀어간다. 이미 내 마음속에 망설임은 없다. 60초가 지나자마자 눈앞에 있는 컨트롤 패널에 초록불이 일제히 켜진다. 모든 시스템은 순조롭다. 이제 곧 내 육체는 소립자 단위로 분해되어 한 번 죽는다. 그리고 시간의 벽을 뛰어넘어 과거로 이동한다. 최첨단 테크놀로지를 이용하여 내가 누구인지를 알아낸다. 오전 0시가 10초 뒤면 밀려든다. 주변을 에워싸는 중저음의 음량이 커지면서 나의 모든 것을 뒤흔든다. 4초 전, 3초 전, 2초 전. 나는 마음속으로 인사한다. 안녕히, 린. 또 만나자. 초 표시가 1에서 0으로 바뀌고, 소수점 이하, 모든 카운트가 제로로 표시된 순간……

떠 있다.
나는 암흑 속에 떠 있다.
느닷없이 두 다리에 충격이 일더니 온몸이 반으로 접힌다.
세계가 나를 덮친다.
나는 어떤 힘에 사로잡혀 떨어져 가고, 머리에 무지근한 통증이……

내 안에서, 나 자신이 나타나고, 내가 각성한다.
눈을 뜬다.
빛이 시야에 온통 넘쳐흐른다.
까끌거리는 감촉이 불쾌해 입속에 있던 모래알을 뱉어 낸다.
되풀이되는 저 소리는, 그래, 파도 소리다. 이곳은 바닷가다.
몸을 일으키려고 하니 입에서 절로 신음이 새어 나온다. 몸을 움직이는 게 왜 이리도 어려울까.
태양이 해변을 붉게 물들이며 떠 있다. 쏟아지는 햇빛이 워낙 강렬해서 두 눈을 뜰 수가 없다. 고개를 돌리고는 손바닥으로 관자놀이를 두드려 시야를 또렷하게 밝힌다.

쭉 이어지는 해변 저편에서 두 사람이 다가오는 모습이 보인다. 몸집이 상당히 다르다. 그래, 남자와 여자구나. 모두 같은 옷을 입고 있다. 선글라스를 끼고서 딱딱해 보이는 모자도 쓰고 있다.

남자가 가까이 다가오더니 묻는다.

"괜찮습니까?"

뭐라 말해야 좋을지 모르겠다.

"다친 데는?"

나는 파도가 밀려드는 곳에 앉아 몸 여기저기를 살핀다.

"당신이 쓰러져 있다는 신고가 들어와서."

두 사람은 내 뒤를 보고 있다. 야트막한 사구에 인간이 굴러떨어진 흔적이 남아 있다. 의외도 뭣도 아니다. 내가 저 사구 위에서 굴러떨어졌던 것은 기억한다…….

옮긴이 | 박춘상

1987년 서울에서 태어나 한성대학교를 졸업했다. 옮긴 책으로는 모리 히로시의 『모든 것이 F가 된다』, 『웃지 않는 수학자』, 『환혹의 죽음과 용도』를 비롯하여 『사쿠라코 씨의 발밑에는 시체가 묻혀 있다』, 『날개 달린 어둠』, 『리코, 여신의 영원』, 『허구추리』, 『법정의 마녀』, 『에콜 드 파리 살인사건』, 『토스카의 키스』, 『악당』, 『거울 속은 일요일』 등이 있다.

죽은 자에게 입이 있다

1판 1쇄 찍음 2025년 5월 29일
1판 1쇄 펴냄 2025년 6월 13일

지은이 | 다카노 가즈아키
옮긴이 | 박춘상
발행인 | 박근섭
편집인 | 김준혁
책임편집 | 장은진
펴낸곳 | 황금가지

출판등록 | 2009. 10. 8 (제2009-000273호)
주소 | 06027 서울 강남구 도산대로 1길 62 강남출판문화센터 5층
전화 | 영업부 515-2000 편집부 3446-8774 팩시밀리 515-2007
홈페이지 | www.goldenbough.co.kr

도서 파본 등의 이유로 반송이 필요할 경우에는 구매처에서 교환하시고
출판사 교환이 필요할 경우에는 아래 주소로 반송 사유를 적어 도서와 함께 보내주세요.
06027 서울 강남구 도산대로 1길 62 강남출판문화센터 6층 민음인 마케팅부

ⓒ황금가지, 2025. Printed in Seoul, Korea
ISBN 979-11-7052-592-9 04830
ISBN 979-11-7052-620-3 (세트)

㈜민음인은 민음사 출판 그룹의 자회사입니다.
황금가지는 ㈜민음인의 픽션 전문 출간 브랜드입니다.